Le Livre de Poche Jeunesse

TITUS FLAMINIUS

LE MYSTÈRE D'ÉLEUSIS

JEAN-FRANÇOIS NAHMIAS

TITUS FLAMINIUS

LE MYSTÈRE D'ÉLEUSIS

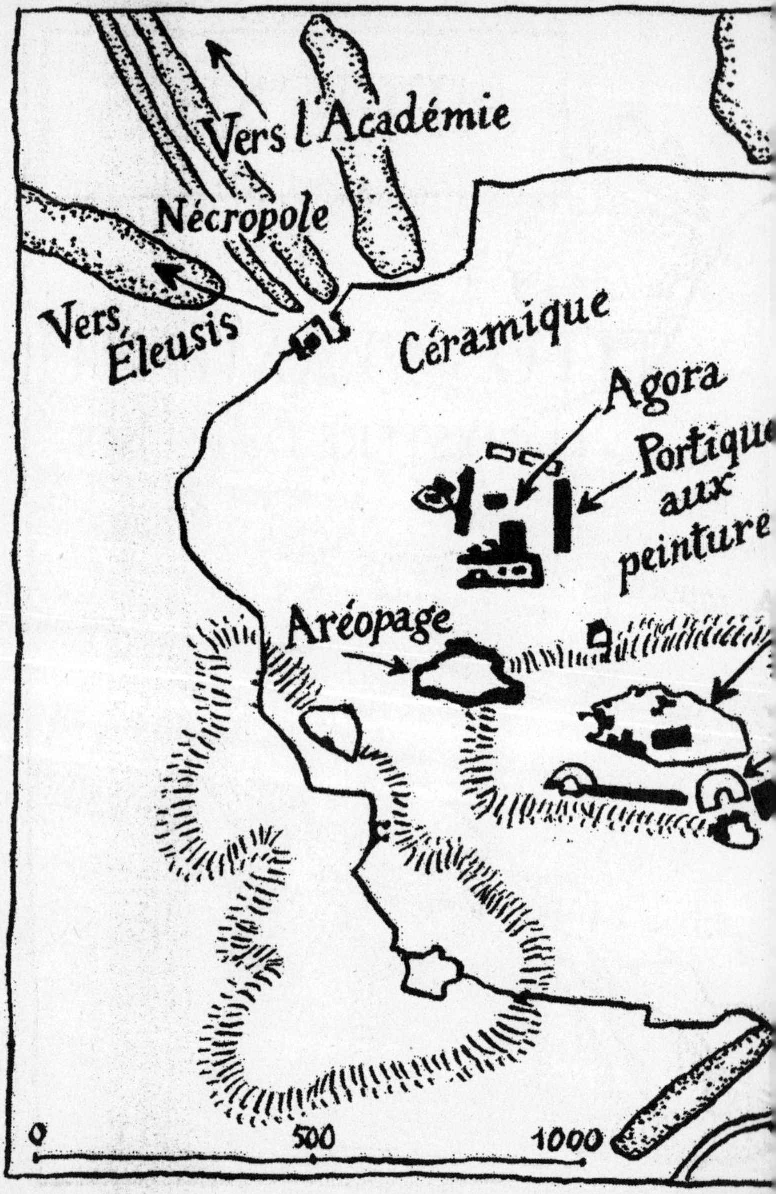
Vers l'Académie
Nécropole
Vers Éleusis
Céramique
Agora
Portique
aux
peinture
Aréopage
0
500
1000

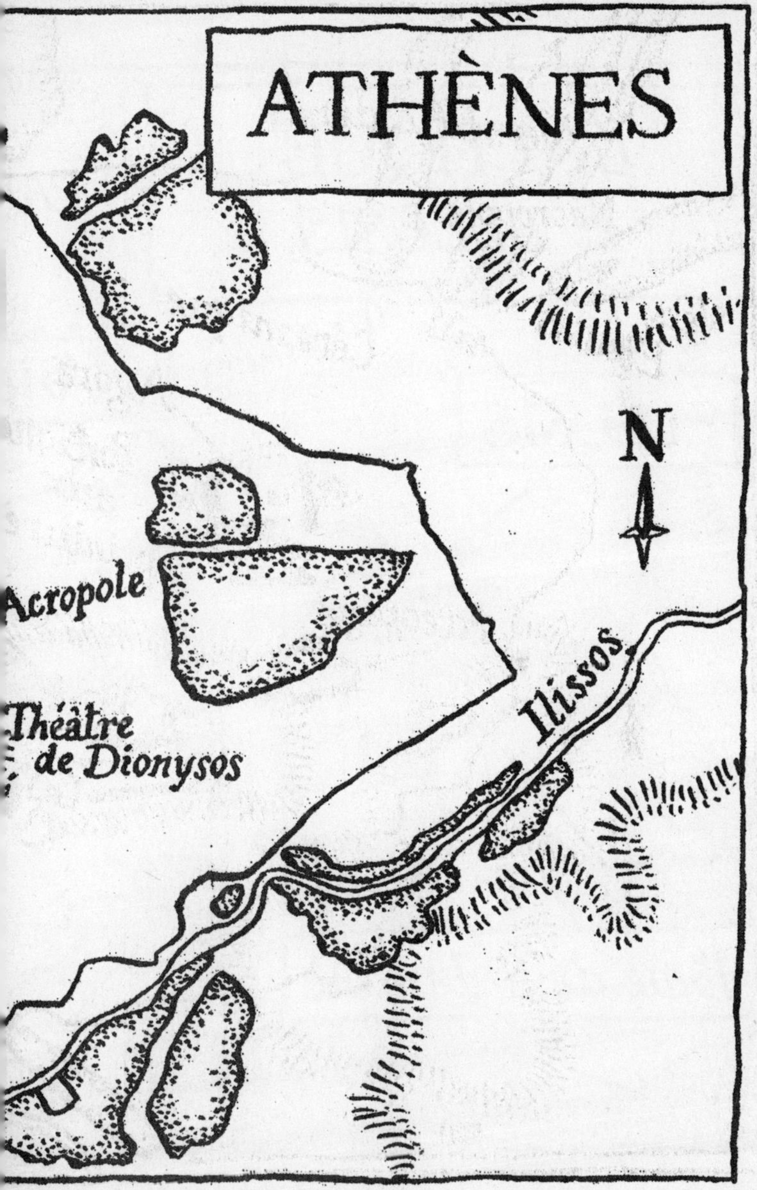
ATHÈNES
N
Acropole
Théâtre
de Dionysos
Ilissos

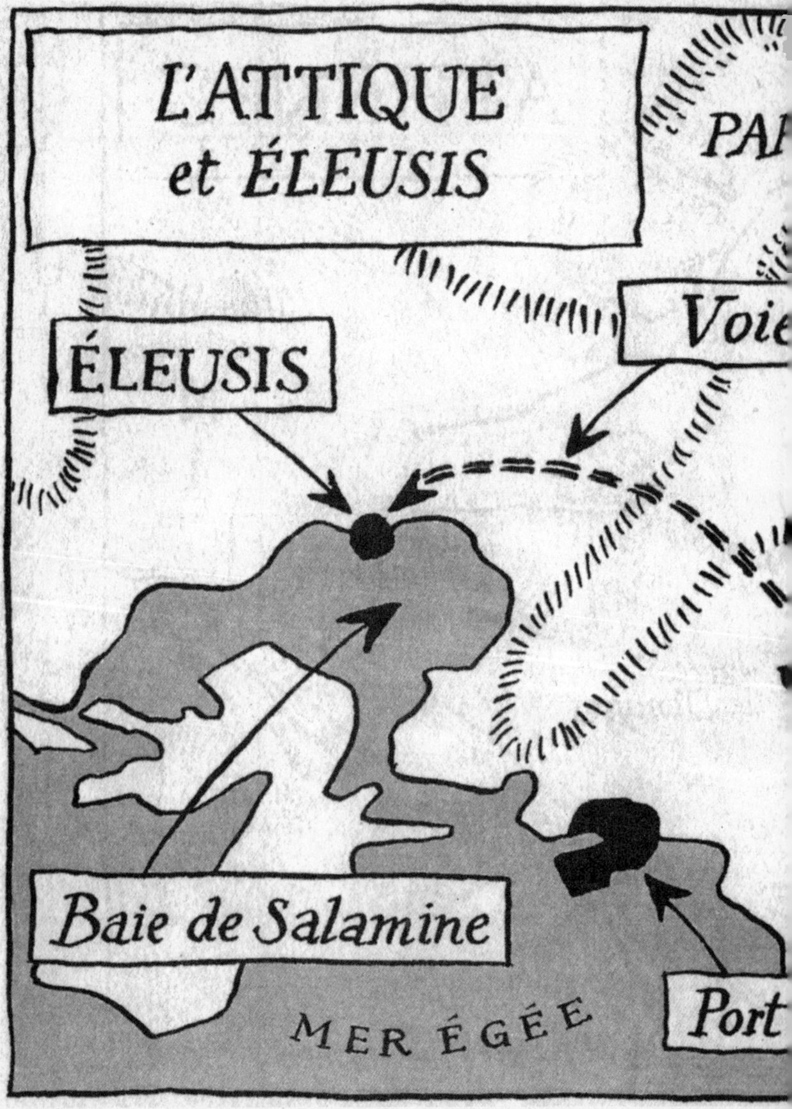
L'ATTIQUE
et ÉLEUSIS
ÉLEUSIS
Voie
Baie de Salamine
MER ÉGÉE
Port

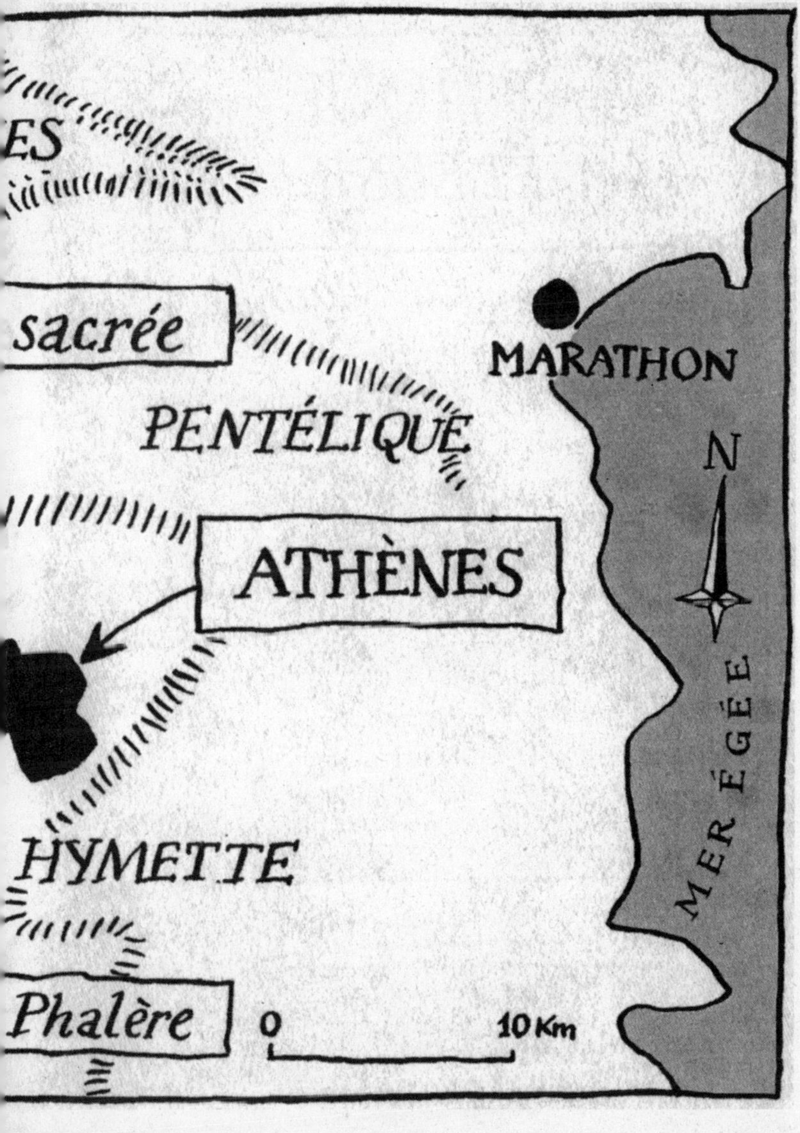
ES
sacrée
PENTÉLIQUE
MARATHON
ATHÈNES
N
MER ÉGÉE
HYMETTE
Phalère
0
10 Km

Avant-propos :

La Grèce a conquis Rome

La Grèce a toujours occupé une place à part dans le monde antique. C'est là, et plus précisément en Attique, qu'est né, durant le premier millénaire avant notre ère, ce qui deviendra notre civilisation occidentale. Pourquoi ici et pas ailleurs ? On a parlé du climat et de la lumière, mais il n'y a pas de véritable réponse à cette question, c'est ainsi, voilà tout.

Et les Romains en étaient bien conscients ! Ces conquérants invincibles, qui ont soumis à leur pouvoir la quasi-totalité du monde connu, ont été conquis eux-mêmes par la Grèce. Partout ailleurs, ils ont apporté la civilisation, là, ils l'ont reçue. Tout ce qui relève de l'art et de la pensée leur vient de Grèce, à commencer par leur religion. Ils ont adopté les dieux helléniques, en changeant leurs noms et encore, pas toujours, comme en témoignent Apollon et Pluton.

D'une manière tout à fait étonnante, c'est à un ancêtre véritable de notre héros de fiction et qui portait le même nom que lui, Titus Quinctus Flaminius, qu'est revenu l'honneur de conquérir la Grèce. Celle-ci était alors sous la domination de la Macédoine et, lors d'une brillante campagne, Flaminius a écrasé le roi de ce pays, Philippe V, à la bataille de Cynocéphales, en 197 av. J.-C.

Ce Titus Flaminius historique était, d'ailleurs, un personnage remarquable. S'il portait les titres de général et de consul, avant d'être un militaire ou un politique, c'était d'abord un brillant esprit, résolument philhellène. Après sa victoire, il a proclamé solennellement la liberté des villes grecques, aux jeux Isthmiques, célébrés à Corinthe, en 196. Bien sûr, cette liberté n'était que symbolique, mais ce symbole restera vivant tant que durera l'État romain...

Et la conquête de la Grèce par Rome n'a fait qu'accroître sa domination artistique et intellectuelle. En facilitant les communications, elle a libéré le commerce et, à partir de ce moment, les œuvres d'art réalisées dans les ateliers athéniens – vases, bronzes, statues – ont littéralement inondé le marché romain. Dès cette époque également, Athènes est devenue l'université du monde antique où tout jeune homme cultivé se devait d'achever ses études. Rien n'égalait le renom de ses prestigieuses écoles : l'Académie, fondée par Platon, et le Lycée, fondé par Aristote. Les plus illustres Romains ont été leurs élèves, comme Cicéron, qui a entendu les leçons d'Antiochos d'Ascalon, chef de l'Académie, comme le véritable Brutus, comme Virgile, comme Horace et tant d'autres...

Mais durant leur séjour à Athènes, les étudiants romains ne manquaient pas de se faire initier aux Mystères d'Éleusis, qui avaient lieu chaque année en deux temps : les Petits Mystères, en février, à Athènes, et les Grands Mystères, six mois plus tard, à Éleusis, une vingtaine de kilomètres à l'ouest.

Les Mystères d'Éleusis sont un phénomène unique dans l'Antiquité. Par leur thème, d'abord... Ils avaient pour sujet le mythe de Déméter et de sa fille Coré. Un jour que celle-ci cueille des fleurs, Hadès, dieu des enfers, fait s'ouvrir la terre et l'enlève pour en faire son épouse, sous le nom de Perséphone. Les enfers dont il est question, il faut le préciser, n'ont rien de commun avec ceux de la religion chrétienne. Il ne s'agit pas d'un lieu de châtiment par opposition au paradis, mais de l'au-delà souterrain qui accueille indistinctement tous les morts.

Toujours est-il que Déméter se met vainement à la recherche de sa fille disparue et, dans son désespoir, décide, elle, la maîtresse de la végétation, de ne plus rien faire pousser. La terre devient stérile, l'espèce humaine est en passe de disparaître et Zeus parvient à un accord entre Déméter et Hadès : Coré restera avec ce dernier dans les enfers pendant les quatre mauvais mois de l'année et rejoindra sa mère pendant les huit autres. C'est de ce moment que date l'alternance des saisons...

Comme on le comprend, à travers le récit de cette descente aux enfers, suivie d'un retour à la vie, les Mystères d'Éleusis étaient une réflexion sur la mort. L'âme est-elle immortelle ? Y a-t-il une survie dans l'au-delà ? Telles étaient les graves et éternelles questions qu'ils posaient à leurs assistants. Un tel niveau de spiritualité est sans autre exemple et a suscité l'admiration générale. Le dramaturge Eschyle, qui tout comme Aristophane, Sophocle, Euripide, Ésope, Hérodote, Euclide, Pythagore, Thalès, Socrate, Platon, Aristote et tant d'autres, a été initié, s'est écrié : « Déméter, toi qui as nourri mon esprit, fais que je sois digne de tes Mystères ! » Et Cicéron lui a fait écho quelques siècles plus tard : « Si Athènes, écrit-il, a engendré des choses nombreuses et divines, elle n'a rien créé de meilleur que ces illustres Mystères, par lesquels nous avons été adoucis et conduits d'une vie sauvage et agreste à une vie civilisée, de sorte que non seulement nous vivons avec plus de joie, mais que nous mourons avec un espoir meilleur. »

Les Mystères d'Éleusis sont sans conteste la plus remarquable manifestation religieuse de l'Antiquité. Même la chrétienté triomphante n'osera pas les abolir. Il faudra attendre l'attaque des Goths d'Alaric, en 395, pour qu'ils disparaissent. En tout, depuis l'époque mycénienne, ils auront duré vingt siècles !

Mais s'ils étaient remarquables par leur haute valeur morale, les Mystères l'étaient tout autant par leur côté démocratique. Ils étaient, en effet, ouverts à tous, les hommes comme les femmes, les adultes comme les enfants, les Athéniens comme les étrangers, les citoyens libres comme les esclaves. Les seules restrictions étaient de ne pas être meurtrier et de comprendre le grec, ce qui, on en conviendra, était bien peu. En outre, phénomène peut-être sans exemple pour ce genre de cérémonie, les Mystères d'Éleusis étaient indépendants de tout le reste ; ils n'étaient pas obligatoires, ils n'étaient incompatibles avec rien d'autre, ils ne conféraient aucun privilège et n'intégraient à aucune communauté. On se faisait initier si on voulait, quand on voulait, dans un acte de pure liberté.

Enfin et peut-être surtout, les Mystères d'Éleusis, d'où provient le nom commun « mystère », étaient remarquables par le secret qui les entourait. Celui-ci était absolu. Il était interdit sous peine de mort à l'initié de divulguer le contenu de la cérémonie et au profane d'entrer dans le sanctuaire d'Éleusis, entouré de hautes murailles et gardé par des hommes en armes. Et le respect que suscitait cette institution était tel que, pendant des siècles, personne n'a parlé. Il a fallu attendre la période chrétienne pour que des initiés convertis commettent quelques indiscrétions. C'est de leurs propos, ainsi que d'inscriptions enfouies dans des cercueils – et qui ne pouvaient, par conséquent, être vues de personne – que nous vient notre connaissance des Mystères et c'est sur ces sources que s'appuie le récit qui en est fait dans ce livre. Pour les parties qui restent à jamais inconnues, force a été d'imaginer le plus vraisemblable.

Partons donc sur les traces de notre héros, dans ce pays béni des dieux où se trouvent nos racines intellectuelles et culturelles. Car c'est là et nulle part ailleurs qu'est né tout ce qui compte dans le domaine des arts de la pensée. La musique, la poésie, le théâtre – la comédie comme la tragédie – la philosophie, les mathématiques, la géométrie, l'histoire, la politique, la démocratie : autant de mots grecs, qui désignent des réalités que les Grecs ont inventées ou portées à leur point de perfection, voici deux millénaires et demi. Et si le mot « sport » n'est pas grec, il s'agit d'une de leurs plus originales créations, ainsi que les jeux Olympiques nous le rappellent tous les quatre ans.

La Grèce, comme le reste du monde, a cédé aux légions romaines, mais elle a su s'imposer de manière éclatante à ses vainqueurs, preuve manifeste de la supériorité de l'esprit sur la force. Et cette supériorité a traversé les siècles. Aujourd'hui encore, le vocabulaire scientifique et médical, le vocabulaire de la philosophie, celui de la psychologie, comme la plupart des unités de mesure, s'expriment en grec et cela dans toutes les langues. En ce sens, la Grèce a conquis le monde.

1

La vie de farine

Les oliviers de l'Académie portaient encore leurs fruits en cette fin posidéon de l'archontat de Quintus de Rhamnonte [1]. Au nombre de douze, on disait qu'ils avaient été plantés par Athéna elle-même. Bientôt, on en cueillerait les olives pour faire l'huile sacrée servant au culte de la déesse.

L'Académie, située dans un faubourg d'Athènes, était connue du monde entier. Fondée par Platon trois siècles et demi plus tôt, elle dispensait un enseignement sans pareil. Ses bâtiments ne ressemblaient pas à ce qu'on aurait pu attendre d'une université. Pour les Grecs, la culture du corps était aussi importante

1. Fin décembre 57 av. J.-C.

que celle de l'esprit et, dans ce haut lieu de la philosophie, les installations sportives occupaient la plus grande place. On y trouvait un stade pour la course à pied et un gymnase pour le reste des exercices physiques. Les cours se donnaient dans une salle attenante à ce dernier ou, le plus souvent, en plein air, car en Grèce le temps est doux presque toute l'année.

Il faut dire que l'environnement de l'Académie avait de quoi séduire. Outre les oliviers d'Athéna, de grands platanes offraient leur ombrage, des lauriers-roses et des lauriers-sauce étaient plantés par bosquets, le reste étant occupé par un bois d'acacias et de chênes. Une haie de peupliers au loin délimitait cet espace consacré au savoir. Les dieux aussi y avaient leur place. Quatre temples de petite taille mêlaient leur marbre aux frondaisons : un sanctuaire d'Éros à l'entrée du stade, un temple d'Hermès, dieu des gymnastes, à l'entrée du gymnase, un autel d'Athéna sous ses oliviers, enfin, près de la salle des cours, un temple des Muses institué par Platon lui-même...

Il y avait déjà plusieurs mois que Titus Flaminius fréquentait ces lieux. Il avait jugé qu'il était temps pour lui d'achever sa formation par l'étude de la philosophie. Or cela ne pouvait se faire qu'à Athènes ; c'était là et nulle part ailleurs qu'avaient élu domicile les professeurs les plus prestigieux.

Titus Flaminius n'avait pas fait seul le voyage de Rome en Grèce : son inséparable compagnon Brutus l'avait accompagné. Brutus était plus qu'un ami, c'était le frère que la nature ne lui avait pas donné ;

d'ailleurs, n'ayant que quelques jours d'écart, ils étaient frères de lait.

En ce beau jour du mois romain de décembre, ils s'entretenaient tous deux, sous les oliviers d'Athéna, de l'enseignement que leur dispensait Apollodore, le chef de l'Académie. Ce dernier avait entrepris de passer en revue les divers systèmes de pensée. Brutus n'appréciait que médiocrement cette façon de procéder. En voulant parler de tout, disait-il, on reste à la surface. Il aurait mieux valu s'en tenir à la pensée d'un seul philosophe, Platon, par exemple... Titus Flaminius voyait son visage maigre, orné d'un collier de barbe, s'animer et son regard se charger de flamme, comme chaque fois qu'il entamait une discussion intellectuelle.

Lui-même ne partageait pas cet avis. À la différence de Brutus, il ne connaissait rien ou presque à la philosophie et ce survol lui donnait une excellente vision d'ensemble. De plus, rien n'était moins doctrinaire que l'enseignement d'Apollodore et il lui en savait gré. Cet esprit supérieur, qui s'avouait ouvertement sceptique, renvoyait dos à dos tous les systèmes et invitait simplement ses élèves à penser. Il ne leur apportait pas uniquement le savoir, mais aussi la sagesse... Titus Flaminius était en train de faire valoir ce point de vue, lorsque deux de leurs condisciples vinrent les rejoindre.

Publius Volumnius et Straton avaient fait avec eux le voyage de Rome. C'étaient des amis de longue date de Brutus, et Titus les avait connus à cette occasion.

Publius Volumnius, de forte corpulence, était un peu plus âgé que le reste du groupe : entre trente-cinq et quarante ans. C'était avant tout un esthète. Une seule chose l'intéressait en Grèce, l'art, et il ne se gênait pas pour dire qu'il y était venu moins pour s'instruire à l'Académie que pour acheter des vases et des statues. Loin d'être un simple amateur, c'était un spécialiste, et Titus Flaminius avait pu constater qu'il possédait sur ce sujet une érudition exceptionnelle.

Straton était le contraire de Publius Volumnius, tant physiquement que moralement. Cet homme maigre, à l'aspect sombre, parlait peu et se confiait moins encore. Titus savait simplement de lui qu'il était géomètre, spécialité qui lui était totalement étrangère. On le voyait quelquefois s'abîmer dans la contemplation d'une colonne ou de quelque autre détail d'architecture et sans doute en tirer des enseignements dont il ne disait rien à personne.

Publius Volumnius avait appris une nouvelle, qu'ils se mirent tous quatre à commenter : à partir de ce jour, Apollodore allait inaugurer un nouveau thème d'enseignement. De quoi pouvait-il bien s'agir ? Tandis qu'ils parlaient, ils pouvaient voir un peu plus loin leurs condisciples grecs se livrer à toutes sortes d'activités physiques : certains pratiquaient la lutte, d'autres lançaient le disque ou sautaient avec un haltère dans chaque main, d'autres encore couraient sur le stade. Eux, les Romains, moins accoutumés à ces exercices, se contentaient de les pratiquer de manière occasionnelle.

Les cours ne tardèrent pas à reprendre. Ils s'installèrent tous les quatre sur l'un des bancs de la grande pièce attenante au gymnase. Titus Flaminius éprouvait toujours un vif plaisir à retrouver Apollodore. Âgé d'une soixantaine d'années, le chef de l'Académie avait un visage fin, encadré de cheveux gris. Il ne se départait pour ainsi dire jamais d'un léger sourire, comme s'il invitait son interlocuteur à prendre du recul par rapport à ses propos. Titus n'avait jamais rencontré tant de supériorité intellectuelle chez un être. Apollodore était plus qu'intelligent, il était l'intelligence même, elle imprégnait toute sa personne, il avait le pouvoir de rendre lumineuses les choses les plus obscures...

La nouvelle que leur professeur allait changer le sujet de son cours avait circulé parmi les élèves et l'excitation se manifestait par des conversations qui éclataient un peu partout à voix basse. Bien loin de songer à les faire taire, Apollodore avait l'air de s'en amuser, tout en se promenant entre les bancs. Il refusait, en effet, d'enseigner depuis une chaire, de même qu'il n'avait jamais le moindre texte avec lui ; il tirait ses citations, parfois longues, de sa prodigieuse mémoire... Il finit par prendre la parole :

— J'ai décidé de placer à partir d'aujourd'hui nos réunions sous le patronage de Déméter. C'est cette déesse, noble entre toutes, qui nous servira désormais de guide.

Les assistants écoutaient avec une attention soutenue. Certains échangeaient entre eux des regards de surprise : Apollodore était là pour leur parler de philosophie, pas de religion. Titus s'aperçut soudain qu'il était juste devant lui, un sourire au coin des lèvres.

— Par exemple, que sait de Déméter l'illustre Titus Flaminius ?

Titus ne put que répondre :

— Ce que tout le monde en sait...

Cette réplique banale était l'exacte vérité. Titus ne s'était jamais particulièrement intéressé à la Cérès des Romains. Cette blonde déesse de la végétation et en particulier du blé, qui avait enseigné l'agriculture aux hommes, restait pour lui une figure assez effacée. C'était à d'autres divinités qu'allaient ses préférences, ses prières et ses sacrifices.

Apollodore se détourna de Titus sans faire de commentaires et frappa dans ses mains. On put voir alors un étonnant spectacle : un des plus jeunes élèves fit son entrée dans un étrange accoutrement. Il était couronné d'herbes sauvages et de glands et se mit à parcourir l'assistance avec un panier de pains en disant :

— J'ai échappé au mal. J'ai trouvé le mieux.

Apollodore les invita à prendre chacun un pain dans sa corbeille et expliqua :

— J'ai demandé à Lycos d'évoquer pour vous le premier visage de la déesse. La couronne agreste qu'il porte rappelle la nourriture des hommes primitifs, le pain est le don de Déméter. La déesse est la bienfaitrice entre toutes de l'humanité, pour l'avoir fait passer de la vie sauvage à ce qu'on appelle la « vie de farine ».

Lycos était devant Titus et lui tendait sa corbeille en souriant. C'était encore un adolescent : il avait quinze ans tout au plus. Titus l'avait déjà vu parmi les élèves sans faire particulièrement attention à lui. Il s'était seulement fait la réflexion qu'il était bien jeune pour suivre un tel enseignement. Mais à présent qu'il le voyait de près, il ne pouvait s'empêcher d'être frappé par son physique. Lycos avait tout d'une statue avec, en particulier, ce profil grec si étonnant, ce nez dans le prolongement du visage que tant d'hommes et de femmes possédaient ici, comme si les dieux avaient voulu distinguer d'un signe ce peuple privilégié. Il avait les cheveux bouclés, noirs comme l'aile du corbeau, les yeux noirs également et soulignés par de longs cils. Son corps élancé et fin faisait penser à quelque animal véloce. D'ailleurs, pour l'avoir vu sur le stade, Titus avait pu constater qu'il courait plus vite que tout le monde.

Titus prit un morceau de pain dans la corbeille et redevint attentif à Apollodore, qui poursuivait son discours. Il expliquait que le visage de Déméter était double. En apprenant aux hommes l'agriculture, en leur apportant la « vie de farine », elle les avait fait se sédentariser, se grouper en sociétés. Elle était donc considérée comme la mère des lois et sa première épithète était « législatrice ». Mais la déesse n'était pas que cela, il y avait aussi la tragique aventure de sa fille Coré...

Comme tout un chacun, Titus savait que Coré avait été enlevée par Hadès. Le dieu des enfers n'avait trouvé que ce moyen pour qu'une épouse partage son effrayante demeure. À la disparition de sa fille, la douleur de Déméter avait été si grande qu'elle avait cessé de faire pousser toute végétation et que l'humanité avait failli mourir de faim. Voyant cela, Zeus était intervenu. Le compromis n'était pas facile, car Coré, pour avoir mangé imprudemment un pépin de grenade, fleur d'Hadès, s'était liée par un charme aux régions infernales. Finalement, Zeus avait quand même réussi à imposer un accord. Coré passerait sur terre les huit mois de la belle saison, tandis qu'elle régnerait dans les enfers pendant les quatre autres, sous le nom de Perséphone. C'était là l'origine des saisons.

Déméter, poursuivait Apollodore, par l'absence et le retour de sa fille, était liée à la vie et à la mort. À ce titre, elle avait accès aux secrets de l'au-delà. C'était cette réflexion sur les deux faces de la déesse qu'il entendait mener avec ses élèves. D'abord, il allait leur parler de la vie de farine, de l'homme comme être social, puis de la disparition et du retour de Coré, de l'homme comme être mortel. Et il conclut :

— Je sais que plusieurs d'entre vous ont l'intention de se faire initier aux Mystères d'Éleusis. Ce sera pour eux la meilleure des préparations.

Les Mystères d'Éleusis... C'était vrai que, pour Titus et ses compagnons romains, ils comptaient presque autant que l'enseignement de l'Académie ou, plutôt, ils en étaient le complément indispensable, on ne pouvait pas concevoir l'un sans l'autre.

Les Mystères d'Éleusis, bien que protégés par un secret absolu, étaient, chacun le savait, consacrés à Déméter. C'était à Éleusis que la déesse, déguisée en mortelle à la recherche de sa fille disparue, s'était arrêtée pour reprendre des forces dans sa quête. Elle avait été recueillie par ses habitants, qui l'avaient traitée noblement et distraite un moment de sa douleur. Aussi, après avoir retrouvé Coré, Déméter avait ordonné de bâtir un sanctuaire à Éleusis et de célébrer chaque année une cérémonie en son honneur. Telle était l'origine des Mystères, qui attiraient depuis des siècles des pèlerins venus non seulement de toute la Grèce, mais du monde entier...

Apollodore s'apprêtait à poursuivre son cours, lorsqu'une voix grommela non loin de Titus Flaminius :

— On les connaît, les Mystères ! Une entreprise d'abrutissement public, voilà ce que c'est !

Celui qui venait de parler, un nommé Euphron, était un élève occasionnel de l'Académie. Il ne payait pas de mine, c'était le moins qu'on pouvait dire. Il était maigre, barbu, vêtu de haillons et sale à faire peur. Titus avait appris que, malgré son aspect peu engageant, il était à Athènes le plus éminent représentant de l'école cynique. Tout comme son maître Diogène, fondateur du mouvement, il vivait dans un tonneau, qu'il déplaçait tantôt ici, tantôt là, sa principale activité étant d'insulter les passants, principalement les riches et les puissants. Malgré cela, Apollodore, qui estimait que chacun devait s'exprimer, lui permettait d'assister à ses cours quand il en avait envie.

Il y eut une bousculade. Un des élèves agrippa Euphron par sa tunique déchirée et entreprit de le jeter dehors. Mais une poigne vigoureuse l'en empêcha. Titus Flaminius s'était saisi de lui à son tour, tandis qu'il lui lançait sèchement :

— Laisse-le tranquille !

L'homme regarda Titus, l'air surpris et furieux. Il avait la trentaine, pas mal de prestance, mais son aspect trop soigné lui donnait on ne sait quoi de déplaisant. Titus le connaissait : le personnage intervenait à tout propos pendant le cours, pour des réflexions le plus souvent sans intérêt. Il s'appelait Agathon, se disait auteur tragique et professeur d'éloquence, et semblait doué d'une incommensurable fatuité.

— Tu veux m'empêcher de mettre à la porte ce pouilleux ?

— Oui, ou bien je t'y mettrai moi-même, si tu continues.

Agathon lui jeta un regard furieux et alla s'installer à l'autre bout de la salle. Apollodore, qui s'était interrompu un instant pendant l'altercation, fit un petit signe de tête qui semblait marquer son assentiment et poursuivit son propos...

Peu après, Titus Flaminius quittait l'Académie, après avoir pris congé de ses compagnons romains, qui logeaient sur place. L'Académie disposait, en effet, de chambres pour ceux de ses élèves qui venaient de loin. Normalement, Titus aurait dû être du nombre, mais un Athénien avait insisté pour lui offrir l'hospitalité, et pas n'importe lequel, le premier d'entre eux, Quintus de Rhamnonte, l'archonte éponyme.

Élu pour un an, l'archonte éponyme donnait son nom à l'année, tout comme les consuls à Rome. Si cet illustre personnage avait tenu à avoir Titus chez lui, c'était en raison d'une circonstance extraordinaire. Il se trouvait qu'un de ses ancêtres directs, un autre Titus Flaminius, Titus Quinctus Flaminius précisément, avait, voici plus d'un siècle, conquis, au nom de Rome, la Grèce qui était alors sous la domination de la Macédoine. Il avait battu les Macédoniens et proclamé solennellement la liberté des villes grecques, aux jeux donnés à Corinthe l'année suivante.

Cela, Titus le savait, mais sans y accorder d'importance particulière. Or, dès son arrivée en Grèce, il avait découvert qu'avec le temps, le souvenir de Titus Quinctus Flaminius ne s'était nullement estompé et il avait été accueilli en héros. Même Apollodore, pour plaisanter, faisait, de temps en temps, allusion à ses origines...

Loger chez l'archonte éponyme, indépendamment d'être un privilège rare, présentait pour Titus d'autres charmes. Quintus de Rhamnonte était d'ascendance romaine. Son père s'était expatrié à Athènes et il était vite devenu un des personnages les plus en vue de la ville. Quintus était veuf ; il avait perdu sa femme quand elle avait accouché de leur fille cadette Iris, à présent âgée de onze ans. Il avait aussi une fille aînée,

Ariane, vingt ans, qui vivait près de lui, dans la jolie maison qu'ils habitaient sur la colline de l'Aréopage, en face de l'Acropole.

Titus s'était tout de suite plu en compagnie d'Ariane et il se serait montré bien difficile s'il en avait été autrement. Elle était aussi belle qu'intelligente et douce. Elle avait le profil grec, avec le nez prolongeant le front. Ses cheveux noirs étaient coiffés en bandeaux, ses yeux marron étaient profonds et calmes. Elle était toujours vêtue de tuniques assez amples qui la dissimulaient aux regards, mais Titus imaginait en dessous un corps parfait. Ariane était sage et cela ne la rendait que plus attirante. On devinait, derrière sa pudeur, des trésors de sensualité.

Ariane était Ergastine. On appelait ainsi les jeunes filles de noble famille qui tissaient et brodaient le péplos d'Athéna, dont, tous les quatre ans, lors de la fête des Grandes Panathénées, on revêtait la statue de la déesse. La cérémonie devait avoir lieu l'été suivant et les Ergastines en étaient à la décoration. Avec ses compagnes, Ariane de Rhamnonte brodait au fil d'or, sur le tissu de lin blanc, des dessins représentant les combats des dieux et des géants.

C'était avec fascination que Titus les regardait, chacune s'affairant sur un coin du voile sacré. Au début, toutes rougissantes et émues de se trouver en présence de ce bel étranger, de surcroît descendant du libérateur de la Grèce, elles avaient gardé le silence, les yeux fixés sur leur ouvrage, mais, peu à peu, elles s'étaient habituées à lui ; elles lui posaient mille questions sur Rome, parfois elles plaisantaient et riaient.

Les Ergastines finissaient pourtant par partir, les laissant seuls, Ariane et lui. Titus soupçonnait qu'elles avaient reçu des consignes en ce sens de la part de l'archonte, qui espérait secrètement marier sa fille au prestigieux représentant de la famille Flaminius. Titus n'avait pas d'intention particulière vis-à-vis d'Ariane, il se montrait parfaitement respectueux, mais il bénissait ces tête-à-tête. Grâce à elle, il découvrait les merveilles de la Grèce.

Elle avait voulu qu'ils lisent ensemble Homère. Il avait accepté pour lui faire plaisir, même si cette initiative ne l'enchantait guère. Il avait gardé, en effet, le plus mauvais souvenir du poète grec. Il revoyait encore le professeur avec lequel il l'avait étudié : un vieil homme à la voix aigre et aux ongles sales qui lui donnait la férule chaque fois qu'il se trompait. Mais, avec Ariane, ce qui avait été un pensum devenait un enchantement.

Penché à ses côtés sur le même rouleau de papyrus, Titus avait l'impression de lire pour la première fois ces vers émaillés de formules si simples, à la poésie inimitable : « L'aurore aux doigts de rose... La barrière de ses dents... » La barrière des dents d'Ariane était éclatante et nacrée. Il s'en échappait une voix chaude, qui le tenait sous le charme. Et, quand ils ne lisaient pas, quand elle brodait le péplos, elle était Ariane aux doigts de rose, décorant d'or le voile blanc de la déesse.

En ce mois de décembre, ils en étaient arrivés au passage de *L'Odyssée* où la nymphe Calypso retient Ulysse prisonnier dans son île. Titus lisait ces vers non sans émotion. Il avait l'impression lui aussi, non pas d'être prisonnier, mais d'être avec Ariane très loin du reste des hommes. En était-elle consciente ? Avait-elle aussi les intentions qu'il attribuait à son père ? Il ne le pensait pas. Il lui semblait plutôt qu'une intimité s'établissait entre eux, sans qu'ils ne fassent l'un et l'autre rien pour cela.

Ce jour-là, lorsqu'il rentra, il trouva toutes les Ergastines au travail. Leur ouvrage avançait : peu à peu le voile blanc se couvrait de figures dorées... Les compagnes d'Ariane ne restèrent pas longtemps. Elles saluèrent Titus et disparurent dans un bruit de volière. Les deux jeunes gens se retrouvèrent seuls. Titus raconta à la fille de son hôte la nouvelle tournure du cours d'Apollodore. Il lui fit part de la violente sortie d'Euphron et lui demanda ce qu'elle pensait elle-même des Mystères d'Éleusis. Elle eut un sourire d'excuse.

— Si je n'avais pas été initiée, je t'aurais répondu, mais je l'ai été, alors, je dois me taire.

Il n'insista pas. Il lui parla de Déméter. Il lui raconta comment il avait jusque-là négligé cette déesse et combien il était impatient de la découvrir, grâce à Apollodore. L'aventure de Coré, en particulier, lui apparaissait d'une profondeur qu'il n'imaginait pas auparavant. Ariane approuva :

— Tu ne peux pas savoir comme c'est important !

Il y a deux jours à part dans l'année : le premier de la mauvaise saison, qui s'appelle « jour de Perséphone », et le premier de la belle saison, qui s'appelle « jour de Coré ».

— Qui t'a appris cela ?

— Ma mère, quand j'étais toute petite fille. Elle m'a dit que, quoi que je fasse, je reconnaîtrais toujours ces deux journées, qu'elles m'accompagneraient toute ma vie. Elle avait raison.

— Et comment les reconnais-tu ?

— Il n'y a rien de spécial à faire. Elles s'imposent d'elles-mêmes. Un matin, en se levant, on sent dans l'air quelque chose de triste et de pesant. La nature semble lasse, résignée : c'est le jour de Perséphone ; il faut attendre jusqu'au printemps prochain. Alors un matin, au contraire, on découvre que tout renaît, que tout s'est réveillé d'un coup. Coré est revenue parmi les hommes et on chante son retour.

Titus lui montra le ciel pur où le soleil brillait.

— Nous sommes en décembre et il fait un temps de printemps. Perséphone se fait attendre, on dirait !

— Coré s'attarde. Il y a encore beaucoup de fleurs, elle adore les fleurs. Elle a oublié son triste époux.

— Et si elle l'oubliait tout à fait ? S'il n'y avait pas de jour de Perséphone ?

— Il arrivera. Il arrive toujours.

— Et tu crois que je le reconnaîtrai ?

— J'en suis certaine.

Titus ne passait pas tout son temps avec Ariane. La maison de Quintus de Rhamnonte était l'une des rares à être bâtie sur la colline de l'Aréopage et il en profitait pour assister, chaque fois qu'il le pouvait, aux séances du tribunal du même nom, qui se trouvait non loin.

L'Aréopage, la plus haute juridiction athénienne, était chargé de juger les crimes de sang. Il était composé des anciens archontes et présidé par l'archonte en exercice, c'est-à-dire Quintus de Rhamnonte. C'était avec la plus grande émotion que Titus se rendait dans ces lieux. Il n'oubliait pas que, même s'il ne plaidait plus, il était avocat et, pour tous ceux de sa profession, l'Aréopage était un lieu sacré. Ce n'était pas un tribunal comme les autres, mais le premier et le plus illustre d'entre eux, institué par les dieux eux-mêmes. Arès, Athéna et Poséidon étaient descendus dans son enceinte. C'était là que les dieux avaient donné la justice aux hommes...

L'Aréopage se trouvait tout en bordure de la colline, juste en face de l'Acropole. De part et d'autre de son entrée, se dressaient deux temples. Le premier était consacré aux Euménides, déesses de la vengeance, qui poursuivaient de leur haine les meurtriers. Des statues de Pluton, d'Hermès et de la Terre avaient été érigées dans cet endroit terrible. Mais, en face, un temple d'Athéna, protectrice traditionnelle des accusés, rappelait que les droits de la défense étaient tout aussi honorés et respectés que ceux de l'accusation.

Une fois qu'on avait pénétré dans l'enceinte, on avait un peu l'impression de se trouver dans un théâtre. Le public prenait place sur des gradins en demi-cercle et il avait devant lui les aréopagites derrière une tribune de marbre. Leur assemblée était des plus impressionnantes. Les anciens premiers magistrats de la ville étaient, pour la plupart, déjà âgés et, avec leurs têtes chenues et leurs barbes blanches, ils donnaient l'image même de la sagesse.

Les débats étaient plus saisissants encore. Vu la gravité des crimes jugés, la peine encourue était toujours la mort et son ombre planait sur le procès. L'accusateur prenait place sur un banc de marbre, appelé la « pierre du Ressentiment », et l'accusé s'asseyait en face de lui, sur un siège semblable, nommé « pierre de l'Outrage ».

Quelquefois, les deux adversaires s'exprimaient eux-mêmes, mais le plus souvent ils étaient assistés d'un avocat, qui parlait à leur place. En les entendant, Titus s'imaginait en train de plaider lui-même dans ces lieux prestigieux. Il pensait aussi à la déesse Athéna, lorsqu'elle était descendue de l'Olympe pour intervenir dans les débats. C'était lors du procès d'Oreste, meurtrier de sa mère Clytemnestre, elle-même meurtrière de son mari Agamemnon. Les voix des juges s'étant partagées, elle était venue voter l'acquittement. Depuis, chaque fois qu'il y avait égalité dans le tribunal, l'accusé était acquitté, la déesse étant censée s'être prononcée en sa faveur...

Dès qu'ils avaient rendu leur sentence, Titus ne manquait jamais de venir saluer les aréopagites, et le prestige de son nom était tel que ces personnages éminents lui manifestaient les plus grandes marques de respect. Parmi les attributions de l'Aréopage, figurait le droit de décerner des distinctions aux étrangers qu'Athènes voulait honorer, la plus recherchée étant la citoyenneté athénienne. Tous les aréopagites, Quintus de Rhamnonte en tête, avaient voulu la lui accorder, mais Titus avait refusé : il ne pouvait accepter une récompense qu'il n'avait pas méritée lui-même et qu'il n'aurait due qu'à son ancêtre. Impressionnés par cette réponse, les membres du tribunal ne l'en avaient estimé que davantage.

Ainsi se déroulait le séjour de Titus à Athènes, dans une atmosphère à la fois studieuse et fervente. Il était chaque jour plus ébloui par ce qu'il découvrait. La supériorité des Grecs était éclatante dans tous les domaines des arts et de la pensée. Il se sentait tout intimidé d'être romain ; ils étaient les maîtres et il était leur élève.

À la réflexion, il ne voyait qu'une chose à leur reprocher : ils n'aimaient pas les femmes. À part celles de petite condition, les marchandes de l'Agora, par exemple, on n'en voyait pas dans les rues. Athènes était une ville d'hommes. Il se demandait comment un peuple, qui rendait un tel hommage à la féminité par les statues admirables qu'on voyait partout, pouvait à ce point la mépriser dans la vie. Mais c'était ainsi : en Grèce, les femmes étaient de marbre, pas d'os et de chair.

2

Le jour de Perséphone

Une semaine avait passé. On était entré dans la nouvelle année et les quatre Romains avaient décidé de l'inaugurer en se rendant à Éleusis. Il n'était pas, bien sûr, question pour eux d'entrer dans le sanctuaire, mais d'en découvrir les abords, ainsi que la ville elle-même, qu'ils ne connaissaient pas.

C'était le jour de Perséphone ! Il n'y avait pas besoin d'être spécialement attentif pour le découvrir, jamais un changement de temps n'avait été aussi brutal. Titus Flaminius, Brutus, Publius Volumnius et Straton, partis de bon matin d'Athènes à dos de mule, cheminaient depuis une heure environ, lorsque le vent s'était levé d'un coup. Des nuages étaient apparus et avaient rapidement occupé tout le ciel. La température avait soudainement chuté et il s'était mis à neiger !

Les quatre condisciples continuèrent quand même leur route, mais dans des conditions de plus en plus difficiles. Vu la douceur qui régnait au moment de leur départ, ils étaient tous habillés de tuniques légères et ils grelottaient. Ils craignirent même de ne jamais arriver à destination : leurs montures s'enfonçaient dans une couche de neige de plus en plus épaisse, glissaient et manquèrent plusieurs fois de tomber. Par moments, à cause des rafales, ils n'y voyaient plus rien du tout.

Ils parvinrent tout de même devant le sanctuaire, dont ils distinguaient mal les hautes murailles crénelées, et ils se demandèrent ce qu'ils allaient faire. Ils ne pouvaient y entrer : où se réfugier ? Ce fut alors qu'ils aperçurent une auberge de l'autre côté de l'esplanade. Bénissant cette aubaine, ils s'y précipitèrent.

Ils se retrouvèrent dans une vaste salle pleine de monde, peut-être des voyageurs surpris comme eux par le mauvais temps. La patronne vint les accueillir. Titus fut surpris de son apparence. En Grèce comme à Rome, les auberges étaient des endroits plutôt mal fréquentés, c'étaient souvent des lupanars et des tripots, parfois des coupe-gorge. Mais cette femme, âgée d'une quarantaine d'années, avait un air tout à fait respectable. Elle était blonde, ce qui n'était pas si courant en Attique, grande et d'un maintien élégant. Elle se présenta sous le nom de Phyllis et commenta, avec un sourire :

— Quel temps ! Il y a vingt ans qu'on n'a pas vu cela. Venez vite vous mettre à l'abri et vous restaurer.

Elle leur désigna une table et ajouta :

— Ma fille Chloé va vous servir...

Cette dernière ne tarda pas à arriver. Elle aussi était blonde. Elle aussi avait un air réservé et bien élevé. Elle était très jeune, une quinzaine d'années, pas plus. Elle leur proposa des oignons, des fèves, des olives et des poissons grillés, ce qu'ils acceptèrent avec plaisir.

En attendant d'être servis, ils discutèrent de ce qu'ils allaient faire. Ils convinrent qu'il ne serait pas raisonnable de rentrer à Athènes avec un temps pareil. Si ces mauvaises conditions persistaient, ils demanderaient à la patronne s'il était possible de passer la nuit à l'auberge.

Après quoi, Brutus, dont le sérieux était le péché mignon, mit la conversation sur l'immortalité de l'âme, qu'Apollodore aborderait dans la seconde partie de son cours. Il serait intéressant de confronter leurs points de vue. Ils s'exprimèrent donc tous les quatre. Brutus, stoïcien convaincu, croyait effectivement à l'immortalité de l'âme ; Publius Volumnius et Straton étaient athées, quant à Titus, il s'en tenait à la religion traditionnelle, pour laquelle le mort vivait dans l'au-delà une existence diminuée...

Ils avaient pourtant du mal à parler sereinement, car il y avait énormément de bruit dans la salle. Une table était particulièrement animée, occupée par des jeunes gens qui revenaient des Dionysies agraires. Cette fête, particulière à la Grèce, avait lieu au début de l'année dans chaque village et dans chaque quartier des grandes villes. Il s'agissait de se tenir debout sur une outre de vin préalablement enduite d'huile. Celui qui restait le plus longtemps emportait l'outre. L'un des convives avait été vainqueur, il partageait son vin avec ses compagnons et on imagine l'atmosphère qui régnait... À un moment donné, l'un d'eux adressa une plaisanterie à Chloé, qui était en train de les servir, et celle-ci partit d'un long éclat de rire. Titus en fut comme transporté : ce rire avait un son cristallin, harmonieux, il était la fraîcheur et la jeunesse mêmes !

Mais il s'arrêta soudain. Comme si elle venait de se souvenir de quelque chose, la jeune fille quitta précipitamment la tablée. Titus la vit s'emparer d'un manteau, puis quitter l'auberge. Lorsqu'elle ouvrit la porte, un violent courant d'air glacé s'engouffra dans la pièce. Il ne put s'empêcher de s'en étonner. Qu'avait-elle de si important et de si urgent à faire, pour qu'elle abandonne ainsi ses clients et sorte par un temps pareil ?

D'autant qu'elle ne revint pas. Sa mère, Phyllis, la remplaça et ce fut elle qui leur apporta le dessert : des gâteaux au miel. Titus ne put se retenir de satisfaire sa curiosité. Il lui demanda ce qui faisait courir ainsi sa fille. L'aubergiste lui répondit avec un rien de fierté dans la voix :

— C'est qu'elle doit participer à une cérémonie avec tout le clergé du sanctuaire. Elle joue le rôle de Coré.

Brutus, qui continuait leur discussion philosophique, s'interrompit, subitement intéressé. Phyllis poursuivit :

— C'est un rite qui a lieu chaque premier mauvais jour de l'année. Elle joue Coré et la prêtresse de Déméter incarne la déesse. Elle doit disparaître dans le puits de Callichoros et la prêtresse va se lamenter sur la Pierre triste...

Titus connaissait ces lieux pour avoir lu *L'Hymne homérique à Déméter* avec Ariane. La Pierre triste était un rocher nommé ainsi depuis que Déméter s'y était assise pour pleurer la disparition de sa fille. Le puits de Callichoros était situé juste en face. C'était autour de lui que les femmes d'Éleusis avaient fait une danse joyeuse après le retour de Coré. Mais l'important était que l'un comme l'autre se situaient à l'extérieur du sanctuaire et que, normalement, les lieux étaient ouverts à tout le monde. Il en demanda la confirmation à l'aubergiste :

— Les profanes peuvent y assister ?

— Bien sûr. Cela ne fait pas partie des Mystères.

— La cérémonie a lieu bientôt ?

— Elle ne devrait pas tarder.

Titus Flaminius, Brutus, Publius Volumnius et Straton n'eurent pas à se concerter. Une telle occasion était inespérée. Ils se levèrent d'un même mouvement, payèrent l'aubergiste et sortirent.

Par chance, la neige avait cessé. Titus et ses compagnons purent donc découvrir un spectacle qui, au dire de l'aubergiste, ne s'était pas produit depuis vingt ans : un grand manteau blanc recouvrait le parvis du sanctuaire d'Éleusis. Les murailles étaient tapissées à leur sommet de la même couche blanche. Malgré les conditions climatiques, un public nombreux commençait à arriver, preuve que cette cérémonie était connue et appréciée de beaucoup. Pour l'instant, on ne voyait pas de prêtre, mais Chloé était là. On la reconnaissait de loin à sa chevelure blonde. Elle s'était arrêtée près d'un monticule enneigé, sans doute le puits de Callichoros.

En attendant, Titus voulut voir la Pierre triste. À la différence de Brutus, qui ne croyait pas aux dieux traditionnels, et de Publius Volumnius et Straton, qui ne croyaient pas aux dieux du tout, il pensait que Déméter était réellement venue en ces lieux et qu'elle y avait pleuré sa fille enlevée aux enfers. Voir l'endroit exact où elle avait versé des larmes était donc pour lui particulièrement émouvant.

La Pierre triste, que de pieux spectateurs étaient en train de dégager de la neige, était un rocher qui se dressait seul au milieu de l'esplanade uniformément plate, comme s'il était tombé du ciel. Il affectait grossièrement la forme d'un banc, auquel une bosse à l'une des extrémités faisait comme un accoudoir unique. Titus imaginait la déesse en grand deuil, la tête couverte du voile funèbre, appelant la disparue, le front courbé vers la terre.

Il chercha du regard le puits de Callichoros. Il était tout près, dans la direction de l'entrée du sanctuaire. À présent, il apercevait sa margelle, que les spectateurs avaient entrepris aussi de dégager à mains nues.

Il remarqua même que l'un d'eux, vêtu d'un manteau noir à capuchon qui le recouvrait entièrement, se détachait de manière saisissante sur le décor environnant. Chloé leur prêtait main forte : il décida d'en faire autant. Il appela ses condisciples pour qu'ils viennent avec lui, mais il ne les vit pas dans la foule qui ne cessait de grossir et il n'insista pas.

Titus se dirigea vers le puits. La neige s'était remise à tomber, mais il put voir parfaitement la scène. Comme souvent, lorsque se produit un drame soudain et imprévisible, il y assista d'une manière presque indifférente, se contentant d'en enregistrer les détails. L'émotion ne vint qu'après... La personne en noir s'écarta des autres. Une dizaine de pas plus loin, elle se retourna et sortit quelque chose de dessous son manteau. Il ne comprit qu'il s'agissait d'un arc que lorsqu'il entendit un sifflement. L'instant d'après, Chloé s'effondrait, tandis que la silhouette s'enfuyait en courant.

Il se précipita. La jeune fille était inanimée sur la margelle. Il la prit dans ses bras. Il n'était pas médecin, mais ce n'était pas nécessaire pour se rendre compte qu'elle était morte. Elle avait reçu une flèche dans le cou, dont un flot de sang s'échappait. Ses yeux grands ouverts. Ils n'exprimaient aucune douleur, seulement de la surprise... Titus la lâcha et, bousculant les hommes et les femmes qui restaient là les bras ballants, il courut à la poursuite de l'archer.

Il pensait pouvoir le rattraper facilement, mais il eut beau regarder dans toutes les directions, il ne vit personne. Il avait disparu du côté du sanctuaire. À l'entrée, des hommes armés montaient la garde. Sur le mur, deux pancartes, en latin et en grec, proclamaient l'interdiction d'entrer sous peine de mort aux non-initiés. Si l'agresseur avait pris cette direction, il ne pouvait pas le suivre. Il revint vers le puits.

Il y retrouva ses compagnons, qui venaient d'arriver, alertés par les cris et le tumulte. Il leur demanda d'aller prévenir Phyllis, tandis que lui-même se mit sans plus attendre à interroger ceux qui l'entouraient. Mais ce fut en pure perte : ils n'avaient rien vu. Ils connaissaient tous la jeune Chloé, qui avait déjà, à la même époque, incarné le rôle de la fille de Déméter. Quant à l'archer en noir, personne n'y avait fait attention, personne n'était en mesure de dire quoi que ce soit à son sujet.

C'est alors que des hommes et des femmes en longue tenue d'apparat firent leur apparition. Tout le monde s'écarta à leur approche. Titus comprit qu'il s'agissait du clergé d'Éleusis. Une femme, à la chevelure coiffée tout en hauteur de manière compliquée et qui portait des bracelets d'or à chaque bras, se précipita vers la morte. C'était sans nul doute la prêtresse de Déméter. Elle eut un cri tragique :

— Chloé ! Ce n'est pas vrai !...

Titus ne pouvait s'empêcher d'éprouver un sentiment poignant devant la situation. La prêtresse était venue pour faire semblant de pleurer la jeune fille après sa disparition simulée dans le puits et voilà qu'elle versait des larmes véritables et que Chloé était vraiment morte !... Oui, elle était morte. Il regardait ce visage posé sur la neige et devenu presque aussi blanc qu'elle ; cette bouche d'où, si peu de temps auparavant, s'échappait un rire qui était la jeunesse et la vie mêmes et qui était fermée pour toujours. Qu'avait fait aux dieux cette enfant de quinze ans pour connaître un sort aussi tragique ?

Autour de lui, Titus entendait des conversations désolées. Il apprit que Chloé était bien connue à Éleusis. Elle avait été initiée toute petite et elle rendait des services au clergé du sanctuaire. On appelait ces enfants « les initiés de l'autel » et, en échange de leur travail, ils recevaient une petite part des offrandes qui étaient faites aux prêtres.

Les instants qui suivirent furent dramatiques. Phyllis, que les compagnons de Titus étaient allés chercher, arriva en courant, bouscula la prêtresse de Déméter et prit sa fille dans ses bras avec un hurlement de bête blessée. Pendant de longues minutes, elle fut incapable de prononcer une seule parole, exprimant seulement son désespoir à grands cris. Le clergé d'Éleusis se tenait devant elle, atterré, et, un peu plus loin, la foule de ceux qui devaient assister à la fête... Phyllis parvint enfin à demander :

— Que s'est-il passé ? Qui a fait cela ? Quelqu'un a-t-il vu quelque chose ?

Personne ne répondant, Titus comprit qu'il était le seul témoin du meurtre et s'approcha pour dire ce qu'il savait : une personne en noir, dont il n'avait strictement rien vu, avait sorti un arc et avait tiré... L'aubergiste secoua la tête avec désespoir et s'exclama :

— Mais cela n'a pas de sens !

— Tu n'as pas une idée de qui il s'agit ?

— Absolument pas...

Phyllis se jeta sur le corps de sa fille et l'étreignit.

— Mon enfant, tout à l'heure, tu étais vivante, et maintenant tu es dans les enfers, où tu vas errer en peine pour toujours.

Titus s'approcha d'elle.

— Pourquoi dis-tu cela ?

— Parce que je ne pourrai pas la venger, voilà pourquoi ! Crois-tu que je sois assez riche pour mener une enquête ? Crois-tu que j'en aie le temps ? Je dois m'occuper de mon auberge...

L'avocat qu'était Titus Flaminius savait que Phyllis avait raison. À Athènes comme à Rome, les affaires criminelles restaient du domaine privé. Si quelqu'un était victime d'un homicide, c'était à sa famille de retrouver le meurtrier par ses propres moyens et de le traduire devant le tribunal. Bien entendu, cela n'était pas possible aux personnes modestes, qui n'avaient plus, au sens propre du terme, que leurs yeux pour pleurer... Titus posa la main sur le bras de l'aubergiste.

— Je retrouverai son meurtrier.

— Pourquoi ferais-tu cela ?

— Parce que moi, j'en ai le temps et les moyens. Je dois quitter la Grèce dans huit mois. Je te fais le serment qu'avant, j'aurai retrouvé l'assassin de ta fille !

La femme le regarda avec des yeux étonnés.

— Qui es-tu ?

Titus répugnait à se nommer. Elle apprendrait plus tard qui il était.

— Peu importe. Acceptes-tu mon offre ?

— Comment pourrais-je la refuser ?

L'aubergiste se répandit en remerciements et en bénédictions. Tout en s'efforçant d'y couper court, Titus ne pouvait s'empêcher d'être troublé. Comme dans le mythe, une mère pleurait sa fille, partie pour les enfers le jour de Perséphone. Qui plus est, la jeune morte allait jouer justement la disparition de Coré. Un instant, il eut l'idée étrange qu'il ne s'agissait pas d'une coïncidence, que cette concordance entre l'histoire divine et la réalité était un des éléments de son enquête, sinon le principal élément. Mais il se ressaisit : tout cela n'avait aucun sens...

La prêtresse de Déméter s'approcha de Phyllis et lui dit doucement :

— Ta fille est morte un peu à cause de nous. Nous allons la transporter dans le sanctuaire et nous la veillerons.

— Non. Je veux la veiller, moi.

— Alors, nous la porterons jusqu'à l'auberge. Nous organiserons ses funérailles demain. Nous y serons tous.

Des esclaves du sanctuaire emportèrent le corps.

Tout en les suivant, aux côtés de Phyllis, Titus décida de l'interroger sans plus attendre :

— Peux-tu répondre à mes questions ? J'aurai peut-être à agir rapidement.

Phyllis acquiesça douloureusement de la tête.

— Chloé avait-elle des ennemis ? Cherche bien...

— Mais non, c'est absurde ! C'était une jeune fille sage et sans histoire, qui m'aidait de son mieux.

— Et toi, tu n'en as pas ? Tu tiens une auberge, il peut s'y passer des choses. Une dispute avec des clients...

— Il n'y a eu que des histoires sans importance. On ne tue pas une enfant pour cela.

Titus changea de sujet :

— Pardonne-moi, mais il me semble que tu vis seule. Qu'est devenu son père ?

— Elle ne l'a pas connu. Il est mort d'une maladie avant sa naissance. Je n'ai pas voulu me remarier. J'ai consacré toute ma vie à Chloé et maintenant...

Phyllis repartit en sanglots. Titus attendit qu'elle retrouve la maîtrise d'elle-même pour l'interroger de nouveau :

— Est-il vrai qu'elle a été initiée aux Mystères toute petite ?

— Oui. Elle avait cinq ans. Je l'ai voulu parce que j'étais dans la misère à l'époque. Elle faisait des travaux domestiques dans les temples. En échange, on lui donnait des viandes de sacrifices, des gâteaux d'offrandes...

Titus avait déjà réfléchi à la situation et il lui apparaissait que la vérité était peut-être à chercher à l'intérieur du sanctuaire. Il décida de s'en ouvrir sans détour à Phyllis.

— Crois-tu que je pourrais entrer dans le sanctuaire sans être initié ?

— C'est impossible.

— Comment les gardes reconnaissent-ils ceux qui sont initiés de ceux qui ne le sont pas ?

— Il y a un mot de passe.

— Et tu le connais. Penses-tu que tu pourrais... ?

Suivant le corps de la malheureuse enfant, Titus était arrivé devant l'auberge d'où il était parti si peu de temps auparavant, tout ému d'assister à sa première cérémonie à Éleusis. Phyllis se tourna vers lui, l'air grave.

— Je regrette. Même si ma fille devait, à cause de cela, passer l'éternité dans la douleur, je ne peux pas trahir le secret.

La salle de l'auberge était presque vide. Les clients étaient partis lorsqu'on avait annoncé la tragique nouvelle. Seuls les jeunes gens qui revenaient des Dionysies agraires, trop éméchés pour comprendre la situation, étaient restés : ils étaient là, à trinquer et à échanger des plaisanteries. Le tragique cortège les dégrisa d'un coup. Ils se levèrent et disparurent en prononçant des paroles confuses.

Le corps fut placé sur une des tables, qu'on débarrassa à la hâte. Titus se chargea lui-même de retirer du cou la flèche mortelle. Elle était d'un modèle curieux, peinte en rouge et noir ; les plumes de l'empennage étaient jaune vif. Il la montra à Phyllis.

— Tu n'en as jamais vu de pareille ? Un client de ton auberge ?...

Phyllis fit vivement « non » de la tête et se détourna pour ne plus la voir. Titus la garda avec lui : c'était le premier indice matériel de son enquête. Ensuite, Phyllis commença les apprêts funèbres. Elle glissa dans la bouche une drachme, l'obole à Charon, nocher des enfers, qui faisait passer les morts sur sa barque. Elle alla prendre aussi sur une table trois petits gâteaux au miel, qu'elle glissa entre les doigts de la morte. C'était pour amadouer Cerbère, le chien à trois têtes qui gardait l'entrée des enfers. Après quoi, Phyllis s'occupa de remettre en ordre les beaux cheveux dorés de sa fille et de rajuster ses vêtements.

Il y avait beaucoup de monde dans l'auberge : des voisins, des amis, des clients venus exprimer leur douleur et leur sympathie. Dehors, la neige tombait toujours. Titus demanda à Phyllis s'il serait possible à ses compagnons et à lui-même de passer la nuit sur place. Elle accepta sans hésitation. Elle ajouta que, pour le remercier et l'honorer, elle lui donnait sa propre chambre. Elle-même ne dormirait pas, elle passerait toute la nuit à veiller Chloé...

Ce fut donc de bonne heure que Titus se mit au lit. Il avait proposé à Phyllis de rester à ses côtés près de la morte, mais elle avait refusé. Des habitants d'Éleusis lui avaient fait la même proposition : elle avait refusé également. Elle voulait être seule avec sa fille ; elle avait besoin de se recueillir...

En pleine nuit, Titus fut réveillé par un bruit venant de la grand-salle. Il y courut et découvrit un tableau dramatique : Phyllis était inanimée, le sommet du crâne en sang. Mais le plus impressionnant était le corps de la jeune fille : il avait été jeté à terre. Déjà figé par la rigidité cadavérique, il avait gardé la position qu'on lui avait donnée sur la table, avec la bouche close contenant la drachme et les doigts crispés sur les petits gâteaux pour Cerbère. La porte était grande ouverte ; dehors, il neigeait et des bourrasques entraient dans la pièce. Sans grand espoir, il se précipita à l'extérieur. Ce fut en vain : il n'y avait personne, il faisait nuit noire et on n'y voyait rien. Il referma la porte, remit avec précaution le corps sur la table, à l'endroit exact où il se trouvait auparavant, et se pencha vers l'aubergiste.

À ce moment-là, elle ouvrit les yeux en grimaçant. Il alla chercher un linge mouillé et le passa sur sa blessure, qui ne semblait pas profonde. Elle parvint à se redresser et demanda péniblement :

— Qu'est-ce qui m'est arrivé ?

— Tu as été attaquée. Tu n'as rien vu ?

— Non. J'avais dû m'endormir. J'ai ressenti un grand coup et c'est tout. Qu'est-ce qui s'est passé ?

— Quand je suis arrivé, le corps était par terre. La porte était ouverte. On est venu de l'extérieur.

— Pour m'assommer et jeter le corps de ma fille ? C'est monstrueux et absurde !

— Je suis comme toi, je ne comprends pas. Mais peux-tu regarder dans la pièce ? Peut-être a-t-on volé quelque chose...

L'aubergiste se leva péniblement et se mit en devoir d'explorer la salle. Au bout d'un moment, elle déclara qu'il ne manquait rien. Elle répéta :

— C'est absurde !

— Cela a sûrement un sens. Cela signifie en tout cas que l'assassin est toujours là. Va te reposer dans ta chambre. Je vais prendre ta place.

— Il n'en est pas question. Je reste.

Titus ne répliqua rien et s'installa à côté d'elle. Après un long silence, elle finit par lui demander :

— Tu ne m'as toujours pas dit ton nom.

— Titus Flaminius.

— Comme le grand Titus Flaminius ?

— C'était mon ancêtre.

L'aubergiste se tourna vers lui. Sur son visage marqué par la douleur, apparut une ébauche de sourire.

— Alors, les dieux ne sont pas entièrement mauvais. Je suis sûre que ma fille sera vengée.

— Elle le sera, Phyllis.

3

La Pierre triste

Le reste de la nuit se passa sans incident. Tout en veillant la victime, Titus Flaminius essaya de passer en revue les premiers éléments de son enquête. Phyllis, dont il entendait les sanglots étouffés à ses côtés, était sûrement une excellente mère, qui avait aimé sa fille par-dessus tout, mais bien souvent une mère ignore qui est réellement son enfant. À l'âge de Chloé, une adolescente change très vite, il suffit pour cela d'une rencontre ou de tout autre événement imprévu...

Pendant de longs moments, Titus contempla cette morte fauchée dans la fleur de l'âge. S'il n'y avait eu ce trou rose bordé de bleu sur son cou, on aurait pu la croire paisiblement endormie. Quelles pensées avait abrité ce front lisse et pur ? Quelles paroles avaient prononcées ces lèvres pâles, closes à jamais ? Avaient-elles déjà donné un baiser à quelqu'un ? Il passait beaucoup de monde à l'auberge, il avait pu s'en rendre compte, et il en venait plus encore dans le sanctuaire. C'était sûrement dans l'un de ces deux endroits que la malheureuse avait rencontré son meurtrier ou sa meurtrière, car on ne pouvait exclure que ce soit une femme. En tout cas, une chose était certaine, ce n'était pas une méprise. L'archer en noir avait pris tout le temps de l'observer avant de commettre son acte.

Restait le mobile. Titus n'avait, bien entendu, pas la moindre idée à ce sujet, mais un élément pouvait l'aiguiller : l'agression qui venait de se produire. Le meurtrier était revenu auprès de sa victime pour chercher ou faire quelque chose. Apparemment, il avait échoué : rien n'avait été volé dans la pièce et le fait de jeter à terre le corps pouvait être interprété comme un geste de rage. Tout cela restait mystérieux, mais une conclusion s'imposait : l'assassin ne se satisfaisait pas de son crime, il y avait autre chose qu'il n'avait pas pu accomplir...

Titus avait donné sa promesse à Phyllis et il ne le regrettait pas, mais il ne pouvait se cacher que son enquête s'annonçait mal. La principale difficulté venait de ce qu'il n'était pas initié, or une partie du mystère, sinon la totalité, était peut-être à chercher dans le sanctuaire. Alors, auprès de qui demander de l'aide ? Il pensa à la prêtresse de Déméter, qui semblait avoir eu beaucoup d'affection pour la disparue. Le mieux serait de s'adresser à elle sans plus attendre, aux funérailles.

Enfin, il y avait cette coïncidence entre le mythe de Déméter et la réalité : cette mère qui pleurait sa fille à l'endroit exact où la déesse avait pleuré la sienne, ces deux disparues qui se ressemblaient, blondes toutes les deux, et qui étaient même proches par le nom : Chloé, Coré. Bien sûr, tout cela était troublant, mais il aurait été absurde d'en tirer la moindre conclusion. C'était ainsi, voilà tout. Et puis, il y avait une tragique différence. Chloé n'était, hélas, pas Coré. Les enfers ne lui ouvriraient pas leurs portes, pour qu'elle passe sur terre la belle saison. Jamais plus elle n'irait entretenir les temples du sanctuaire, jamais plus elle ne servirait les clients de l'auberge, jamais plus elle ne ferait entendre son rire. Personne ne la rendrait à sa mère, on ne pourrait que retrouver son meurtrier et ce serait déjà beaucoup.

Au matin, Titus Flaminius alla faire quelques pas dehors. La neige s'était arrêtée, mais il en était tombé beaucoup pendant la nuit, car le manteau était incroyablement épais. Titus ne se rappelait pas en avoir vu de pareil à Rome et le phénomène devait être tout à fait exceptionnel en Attique où le climat est plus doux encore... L'épisode qu'il venait de vivre lui revint en mémoire. Il chercha du regard une silhouette en noir, mais il ne vit personne et ne s'attarda pas.

Quand il revint dans la salle de l'auberge, ce fut pour constater que Phyllis n'était plus là. Sans doute était-elle allée s'apprêter pour les funérailles. En attendant, Brutus et ses compagnons romains firent leur apparition. Aucun d'eux n'avait entendu le tapage de la nuit et il les mit au courant des événements qui s'étaient déroulés.

Ils furent interrompus par l'arrivée de Phyllis. La vision qu'elle offrait était saisissante. Elle avait coupé ses longs cheveux blonds ; ils étaient à présent courts comme ceux d'un homme et recouverts de cendre. Elle avait également jeté de la cendre sur son péplos et elle en avait déchiré le bas en plusieurs endroits. Mais le plus étonnant était la lance qu'elle avait à la main, une arme impressionnante, plus grande qu'elle. Elle s'approcha de Titus et la lui tendit. Ce dernier eut un geste de surprise.

— Je ne comprends pas...

— C'est notre coutume. Celui qui venge un mort assassiné doit brandir une lance à ses funérailles. Acceptes-tu ?

— Je t'ai fait cette promesse. Donne !

Titus prit la lance en main. Il n'en avait jamais vu de semblable. Elle était d'un modèle ancien qui n'existait plus depuis longtemps, faite d'un métal doré tirant sur le rouge, peut-être de l'airain. On aurait dit l'une de celles qu'utilisaient les héros de *L'Iliade*. Il se demandait comment Phyllis avait pu l'avoir en sa possession, mais il n'osa pas lui poser la question, la trouvant déplacée. Peut-être venait-elle d'un client de l'auberge...

Il s'interrompit dans ses pensées : la porte venait de s'ouvrir et le clergé d'Éleusis fit son apparition. Il reconnut la prêtresse de Déméter, remarquable par sa coiffure tout en hauteur et ses bracelets d'or, mais à ses côtés se tenait un personnage qu'il n'avait pas vu la veille. Il s'agissait sûrement d'un important dignitaire, car sa robe, brodée de fils d'argent, était décorée de manière si dense qu'on l'aurait dit faite de métal. L'homme, maigre, de haute taille et très brun, avait le visage encadré d'un collier de barbe. À la différence de la prêtresse de Déméter, qui, dès son arrivée, exprima son émotion et alla prendre Phyllis dans ses bras, il resta immobile et donna quelques ordres brefs à sa suite.

Celle-ci était constituée par les enfants qui entretenaient le sanctuaire et dont Titus avait entendu prononcer le nom : les initiés de l'autel. Leurs cheveux coiffés en boucles étaient recouverts d'une couronne de rameaux d'olivier, ils portaient une tunique plissée serrée à la ceinture et s'arrêtant au-dessus du genou, l'un de leurs pieds était nu, l'autre était chaussé d'une sandale. Les plus jeunes étaient des enfants, les plus âgés des adolescents.

Comme la prêtresse de Déméter, les initiés de l'autel exprimèrent vivement leur émotion. Ils se dirigèrent vers la table où reposait celle qui avait été des leurs, en versant des larmes et en l'appelant. Le prêtre au collier de barbe et à la robe d'argent les fit taire :

— Vous n'êtes pas là pour pleurer, mais pour accomplir votre tâche. Ne traînez pas !

Des esclaves au service du sanctuaire s'approchèrent avec un brancard et y déposèrent le corps, puis quatre initiés de l'autel parmi les plus âgés, deux filles et deux garçons, le soulevèrent et se mirent en marche. Le prêtre voulut prendre la tête du cortège, mais Phyllis l'arrêta.

— Non. Titus Flaminius a décidé d'être le vengeur de ma fille. Lui seul ira devant elle !

L'homme jeta un regard surpris et quelque peu hostile à Titus et s'écarta pour le laisser passer. Ce fut donc celui-ci qui, la lance au poing, franchit le premier la porte de l'auberge.

Dehors, il ne put se retenir de frissonner, moins en raison du froid que du chant terriblement impressionnant qui venait de s'élever. Douze femmes, en tenue de grand deuil, un voile leur couvrant en partie le visage et leur descendant jusqu'aux pieds, venaient d'entonner le thrène, l'antique déploration funèbre qui remontait à la nuit des temps. C'était une mélopée solennelle, traversée parfois par une clameur aiguë, comme un sursaut de révolte, pour reprendre ensuite sourdement. Rien n'était plus tragique, plus poignant. Leur chœur, divisé en deux groupes de six, prit place de chaque côté du corps. Ensuite, se placèrent le prêtre à la tenue d'argent, la prêtresse de Déméter et le reste du clergé, que Titus ne vit pas, car il s'était mis en marche, la lance brandie.

Il ne connaissait pas le lieu des funérailles, mais il

ne pouvait se tromper : de nombreuses personnes bordaient le chemin, qui se dirigeait vers la mer toute proche... Tout en avançant d'un pas lent, au rythme du chœur funèbre, Titus cessa de penser aux tragiques événements. L'incident de la nuit lui était revenu en mémoire. Cela signifiait que l'assassin était toujours sur les lieux. Or lui-même était seul en avant de tous, s'affichant comme le vengeur de la victime. Il formait une cible immanquable et l'archer avait prouvé, en décochant sa flèche dans le cou, qu'il était un tireur redoutable. Dès lors, oubliant les funérailles, il garda l'esprit en alerte, cherchant à droite et à gauche une éventuelle forme en noir. Il s'en voulait de ne pas être attentif à la célébration, mais, pour venger Chloé, la première condition était de rester vivant...

Il ne se passa toutefois rien durant le court trajet et le cortège arriva à destination. Le bûcher avait été dressé sur la plage : un entassement de branches de pin sur le sable blanc de neige. La mer était grise, parcourue d'écume, le ciel était plombé, un vent aigre sifflait d'une manière lugubre. On aurait dit que les éléments eux aussi avaient pris le deuil de Chloé. Avec le reste du cortège, avec tous ceux qui l'avaient aimée, ils pleuraient la disparue.

Aidés par les esclaves du sanctuaire, les deux jeunes garçons et filles déposèrent le corps sur le bûcher, tandis que les cris de Phyllis couvraient la mélopée du thrène. La prêtresse de Déméter vint coiffer la morte d'une couronne de myrte. Titus, qui était tout près d'elle à ce moment-là, l'entendit murmurer :

— Tu connais le chemin...

Seuls Phyllis et le clergé d'Éleusis étaient présents autour du bûcher, le reste de l'assistance, dont les trois Romains, se tenait à distance sur la plage. Ne sachant pas trop quelle attitude adopter, Titus se tenait au pied du bûcher, la lance dans la main droite. Personne ne lui donnant d'instructions, il conclut que c'était ce qu'il devait faire.

Une autre prêtresse, qu'il n'avait pas remarquée jusque-là, fit son apparition. Il n'en avait jamais vu de pareille. Son vêtement, à la différence de tous les autres, était noir, une longue tunique qui lui descendait jusqu'aux chevilles. Elle ne portait qu'un seul bijou : un collier d'argent figurant un serpent qui se mordait la queue. Mais c'était son aspect physique qui était le plus remarquable. Elle n'avait pas le profil grec, loin de là ! Au contraire, son nez allongé lui donnait des allures d'oiseau de proie. De longs cheveux bruns lui tombaient jusqu'aux épaules.

Tenant par une corde une chèvre noire, elle vint se mettre devant le bûcher, juste à côté de Titus, qui dut s'écarter pour lui laisser la place. Ce dernier savait qu'elle allait accomplir un sacrifice aux divinités infernales. C'était exclusivement à elles qu'on immolait les bêtes noires. Elles étaient ensuite offertes en holocauste, c'est-à-dire brûlées entièrement, alors que les autres bêtes revenaient aux prêtres, qui en mangeaient les parties comestibles et laissaient le reste aux dieux.

Un sacrificateur arriva, armé d'un long couteau.

Prestement, il égorgea la chèvre, puis la prêtresse la déposa sur le bûcher, à côté de la jeune morte. Ensuite, l'homme à la tunique argentée s'approcha avec une torche, qu'il jeta sur l'amoncellement de bois. Celui-ci avait été imprégné de résine et, malgré l'humidité qui régnait, une violente flamme s'éleva dans l'air glacé, tandis que retentissait un nouveau cri de Phyllis. Titus leva sa lance très haut. Les douze femmes en voiles funèbres faisaient toujours entendre le thrène.

La prêtresse en noir s'était mise à réciter des prières indistinctes, mais, encore une fois, Titus put saisir quelques mots :

— Bienvenue, nous t'attendions...

La crémation d'un corps est toujours longue et c'est le moment le plus éprouvant des funérailles. Titus évitait de regarder la disparue, dont les flammes dévoraient la chair et faisaient apparaître le squelette. Il décida qu'il était temps d'interroger la prêtresse de Déméter. Il s'approcha d'elle. Mais il n'eut pas à engager la conversation, ce fut elle qui lui adressa la parole :

— Je te remercie d'être le vengeur de Chloé. Phyllis m'a dit qui tu étais. Je suis sûre que tu feras honneur à ton nom.

— Justement, tu pourrais peut-être m'aider.

La prêtresse eut une expression de surprise, où se mêlait de la méfiance.

— Je ne vois pas comment.

— Il se peut que des éléments de mon enquête se

trouvent au sanctuaire. Si tu pouvais répondre à quelques questions...

— Es-tu initié ?

— Non, mais...

— Alors, je regrette. Je n'ai rien à dire à un profane.

Et elle lui tourna ostensiblement le dos. Étonné et déçu, Titus s'écarta à son tour. Il vit alors venir à lui une autre femme, qui se tenait, comme les religieux, près du bûcher, mais à l'écart des autres. Elle avait un aspect différent, plus ouvert, plus avenant. Elle était plus jeune aussi. Il remarqua ses jolis cheveux châtains et ses taches de rousseur.

— Elle ne te dira rien. Ne reste pas là. Moi, je peux t'aider.

Titus la suivit de l'autre côté du bûcher. Lorsqu'ils se furent arrêtés, il lui demanda :

— Qui es-tu ?

— La daeiritis.

Titus n'avait jamais entendu ce mot. Il s'excusa.

— Pardonne-moi, mais je ne vois pas...

— Je suis la prêtresse de Daeira. Tu ne vois pas non plus ?

— Je suis désolé.

— Ce n'est pas grave. Je t'expliquerai... C'est très courageux, ce que tu fais pour Chloé. Je l'aimais beaucoup. Elle allait souvent se baigner sur cette plage. Je venais quelquefois avec elle. Mon temple est tout près.

Elle lui montra le groupe que formait le reste de l'assistance.

— Ils ne t'aideront pas. Ils sont, au contraire, un danger pour toi.

— De qui parles-tu ?

— Du clergé du sanctuaire.

— Parce que tu n'en fais pas partie ?

Elle eut un rire qu'elle fit taire aussitôt, en voyant le bûcher.

— Pas exactement ! Ce serait plutôt l'inverse. Mais je t'expliquerai cela aussi.

Titus comprenait de moins en moins, mais il décida de satisfaire sa curiosité :

— Qui est ce prêtre, avec la tunique argentée, qui a l'air d'être le chef ?

— Callias, le dadouque. Mais ce n'est pas le chef, ce n'est que le second. C'est l'hiérophante qui commande le clergé d'Éleusis et préside aux Mystères.

— Pourquoi n'est-il pas là ?

— Il est malade. On dit qu'il va mourir.

— Et cette femme en noir ?

— C'est Myrto, la prêtresse d'Hadès ou de Pluton, comme tu voudras. C'est la prêtresse de la mort, en tout cas, la seule de toute la Grèce... Je te parlerai d'eux tant que tu voudras et je te dirai ce que tu dois en penser. Mais maintenant, si tu le veux bien, j'aimerais me recueillir.

Titus aussi avait envie de se recueillir. Il resta donc silencieux pendant toute la suite de la cérémonie. Lorsque le corps fut entièrement brûlé, les cendres furent déposées sur le brancard qui l'avait amené et les mêmes quatre initiés de l'autel allèrent les répandre dans la mer. Après quoi, tout le monde repartit en silence.

Titus alla s'entretenir avec Brutus, Publius Volumnius et Straton. Ces derniers, comme le temps avait l'air de s'améliorer, décidèrent de partir sans tarder pour Athènes. Titus leur annonça son intention de rester quelques jours. Il était indispensable qu'il soit sur place pour interroger les uns et les autres. Il pensait être de retour dans peu de temps, en tout cas, avant les Petits Mystères, qui auraient lieu dans un mois...

Peu après, il les regarda s'éloigner sur le dos de leurs mules, depuis l'esplanade. Leurs silhouettes s'amenuisaient progressivement dans le paysage uniformément blanc... Se tournant du côté du sanctuaire, il découvrit Phyllis. Elle était allée pleurer sur la Pierre triste et, malgré le froid, restait immobile, figée dans son deuil et sa douleur. Il n'osa pas aller vers elle. Il rentra directement à l'auberge, avec en tête ces noms étranges qu'il n'avait jusque-là jamais entendus, « daeiritis », « hiérophante », « dadouque », ces noms qui détenaient tout ou partie du mystère qu'il devait résoudre.

4

La daeiritis, l'hiérophante et le dadouque

Phyllis eut le mérite de ne pas se laisser aller à son chagrin. Dès le lendemain, elle rouvrait son auberge. Elle l'avait fait savoir autour d'elle et, pour lui exprimer sa sympathie, les clients n'avaient jamais été si nombreux. Un des initiés de l'autel, un garçon de l'âge de Chloé, s'était proposé pour remplacer la disparue. Il s'acquitta si bien de sa tâche que l'aubergiste lui demanda s'il voulait devenir son employé, ce qu'il accepta avec empressement.

Au soir, lorsque les derniers dîneurs furent partis, Phyllis vint trouver Titus à la table qu'il occupait. Elle avait enlevé la cendre de ses cheveux et revêtu un autre péplos à la place de celui qu'elle avait déchiré, mais avoir mis fin aux signes extérieurs du deuil ne l'avait pas délivrée de sa douleur. Ce drame brutal l'avait marquée profondément, pour toujours... Elle s'exprima d'une voix particulièrement émue :

— Sois béni de tous les dieux ! Je ne sais pas si tu retrouveras l'assassin de ma fille, mais ce que tu as fait est plus important que tout.

— Je n'ai encore rien fait. Je n'ai pas commencé mon enquête.

— Si, tu m'as sauvé la vie.

— Comment cela ?

— Si tu n'avais pas déclaré vouloir être le vengeur de Chloé, je n'aurais pas eu la force de vivre. Je me serais laissé mourir de chagrin ou même je me serais tuée.

Ce fut au tour de Titus d'être ému. Pas un instant, il n'avait imaginé que son initiative ait pu avoir une telle conséquence. Il se sentit stimulé par cette nouvelle. Ainsi, même s'il échouait, son action n'aurait pas été inutile. À ses côtés, Phyllis poursuivait :

— Mais maintenant, je veux vivre pour savoir qui a tué ma fille et pourquoi. Je veux que le coupable soit traîné devant l'Aréopage et qu'il expie son crime !

L'Aréopage... Cela non plus, Titus n'y avait pas pensé. Mais Phyllis avait raison : c'était là qu'étaient jugés tous les crimes de sang. Cela signifiait que, s'il menait à bien sa tâche, il aurait l'honneur de plaider au nom de l'accusation dans ce lieu vénérable entre tous ! Il revint à la réalité. Avant d'en arriver là, il fallait résoudre l'énigme du meurtre. Et pour cela, il devait interroger Phyllis sans attendre :

— Parle-moi des clients de l'auberge. Ils sont nombreux, à ce que j'ai pu voir.

— Pas tant que cela. Aujourd'hui, c'était exceptionnel, et le jour où tu es venu aussi. Beaucoup de gens s'étaient, comme vous, réfugiés chez moi à cause de la neige. En temps normal, la salle n'est guère remplie, sauf pendant les Mystères, mais ils ne durent que quelques jours. En fait, il y a surtout des habitués ; je les connais presque tous.

— Il n'y a pas de voyageurs ?

— Si, mais ils sont rares.

— Et les jeunes gens des Dionysies agraires, tu les connaissais ?

— Oui, ils sont d'Éleusis. Ils sont un peu remuants, mais ce sont de braves garçons.

— Chloé les connaissait aussi. Penses-tu qu'elle aurait pu avoir une liaison avec l'un d'eux ?

— C'est impossible. Elle était vierge. Je le sais, elle me disait tout.

Titus avait encore en mémoire le rire de Chloé, si spontané, si libre, après la plaisanterie d'un des garçons. Comme beaucoup de mères, Phyllis se faisait peut-être des illusions. Mais il n'insista pas.

— À part cela, qui fréquentait-elle ? Avait-elle des amies ? Et, en dehors de toi, avait-elle de la famille ?

— Non. Je n'ai ni frère ni sœur et mes parents sont morts. Elle n'avait que moi et elle n'avait pas d'amies non plus. En fait, quand elle n'était pas ici, elle était tout le temps au sanctuaire.

— Quels étaient ses rapports avec les prêtres ?

— Tout le monde l'aimait. Tu as pu t'en rendre compte... (sa voix se brisa un instant)... à ses funérailles.

Mais elle se reprit aussitôt et elle poursuivit d'un ton ferme :

— À mon avis, c'est une méprise. Il n'y a pas d'autre explication.

— Ce n'est pas une méprise, Phyllis. La personne en noir l'a observée longtemps avant de tirer. C'était elle qu'elle voulait tuer, personne d'autre.

— Mais pourquoi ? Pourquoi ?...

— C'est ce que je vais essayer de savoir. Et je pense que, quand nous aurons répondu à cette question, nous aurons tout trouvé ou presque.

Les jours suivants, Titus les passa à interroger les uns et les autres à Éleusis, pour avoir confirmation des propos de l'aubergiste. Il découvrit ainsi cette jolie ville au bord de la mer, en face de l'île de Salamine, où les Athéniens avaient remporté une victoire navale fameuse contre les Perses.

Il ne fut pas surpris de n'entendre que des louanges sur Phyllis et sa fille. La sincère compassion qu'il avait pu constater aux funérailles, le fait que l'établissement ne désemplissait pas depuis le drame indiquaient suffisamment dans quelle estime elles étaient tenues toutes les deux. Au dire de tous, la mère avait une existence irréprochable et la fille était un modèle pour toutes celles de son âge : elle ne courait pas après les garçons, elle était pieuse et vouait à Déméter une véritable vénération.

Aux uns et aux autres, Titus montra la flèche mortelle. Là encore, les réponses furent unanimes. Personne n'en avait jamais vu de semblable. D'ailleurs, on ne connaissait pas de tireur à l'arc à Éleusis. La pratique de cette arme était ignorée dans toute l'Attique ; il s'agissait sûrement d'un étranger...

Après avoir recueilli ces réponses, Titus Flaminius décida d'interroger la daeiritis, cette curieuse prêtresse d'une divinité qu'il ne connaissait pas et qui avait, semble-t-il, beaucoup de choses à lui apprendre. Elle lui avait dit que son temple se situait près de la plage où avait été incinérée Chloé et il le trouva sans mal.

Il fut surpris de son aspect. Il s'attendait à l'un de ces ouvrages harmonieux bâtis auprès des flots, comme il pouvait en apercevoir en face, dans l'île de Salamine, mais ce qu'il découvrit tenait plus de la baraque que du temple. Il était de toutes petites dimensions. Ses colonnes de marbre rongées de sel et de mousse avaient pris une couleur indéfinissable avec le temps. D'ailleurs, il ne s'agissait pas de marbre plein, mais d'un mince placage qui avait disparu en plus d'un endroit, laissant apparaître une brique grisâtre. Une barque éventrée pourrissait à côté.

Lorsqu'il arriva, un sacrifice était en train d'avoir lieu. Un homme barbu à l'aspect misérable, sans doute un marin, apportait dans ses bras une chèvre maigrelette et la déposait aux pieds de la prêtresse. Celle-ci alla chercher un paquet d'algues au creux d'un rocher tout proche et en couronna l'animal, puis elle prononça quelques paroles à voix basse. Titus s'attendait à voir venir un sacrificateur, car les prêtres ne mettent jamais à mort eux-mêmes les victimes. Mais non, la daeiritis s'empara d'un long couteau et égorgea rapidement la bête. Ensuite, avec la même dextérité, elle lui ouvrit le ventre. Elle en sortit les entrailles et les posa sur un feu qu'elle avait allumé. Après avoir examiné la fumée pendant quelques instants, elle s'adressa à l'homme :

— Tu peux prendre la mer en toute confiance. Tu as la protection de Daeira.

Le marin prononça quelques mots de remerciement et s'en alla. Titus s'approcha alors. La prêtresse eut un grand sourire en l'apercevant.

— Sois le bienvenu, Titus Flaminius ! Depuis la dernière fois, j'ai appris qui tu étais. C'est un honneur que tu me fais en rendant visite à mon modeste temple. Et quand je dis « modeste », je devrais dire « misérable ».

Elle lui montra l'animal efflanqué, encore couronné d'algues, qui gisait à ses pieds.

— C'est avec cela que je vais devoir vivre pendant dix jours au moins ! Et tu as vu : je n'ai pas de quoi m'offrir un sacrificateur, je dois mettre les bêtes à mort moi-même.

— Tu t'en sors bien.

— Il le faut.

Elle jeta un regard circulaire à son temple.

— Quelle pitié ! Et pourtant, la divinité que je sers, Daeira, est la fille de l'Océan, l'épouse d'Hermès et la mère du héros Éleusis, qui a donné son nom à notre ville. Il paraît qu'autrefois elle avait un temple magnifique et qu'elle était honorée de tous. Seulement voilà, l'autre pleurnicheuse est arrivée...

— Tu veux parler de Déméter ?

— Je veux parler d'elle. Après avoir construit son sanctuaire, on n'a pas osé faire partir Daeira, seulement on l'a reléguée dans un endroit isolé, comme une malade dangereuse. Alors, peu à peu, tout le monde l'a oubliée, à part quelques marins... Je suppose que tu as l'intention de te faire initier aux Mystères.

— Je l'avoue.

— Eh bien, moi, je n'en ai pas le droit. Daeira est considérée comme l'ennemie de Déméter et sa prêtresse aussi. Tout le monde peut être initié, sauf moi. Je suis la seule de toute l'humanité à qui c'est interdit !

Elle retrouva tout à coup le sourire.

— Mais je ne veux pas être amère, ce n'est pas dans ma nature. D'autant que j'ai une grande nouvelle à t'apprendre, à moins que tu ne le saches déjà : l'hiérophante est mort.

— Je l'ignorais. Tu m'avais dit seulement qu'il était malade.

— Je t'ai dit cela par commodité, mais je suis certaine qu'il a été empoisonné. Et cela a un rapport direct avec l'affaire qui t'occupe. Je pense que Chloé avait découvert quelque chose et que c'est à cause de cela qu'on l'a tuée.

L'information était de taille ! Titus avait enfin l'impression de faire un pas dans son enquête, et même un grand pas. La question du mobile, qui semblait insoluble jusqu'ici, pouvait recevoir une réponse.

— Est-ce que Chloé t'avait dit quelque chose à ce sujet ?

— Malheureusement non. Mais, crois-moi, c'est la raison pour laquelle elle est morte. Elle était toujours dans le sanctuaire. Elle connaissait tout le monde et tout le monde lui faisait des confidences. En plus, elle était maligne, débrouillarde, et elle adorait se mêler des affaires des autres. Elle a découvert qui était l'assassin de l'hiérophante et on a voulu la faire taire.

— Qui, d'après toi ?

Elle eut un petit rire.

— Pour cela, il n'y a que l'embarras du choix. La prêtresse de la pleurnicheuse, d'abord...

— Ce n'est pas possible ! Elle était bouleversée par la mort de Chloé.

— C'est une hypocrite, voilà tout... Il est de notoriété publique qu'elle et l'hiérophante se détestaient. Il y avait toujours entre eux des questions de préséance et des affrontements. Cette fois, cela a dû se passer plus mal que d'habitude et elle a employé les grands moyens.

— J'ai du mal à croire que ce soit elle. Elle est arrivée presque tout de suite après le meurtre et avec tout le clergé !

— Si elle ne l'a pas fait elle-même, elle a employé un homme de main. Cela ne l'innocente pas. Et puis, ce n'est pas la seule suspecte. Le dadouque figure en bonne place sur la liste.

Cette fois, Titus était plus disposé à donner du crédit aux accusations de la daeiritis. Le personnage était effectivement déplaisant. Il lui revenait en mémoire de quelle manière cassante il avait interdit aux jeunes initiés de l'autel de pleurer la disparue. Il se souvint aussi que, lors du meurtre, il avait bien vu arriver la prêtresse de Déméter, mais pas lui. Il hocha la tête.

— Et pour quelle raison aurait-il tué l'hiérophante ?

— Pour prendre sa place, évidemment ! Il va y avoir une nouvelle élection et tu vas voir qu'il sera élu.

Mais la daeiritis n'en avait pas fini. Elle poursuivit :

— Pourtant, si j'avais à mettre quelques drachmes sur le coupable, ce n'est pas sur l'un de ces deux-là que je parierais, mais sur la prêtresse de Pluton. Celle-là, elle est mauvaise, vraiment mauvaise !

— Et elle, quel serait son mobile ?

— Aucun en particulier. Elle souhaite la mort de tout le monde, voilà tout. Chaque fois que quelqu'un passe de vie à trépas, elle se réjouit, parce que cela fait une proie de plus pour son maître. Alors à plus forte raison un hiérophante !

Titus ne répondit pas. Il revoyait le profil d'oiseau de proie de la prêtresse en noir et il entendait ses paroles inquiétantes prononcées aux obsèques : « Bienvenue, nous t'attendions... » Il ne pouvait pas écarter les accusations de la daeiritis. Le ton de cette dernière changea brusquement. Il devint grave :

— Voudrais-tu me faire une promesse ?

— Certainement.

— Je pense qu'après Chloé, c'est à moi qu'il peut arriver malheur. Si c'était le cas, jure de me venger !

Désorienté par une telle demande, Titus s'exécuta pourtant. Puis, voyant le décor sordide du temple et la chèvre efflanquée qui allait constituer l'ordinaire de la prêtresse pour les jours à venir, il ajouta :

— Pour rendre ma promesse plus solennelle, je vais faire un sacrifice à Daeira...

En se rendant au temple, il avait croisé une bergerie dont les bêtes lui avaient paru particulièrement belles. Il s'y rendit, acheta la plus grasse des brebis et revint avec elle. Ce fut avec empressement que la daeiritis alla chercher des algues au creux d'un rocher. Elle expliqua à Titus que, pour la divinité marine qu'était Daeira, les algues remplaçaient les bandelettes dont on ornait traditionnellement les victimes. Ensuite, avec la même dextérité, elle coupa la gorge de l'animal et lui sortit les entrailles, qu'elle déposa sur le feu. Après quoi, elle examina la fumée et déclara joyeusement à Titus :

— Daeira te prédit la réussite. Tu vengeras Chloé !

Titus s'en réjouit, et posa une autre question :

— Et à toi, elle ne dit rien ?

La daeiritis retourna à la contemplation des volutes

grises qui montaient vers le ciel. Elle s'assombrit un instant, puis elle se ressaisit et déclara avec un sourire :

— Elle me dit que j'ai à manger pour longtemps !

Deux jours plus tard, un nouvel hiérophante fut élu par les notables d'Éleusis et, comme elle était ouverte à tout le monde, Titus Flaminius assista à la cérémonie marquant son entrée en fonctions.

Il ne s'attendait pas à une telle solennité. L'hiérophante, maître des Mystères, était le premier personnage religieux de Grèce et des délégations avaient été envoyées de tout le pays. Les festivités, présidées par l'archonte éponyme, n'avaient pas lieu sur l'esplanade du sanctuaire, mais dans le port d'Éleusis et, plus précisément, devant le temple de Poséidon, qui s'élevait au-dessus de ses quais.

Grâce à Quintus de Rhamnonte, qui fut ravi de lui rendre ce service, Titus fut placé avec les personnalités et ne perdit rien du spectacle. Le nouvel hiérophante n'était pas le dadouque, contrairement à ce qu'avait prédit la daeiritis. C'était un homme âgé à la longue barbe blanche, doué d'une incontestable prestance. Il était vêtu d'une robe semblable à celle du dadouque, à la différence près que les fils qui la brodaient étaient d'or et non d'argent. En outre, il portait une couronne, d'or également, figurant des épis entrelacés, attributs de Déméter.

Pendant un long moment, les sacrifices se succédèrent devant le temple de Poséidon, au son des chants accompagnés de flûte et de lyre, puis eut lieu le grand moment de la cérémonie. L'hiérophante possédait une caractéristique unique : sa fonction était si importante qu'elle dépassait sa personne et que, dès qu'il était nommé, il devait perdre son nom. La chose s'accomplissait symboliquement lors de son investiture où il devait, selon la formule traditionnelle « jeter son nom dans la mer ».

Titus le vit tracer lentement des lettres sur une tablette de cire, puis, tenant celle-ci à la main, quitter le temple à pas lents et se diriger vers le quai. Là, une barque l'attendait. Il y prit place et se tint debout à l'avant, tandis que deux rameurs se mettaient en mouvement. L'embarcation s'arrêta dans les eaux du port, à une distance de cent brasses environ. Alors, d'un grand geste, le nouvel hiérophante lança la tablette dans les flots, tandis qu'éclatait une ovation...

Peu après, il était de retour dans le temple de Poséidon et recevait l'hommage des personnalités présentes. Quintus de Rhamnonte tint à lui présenter Titus et, encore une fois, le prestige de son nom était tel que l'important personnage souhaita s'entretenir quelques instants avec lui.

Titus lui présenta ses félicitations et lui annonça que, bientôt, il aurait l'honneur de se faire initier par lui. L'hiérophante le remercia et ajouta :

— Si tu as besoin de quelque chose, je serai ravi de t'être utile.

Titus n'hésita pas. Puisque l'hiérophante était dans de telles dispositions à son égard, il fallait en profiter.

Il lui raconta brièvement comment il avait été le témoin du meurtre de la jeune Chloé et comment, sa mère étant trop démunie, il s'était proposé pour mener l'enquête à sa place. Le haut dignitaire religieux le complimenta. Il avait une voix profonde et magnifiquement timbrée.

— C'est très généreux de ta part. Tu fais honneur à ton nom. Mais je ne vois pas en quoi je peux t'aider.

Titus préféra ne pas mentionner le nom de la daeiritis.

— J'ai entendu des bruits selon lesquels ton prédécesseur aurait été empoisonné. Chloé aurait surpris quelque chose et elle aurait été tuée pour cela.

L'hiérophante hocha lentement la tête.

— Je vais me renseigner à ce sujet. Je t'en parlerai quand nous nous retrouverons aux Petits Mystères.

Titus s'inclina.

— Je te remercie du fond du cœur...

Il s'interrompit.

— Comment dois-je te nommer, maintenant que tu n'as plus de nom ?

— Tu dois dire « Hiérophante ». C'est ce que veut l'étiquette.

— Je te remercie du fond du cœur, Hiérophante...

Le nouveau dignitaire religieux répondit ensuite aux félicitations des autres invités. Après quoi, tout le monde se rendit en cortège au sanctuaire à travers les rues d'Éleusis. La prêtresse de Déméter était aux côtés de l'hiérophante et Titus remarqua qu'elle était la seule à avoir l'air maussade. Elle veillait aussi à ne pas laisser ce dernier aller devant elle et faisait en sorte qu'ils soient exactement sur la même ligne. Les paroles de la daeiritis au sujet des questions de préséance entre eux lui revinrent en mémoire. Sur ce point, elle avait raison, mais il ne pouvait la croire pour le reste. On ne tue pas quelqu'un pour cela. D'autant que cela ne servait à rien. Si on supprime un hiérophante, il en arrive un autre. La preuve...

Il était en train de se faire ces réflexions, lorsqu'une voix le fit revenir à la réalité :

— Comment se fait-il que l'hiérophante t'ait parlé si longuement ? Tu n'es qu'un étranger.

Titus sursauta : la prêtresse de Pluton était à ses côtés, dans sa robe noire, avec son bijou en forme de serpent autour du cou. Elle le dévisageait, l'air indéfinissable. Il se nomma, ce qui était la réponse à sa question. Elle hocha sa tête au profil d'oiseau de proie.

— Je suis honorée de faire ta connaissance, Titus Flaminius. Et moi, sais-tu qui je suis ?

Titus se souvenait d'avoir entendu prononcer son nom par la daeiritis.

— Tu es Myrto, je crois.

— Ce n'est pas cela que je veux dire. Sais-tu de quel dieu je suis la prêtresse ?

Titus se sentit terriblement mal à l'aise. S'il était moins superstitieux qu'il ne l'avait été dans sa jeunesse, il y avait un domaine qui continuait à le terroriser, comme tout le monde ou presque : il avait l'impression que, s'il nommait le dieu des enfers, il allait attirer sur lui la mort elle-même. C'était pourquoi les Grecs n'appelaient jamais leur dieu Hadès, mais Pluton, ce qui signifiait dans leur langue « le Riche », sous-entendu en âmes. Les Romains, quant à eux, avaient fait de ce surnom le nom de leur dieu infernal, mais ils ne le prononçaient pas non plus, employant à la place toutes sortes de périphrases. Affreusement gêné, Titus prononça :

— Tu es la prêtresse de celui qui a beaucoup de monde dans sa demeure.

— Mais encore ?

Titus était au supplice. Mais il n'osait pas éconduire sa redoutable interlocutrice. Il poursuivit :

— Je veux parler de celui qu'on appelle par de nombreux noms...

Cette fois, Myrto devint franchement irritée. Une grimace apparut sur son visage anguleux.

— Veux-tu insulter mon maître, en refusant ainsi de le nommer ?

— Non. Tu es la prêtresse de Pluton.

— Chez nous, on dit Hadès.

— Tu es la prêtresse... d'Hadès...

Titus s'attendait à voir la terre s'ouvrir sous ses pieds, mais rien de tel ne se produisit. Il regarda Myrto, qui, cette fois, affichait un petit sourire ironique. Il ne put s'empêcher de lui demander :

— Pourquoi exiges-tu cela de moi ?

— Parce que la mort est au cœur de ton enquête et il est nécessaire que tu t'habitues à elle.

— Que veux-tu dire ?

Myrto ignora sa question. Elle poursuivit :

— Je suppose que tu as interrogé la daeiritis et qu'elle t'a dit du mal de moi ?

Il estima inutile de nier.

— Elle n'aime pas le clergé du sanctuaire...

— Eh bien à mon tour de te parler d'elle et de te donner un conseil : ne juge pas les gens sur la mine.

Sur ces derniers mots, elle s'éloigna. Entre-temps, le cortège était arrivé sur l'esplanade du sanctuaire. Titus se remettait de ses émotions et pensait en avoir terminé avec les prêtres et prêtresses, mais il se trompait. À peine Myrto s'était-elle éloignée que Callias, le dadouque, l'abordait à son tour :

— De quel droit adresses-tu la parole aux prêtres, toi un non-initié ? L'hiérophante et maintenant la prêtresse de Pluton !

Un vilain rictus rendait le visage déplaisant de l'homme à la robe argentée plus désagréable encore. Il était visiblement rempli de rage de ne pas avoir été élu et son dépit était tel qu'il n'arrivait pas à dissimuler ses sentiments. Titus répliqua, d'un ton aussi déférent qu'il put :

— Je ne leur ai pas adressé la parole, ce sont eux qui ont souhaité s'entretenir avec moi.

Ignorant sa réponse, le dadouque lui désigna les deux inscriptions en grec et en latin sur les murailles, interdisant l'entrée sous peine de mort aux profanes.

— Tu vois ce qui est écrit ici ? Sache que parmi mes attributions figure la responsabilité de la police du sanctuaire. Si tu continues ton manège, je te ferai arrêter et exécuter sans autre forme de procès. Est-ce clair ?

Titus jugea inutile d'argumenter. Il se contenta de répliquer, prenant bien soin de nommer son interlocuteur, pour souligner toute la différence qui existait entre l'hiérophante et lui :

— C'est très clair, Callias.

Le juron qu'étouffa ce dernier en tournant les talons lui prouva qu'il avait touché au point sensible...

Peu après, alors qu'il retournait à l'auberge, Titus jugea qu'il était temps pour lui de rentrer à Athènes. Il n'en apprendrait vraisemblablement guère plus à Éleusis et les leçons d'Apollodore lui manquaient, de même – il devait se l'avouer – que la compagnie d'Ariane. Si du nouveau devait survenir, il l'apprendrait aux Petits Mystères, de la bouche de l'hiérophante. Il lui tardait d'y être et de retrouver ce dernier. L'ennui était qu'il retrouverait aussi la prêtresse de Pluton et le dadouque, et cela, c'était beaucoup moins agréable !

5

Les Petits Mystères

On était entré dans le mois d'anthestérion pour les Grecs, de février pour les Romains, lorsque Titus Flaminius retrouva les jardins de l'Académie. Auparavant, il s'était rendu chez Quintus de Rhamnonte et l'avait mis au courant de son enquête. Ce dernier, ainsi qu'il s'y attendait, lui avait avoué son impuissance à l'aider. Les forces de police dont il disposait servaient au maintien de l'ordre, voire à arrêter un malfaiteur en flagrant délit, mais ne pouvaient en aucun cas être utilisées pour des investigations judiciaires.

Arrivant à l'Académie, Titus aperçut Brutus méditant seul sous les oliviers d'Athéna et s'empressa d'aller le rejoindre. Il lui raconta les conversations qu'il avait eues à Éleusis avec tous ces religieux et religieuses qui étaient pour l'instant les seuls protagonistes de l'affaire, pour ne pas dire les seuls suspects. Comme à son habitude, Brutus parla peu, se contentant de se faire préciser tel ou tel point.

À la fin, tous deux eurent la même conclusion : il fallait attendre ce que dirait l'hiérophante aux Petits Mystères, qui avaient lieu dans une quinzaine de jours. D'ici là, il n'y avait rien d'autre à faire que suivre les cours d'Apollodore. Brutus informa Titus que ce dernier parlait en ce moment de l'homme en société et passait en revue les divers régimes politiques.

Ils allèrent rejoindre les autres élèves. En chemin, Titus remarqua que l'hiver ne régnait plus tout à fait en maître. La végétation, qui était plus précoce en Attique qu'à Rome, commençait timidement à s'éveiller. Des fleurettes jaunes qu'il ne connaissait pas avaient poussé par endroits. Ce n'était pas le jour de Coré, mais il approchait... Il resta songeur. Force lui était de reconnaître que, depuis le début de cette aventure, les saisons étaient entrées dans sa vie. Jusque-là, elles étaient un décor plus ou moins indifférent, maintenant, il était lié à elles par une union intime et, comme l'avait dit Ariane, il en serait désormais toujours ainsi...

En retrouvant ses autres condisciples, Titus eut la surprise de les entendre demander des nouvelles de l'enquête. Ses compagnons romains avaient parlé en rentrant d'Éleusis et la chose intéressait tout le monde.

Même Apollodore y fit une allusion, un peu ironique comme à l'ordinaire, souhaitant la bienvenue « au défenseur de la veuve et de l'orphelin ».

Le cours reprit. Apollodore comparait, ce jour-là, la démocratie et la tyrannie. Selon son habitude, le sceptique qu'il était se refusait à prendre parti, renvoyant dos à dos les protagonistes. Pour une fois, Titus n'était pas d'accord avec lui. Si le recul que prenait le chef de l'Académie vis-à-vis des systèmes philosophiques avait son approbation, il ne pouvait le suivre s'agissant de politique. La vie en société décide du malheur ou du bonheur des hommes et on ne pouvait pas rester neutre, et encore moins indifférent dans un tel domaine.

Titus voyait, à ses côtés, Brutus bouillir. Ce dernier était bien plus engagé que lui en politique. C'était même sa passion, une passion familiale, pouvait-on dire. L'un de ses ancêtres, Lucius Junius Brutus, avait chassé le tyran Tarquin le Superbe, dernier roi de Rome, et avait fondé la république, dont il était devenu l'un des deux premiers consuls. Quant à lui, il s'était fait un serment : si un Romain, quel qu'il soit, aspirait à la tyrannie, il le tuerait ! Et, en ces temps agités, parfois dramatiques, que vivait Rome, il n'était pas du tout impossible qu'il ait un jour à mettre cette promesse à exécution...

Après avoir terminé son exposé, Apollodore avait coutume de laisser s'exprimer son auditoire. Bien entendu, Brutus prit aussitôt la parole pour faire un vibrant éloge de la démocratie. Le chef de l'Académie l'écouta sans faire de commentaires et un autre élève se leva à son tour. Il s'agissait d'Agathon, ce Grec imbu de sa personne que Titus avait déjà remis à sa place.

L'air très satisfait de lui, il expliqua que la démocratie était le meilleur des régimes, car elle reposait sur la parole. C'était dans les assemblées que se prenaient les décisions. Or il était professeur d'éloquence et il se faisait fort de faire triompher la mauvaise cause de la bonne... Il se tourna vers les Romains.

— C'est chez vous, au Forum et au Sénat, que se joue le sort du monde. Venez prendre des leçons avec moi et vous ne regretterez pas votre argent. Je peux faire de vous les maîtres de la terre entière !

Il continua par un petit exposé, montrant la façon de ridiculiser un adversaire, de faire un raisonnement vicieux, de masquer ses torts et ses faiblesses par des considérations étrangères au sujet, etc. Il conclut en disant qu'une fois qu'on l'avait ainsi emporté sur tous les autres, on pouvait tout se permettre, y compris instaurer la tyrannie...

Ce fut au tour de Titus de bouillir. Il répliqua vertement à Agathon. En tant qu'avocat, il considérait la parole comme sacrée. Employer son intelligence et son talent à masquer la vérité était une insulte pour tous ceux qui étaient présents ici, à commencer par Apollodore lui-même. Le maître de l'Académie essayait de leur montrer comment les plus grands esprits avaient tenté d'expliquer le monde et lui voulait apprendre aux autres à mentir. Si Agathon était dans cet état d'esprit, il n'avait rien à faire ici !

Cette sortie fut vivement appréciée de l'assistance, qui manifesta bruyamment son approbation ; il y eut même des applaudissements. Apollodore, quant à lui, ne quitta pas son éternel sourire, qu'à cette occasion Titus Flaminius trouva exaspérant.

Depuis qu'il était à l'Académie, pas une fois Titus n'avait fréquenté les installations sportives. Ce n'était pas qu'il répugnait à l'exercice physique, mais il n'était pas dans ses habitudes de le pratiquer tout de suite après l'étude. Cette fois, pourtant, sous l'effet de l'énervement produit par cette altercation, il décida d'aller se détendre au gymnase.

Il n'y avait que quelques pas à faire depuis la salle de cours. C'était un imposant bâtiment précédé d'un portique. À l'entrée, se dressaient un autel et une statue d'Hermès. Le dieu était figuré volant, debout sur un de ses pieds ailés. Il portait son casque traditionnel et, dans sa main droite, le caducée.

Après avoir franchi la porte, Titus pénétra dans le vestibule. Il s'agissait d'une vaste pièce, au centre de laquelle se trouvait une vasque circulaire en marbre vert. L'eau du Céphise, le fleuve qui arrose Athènes, avait été captée par des canalisations et y tombait en cascade, avant de s'écouler dans le sol.

La première chose à faire en arrivant était de retirer ses vêtements pour se mettre entièrement nu (d'ailleurs « gymnastique » veut dire « ce qu'on pratique nu » !). D'une manière générale, Titus avait remarqué que les Grecs se mettaient beaucoup plus volontiers dans le plus simple appareil que les Romains. Il se plia donc à leur usage et alla se laver dans l'eau de la vasque. Après quoi, toujours selon l'usage, il se rendit vers une des jarres remplies d'huile, en prit un gobelet et s'en frotta le corps tout entier. Ensuite, il se dirigea vers le bac à sable et en fit tomber plusieurs poignées sur lui. Cette pratique était destinée à protéger le corps des excès du climat pendant les exercices, après quoi, on allait se rincer de nouveau dans la vasque...

Franchissant la seconde porte du vestibule, il pénétra dans la partie principale du gymnase, la palestre, le terrain de sport. Il s'agissait d'un vaste quadrilatère en plein air, fermé par des murs élevés, pour éviter que les ustensiles de jet n'aillent blesser quelqu'un. Plusieurs élèves l'avaient précédé. Il fut surpris par la présence d'un joueur de flûte, qui rythmait en musique leurs exercices. Cet accompagnement leur donnait un peu des allures de ballet.

Titus se demanda quelle discipline choisir. Il renonça à celles qui nécessitaient une technique compliquée, dont il admirait la maîtrise chez ses condisciples grecs. Il y avait deux discoboles qui tournaient sur eux-mêmes avec virtuosité et un lanceur de javelot, dont le jet, qui s'effectuait grâce à un propulseur de cuir enroulé sur le manche de l'engin, lui parut plus compliqué encore. Il était en train d'hésiter, quand une voix retentit près de lui :

— Est-ce que tu veux bien lutter avec moi ?

Il reconnut Lycos, le jeune garçon à qui Apollodore

avait fait passer une corbeille de pains le jour où il leur avait parlé pour la première fois de Déméter. Il lui souriait timidement. Titus le considéra. Il était bien fait, mais c'était encore un adolescent ; à côté de lui, qui était doté d'une carrure athlétique, il paraissait presque fluet.

— Tu es bien trop jeune, ce ne serait pas équilibré. Quel âge as-tu ?

— Quinze ans. Mais je suis vif. Et puis, ce ne sera pas un vrai combat.

Titus accepta. Après tout, la lutte serait une excellente manière de se détendre... En Grèce comme à Rome, les règles étaient les mêmes : il s'agissait de mettre les deux épaules de l'adversaire au sol. Les compétiteurs s'engagèrent. Titus pensait l'emporter facilement, mais Lycos avait raison : il était vif. Titus avait beau tenter de le saisir, il lui échappait chaque fois, d'autant que l'huile dont il était recouvert le rendait aussi insaisissable qu'une anguille. Et finalement, d'un croc-en-jambe inattendu, Lycos arriva à le faire chuter lourdement. Mais il eut le tort de continuer le combat à terre et, cette fois, Titus s'imposa facilement.

Tous les deux se relevèrent. Titus complimenta son compagnon. Lycos s'écria joyeusement :

— Allons au stade. À la course, je suis sûr de te battre !

De nouveau, Titus accepta. Ils quittèrent le gymnase et se rendirent au stade, qui se trouvait un peu plus loin, après un petit bois d'acacias. Il faisait un temps changeant avec un ciel d'un bleu soutenu, comme souvent en hiver, parcouru de nuages blancs poussés par un vent assez vif. Titus, qui n'avait pas l'habitude d'être ainsi sans vêtements, frissonna.

Le stade, de la forme d'un anneau allongé de cent vingt pas de long environ, était recouvert d'un mélange soigneusement entretenu de cendre et de sable tassés. Deux colonnes tronquées, autour desquelles il fallait tourner, se dressaient aux extrémités de la piste.

Lycos et lui se placèrent sur la ligne de départ et s'élancèrent... Il n'y eut même pas de course. Titus, bien que rapide, fut irrémédiablement dépassé. Il réunit toutes ses forces pour ne pas être trop largement battu, mais rien n'y fit. L'adolescent boucla le tour de stade avec près d'une demi-ligne droite d'avance. Il le complimenta de nouveau, hors d'haleine lui-même, tandis que Lycos ne paraissait pas autrement incommodé par son effort.

Titus découvrit alors qu'ils se trouvaient près du temple d'Éros, auquel il n'avait pas prêté attention jusqu'à présent. De forme ronde, entouré de colonnettes et à peine plus élevé qu'un homme, il était tout à fait charmant. À l'intérieur, le garçonnet dieu de l'amour, debout sur un pied comme l'Hermès du gymnase, décochait sa flèche avec un air malicieux. Le donateur qui l'avait élevé avait fait inscrire une dédicace sur le socle : « Éros aux mille ruses, Charmos t'a consacré cet autel près de bornes ombragées du stade. »

Titus se tourna vers Lycos et lui trouva soudain un air étrange, douloureux. Il pensa qu'il était plus éprouvé qu'il n'y paraissait par son effort à la course. Mais ce dernier déclara soudain d'une voix précipitée :

— Veux-tu être mon éraste ?

Comme Titus restait sans voix, il poursuivit :

— C'est d'être devant le temple d'Éros qui me donne le courage de parler, mais il y a si longtemps que je voulais le faire !... Je t'ai tout de suite admiré et ce n'est pas parce que tu es le descendant du héros qui nous a délivrés. Tu es si noble, si généreux ! Tout à l'heure encore, tu as si bien parlé ! Nul mieux que toi ne pourrait m'apprendre la vie.

Titus regardait, abasourdi, le jeune homme, qui s'enflammait tout en parlant... Il lui revenait en mémoire de très anciens souvenirs. Lorsqu'il avait une douzaine d'années, son père, pour le protéger d'éventuelles tentatives de séduction, l'avait mis en garde contre l'« amour grec ». Chez les Grecs, en effet, l'amour idéal réunissait un homme fait, l'éraste, et un adolescent de douze à dix-huit ans, l'éromène. L'aîné formait et protégeait son cadet, qui s'attachait à lui avec admiration et reconnaissance... Titus n'avait pas accordé beaucoup d'attention à ces leçons, car il avait eu très jeune le goût des femmes et il n'avait jamais été attiré par les garçons, pas plus qu'il ne les attirait lui-même. Et voilà que cela venait de se produire : Lycos était tombé amoureux de lui !

L'adolescent guettait sa réponse, le cœur battant à

tout rompre. Titus finit par prononcer, d'une voix aussi douce qu'il put, car il n'avait aucune raison d'être brutal avec lui :

— Je ne peux pas, Lycos.

— Tu ne veux pas de moi ?

— Ce n'est pas cela. Je ne veux d'aucun garçon. Ce n'est pas dans ma nature. C'est ainsi, je ne peux pas l'expliquer.

Lycos ne s'attendait-il pas à ce refus ? En tout cas, son visage avait blêmi et il semblait au bord des larmes. Mais, faisant visiblement un violent effort sur lui-même, il parvint à sourire.

— Cela ne fait rien. Je voudrais te demander autre chose. J'ai appris que tu faisais une enquête sur la mort d'une jeune fille, accorde-moi de te seconder. Je peux t'être utile, tu verras. Et puis, il ne sera pas question d'autre chose. Jamais plus je ne te reparlerai de ce que je viens de te dire, je te le jure !

Titus n'hésita pas. Lycos était bien trop jeune pour courir un tel risque et puis, malgré tout, la situation qui existait entre eux aurait créé un malaise. Il répondit en prenant soin, encore une fois, de ne pas le blesser :

— Je suis désolé, Lycos, ce n'est pas possible.

Le jeune homme poussa un profond soupir, puis il retourna vers la piste et se remit à courir. Titus le regarda faire un moment, puis détourna les yeux et jeta un regard étonné au temple d'Éros. Le petit dieu aux mille ruses, comme le disait la dédicace du socle, était décidément le plus imprévisible de tous !... Ce fut alors qu'il se rendit compte que sa flèche était exactement pointée dans sa direction. L'archer lui rappela aussi la mort de Chloé et ce fut beaucoup plus troublé qu'il ne l'aurait voulu qu'il retourna au gymnase, pour se rincer dans la vasque et récupérer ses vêtements.

En ce matin du 19 anthestérion, les Petits Mystères, qui se déroulaient à Athènes, à la différence des Grands qui avaient lieu six mois plus tard à Éleusis, étaient sur le point de commencer. Et il n'était pas nécessaire d'être personnellement impliqué dans l'événement pour s'en rendre compte. Depuis la veille, une agitation particulière s'était emparée de la ville. Des milliers d'hommes et de femmes étaient venus de l'Attique et de toute la Grèce pour y participer. On y reconnaissait des Béotiens avec leur chapeau à larges bords, des Arcadiens à la tunique de laine jaune pâle, des Spartiates vêtus d'un simple pagne. Les Romains étaient aussi en nombre ; il y avait même des militaires venus de Corinthe où se trouvait la principale garnison...

Le point de ralliement était l'Ilissos, petit affluent du Céphise, qui traverse la ville. Titus s'y rendit en compagnie de Quintus de Rhamnonte, qui allait représenter les autorités civiles, en tant que premier magistrat. En arrivant dans ces lieux, Titus ne put s'empêcher d'éprouver une émotion particulière. C'était sur ces rives que Socrate avait l'habitude de dialoguer avec les uns et les autres. La Grèce était décidément un pays à part où, presque à chaque endroit, on rencontrait le souvenir des dieux ou des grands hommes.

Mais, pour l'instant, on ne pouvait pas dire que régnait la sérénité propice aux échanges philosophiques. Les abords de l'Ilissos étaient envahis d'une foule grouillante et gesticulante. Rien ne ressemblait moins à l'idée qu'on pouvait se faire d'une cérémonie initiatique placée sous le signe du secret. Titus fut frappé, en particulier, par le nombre d'enfants. Toute une marmaille était là, riant et se chamaillant. Il s'en étonna : que pouvait-on comprendre des Mystères à cet âge ? Mais il est vrai que Chloé avait été initiée à cinq ans. C'était la tradition voulue par Déméter, il fallait la respecter.

Titus avança le long de la rive, cherchant du regard ses condisciples. Son attention étant accaparée ailleurs, il se heurta rudement à un homme qui venait dans sa direction. Il s'excusa et remarqua l'aspect étrange de ce dernier. Il portait en tout et pour tout une sorte de courte jupe, des bottes et un gros collier de cuivre rouge. Titus ne put s'empêcher de le questionner :

— D'où viens-tu pour être ainsi habillé ?

— De Kèphisia, pas loin d'ici. Les bottes, c'est parce que je travaille aux champs, et le collier, c'est mon maître qui me l'a mis.

— Tu es esclave ?

— Oui, mais ni mon maître ni personne ne peut m'empêcher d'être là. C'est la déesse qui l'a dit.

Titus continua son chemin, pensif, croisant sur son chemin d'autres enfants, d'autres esclaves, des femmes, aussi. Alors qu'il était étonné jusque-là d'en voir si peu dans les rues d'Athènes, elles étaient aujourd'hui aussi nombreuses que les hommes. Il y avait de tout : des mères de famille, des jeunes filles, de riches bourgeoises couvertes de bijoux, des paysannes à la peau tannée et vêtues de méchante étoffe... Titus parcourut longuement cette foule. Le moment de surprise passé, il n'était nullement déçu de ce qu'il découvrait. Le tableau bigarré qu'il avait sous les yeux, bien loin de déprécier les Mystères, signifiait qu'ils étaient ouverts à l'humanité entière et son respect pour eux s'accrut encore.

— Titus !

C'était Brutus, qui venait de l'apercevoir et de le héler joyeusement. Il courut dans sa direction et lui adressa son salut, ainsi qu'à Publius Volumnius et à Straton. Plusieurs Grecs parmi les élèves de l'Académie étaient présents aussi. Il vit un peu plus loin le jeune Lycos, qui n'osait regarder dans sa direction et qui baissait la tête, l'air gêné. Il estima qu'il devait lui montrer qu'il ne lui en voulait pas et il alla lui souhaiter amicalement la bienvenue. Il vit aussi Agathon, qui était du nombre, mais lui, il jugea inutile d'aller le saluer.

D'autant que se produisit à ce moment-là un grand chahut. Sur un signe de l'archonte, des soldats venaient de former un cordon, séparant ainsi le groupe des candidats à l'initiation du reste des Athéniens, qui n'avaient plus le droit d'approcher ni d'entendre quoi que ce soit. En même temps, le clergé d'Éleusis fit son apparition. Titus éprouva un petit pincement au cœur. Tout ce qui allait suivre était ignoré du reste des mortels. Les Mystères venaient de commencer...

Des aides au service du sanctuaire installèrent rapidement une estrade sur l'une des deux rives. La foule, quant à elle, était dans le lit de la rivière, ce qui ne présentait aucun danger, l'Ilissos étant presque à sec. Successivement, prirent place sur la tribune l'hiérophante avec son costume d'or et sa couronne en forme d'épis de blé, le dadouque avec sa robe argentée et son air maussade d'éternel second, la prêtresse de Déméter, qui dominait tout le monde en raison de sa coiffure en hauteur, enfin, Myrto, silhouette noire au profil toujours aussi inquiétant... La foule, si bruyante et remuante un instant auparavant, s'était tue d'un coup et ce fut dans un silence religieux que s'éleva la voix profonde de l'hiérophante.

— Puisque vous tous qui êtes ici avez l'intention de vous faire initier, écoutez les interdits auxquels vous devrez vous soumettre, tant aujourd'hui que lors des Grands Mystères. Car s'il n'en était pas ainsi, vous profaneriez la déesse et vous vous exposeriez à son châtiment.

Dans l'assistance, l'attention était à son comble. Titus, les pieds dans l'eau et les yeux rivés sur celui qui n'avait plus de nom, ne perdait rien de son discours.

— Gardez-vous de goûter à la grenade, ce fruit

détestable qui a perdu Coré. Ne touchez pas aux fèves : Déméter, qui a donné aux hommes tous les légumes, tient celui-ci pour abominable. Elle vous repousserait aussi comme impurs, si vous mangiez les méchants poissons que sont l'anguille et le loup. Pour un motif opposé, renoncez au rouget, sa fertilité est agréable à la déesse. Respectez les œufs et les oiseaux domestiques : elle les a pris sous sa protection et veille à leur multiplication. Mais ce n'est pas tout, ce qui va venir est plus important encore...

L'hiérophante haussa d'un ton sa belle voix grave :

— D'ici aux Grands Mystères, vous ne devrez pas avoir commis d'homicide. Et je ne parle pas seulement de l'homicide criminel, je parle de tuer quelqu'un, quelle qu'en soit la raison, même pour protéger votre vie, même à la guerre. Je m'adresse en particulier aux soldats romains que je vois là-bas. S'ils doivent aller à quelque combat, ils devront renoncer à l'initiation. N'oubliez pas qu'Héraclès lui-même se vit refuser l'accès aux Mystères, parce qu'il avait tué les centaures, action pourtant noble et courageuse.

Ces dernières paroles provoquèrent une vive contrariété chez Titus Flaminius. Elles le concernaient, en effet, directement. Avec son enquête, il se trouvait engagé dans une entreprise peut-être dangereuse. Il se pourrait qu'à un moment ou à un autre son existence se trouve en danger. Dans ce cas, il devrait faire attention à ne pas tuer son agresseur. Cela rendait les choses plus délicates, car s'il n'était pas question de renier sa promesse à Phyllis, il ne voulait pas non plus renoncer aux Mystères...

L'hiérophante en avait presque fini. Il désigna de la main la rivière où la foule était assemblée.

— Maintenant, je vous demande de procéder aux ablutions rituelles dans les eaux de l'Ilissos. Ainsi purifiés, vous pourrez participer à la suite des cérémonies qui vous attendent...

Ces mots eurent pour effet de libérer la foule, qui, avec des cris d'allégresse, se précipita vers l'eau de la rivière. Cela occasionna des bousculades, car il n'y avait que quelques mares ici et là et de minces filets d'eau qui les reliaient entre elles. Mais les auxiliaires du sanctuaire, qui circulaient entre les pèlerins, leur précisèrent qu'il ne s'agissait que d'une aspersion symbolique et, après s'être plus ou moins mouillé les mains et le visage, chacun prit place dans le cortège, qui se mit en route derrière le clergé d'Éleusis.

Les candidats aux Mystères traversèrent ainsi en procession toute une partie d'Athènes. Ils étaient toujours escortés à distance par les soldats de Quintus de Rhamnonte, qui étaient là pour écarter les badauds. Mais le respect entourant les Mystères était tel que personne ne cherchait à approcher.

Si Titus ignorait les rites qui allaient suivre, il était comme tous les autres au courant de leur destination : le temple de Déméter et Coré, qui se trouvait à Agra, un faubourg d'Athènes. Il estima que c'était le moment d'aborder l'hiérophante. Résolument, il se porta en tête du cortège. En le voyant arriver, le dadouque se précipita, l'air furieux, mais son supérieur l'arrêta d'un geste et invita aimablement Titus à venir à ses côtés :

— Tu as bien fait de venir me trouver. J'ai peut-être découvert quelque chose, mais il faut que j'effectue une vérification.

— Puis-je te demander de quoi il s'agit ?

— C'est un fait troublant, mais, comme rien n'est certain, je préfère ne pas t'en parler. Tout ce que je peux te dire, c'est que, jusqu'ici, j'ai été accaparé par mon entrée en fonctions. Maintenant, je vais me consacrer à ce problème, car il n'intéresse pas que toi, il nous concerne aussi.

— Quand penses-tu avoir du nouveau, Hiérophante ?

— Bientôt. Je te le ferai savoir...

Il n'y avait rien à ajouter. Titus salua profondément son interlocuteur et reprit place dans la foule. Il devait maintenant redevenir un simple aspirant à l'initiation, d'autant qu'on arrivait à Agra et que le temple de Déméter et Coré n'était plus très loin.

Tout comme celui d'Éleusis, le temple d'Agra n'était pas accessible au public. Il était entouré de murailles, dont les lourdes portes de bronze étaient grandes ouvertes. La foule prit place dans l'enceinte, qui était juste assez spacieuse pour contenir tout le monde. Ce fut donc passablement serrée que l'assistance put suivre la cérémonie.

Le clergé avait pris place sur les marches du temple,

dont les portes, également de bronze, étaient fermées. Il y eut d'abord un long intermède consacré aux sacrifices à Déméter, à Coré et à Pluton. Successivement, au son de la flûte et de la lyre, des vaches et des génisses blanches furent immolées à la déesse et à sa fille. Puis ce fut le tour de trois chèvres noires en l'honneur des sombres demeures d'Hadès. Après quoi, les entrailles ayant été examinées et le résultat jugé favorable, l'hiérophante prit de nouveau la parole, pour dévoiler le premier enseignement secret des Mystères.

Celui-ci concernait Dionysos. Selon une tradition qui n'était connue que des seuls initiés, Dionysos, dieu de la vigne, était le fils caché de Déméter, et sa mère et lui étaient inextricablement liés. Tout cela se comprenait aisément s'agissant de la vie de farine, le pain et le vin étant les deux principaux aliments des hommes. Mais Dionysos n'était pas seulement le dieu de la vigne, il était aussi celui de l'extase et des délires inspirés. C'était grâce à lui que les futurs initiés pourraient se mettre sur le chemin de l'au-delà et mener à bien leur méditation sur la destinée de l'âme. D'ailleurs, l'hiérophante leur apprit, en conclusion de son discours, que Dionysos conduisait la première journée des Grands Mystères sous son nom secret, Iacchos.

Après ces paroles, les participants se virent remettre chacun deux petites galettes faites avec de l'orge, du miel et de l'eau de mer. L'hiérophante leur précisa qu'ils devaient en faire l'offrande à Déméter et Coré, en allant les déposer devant leur statue. Il ajouta :

— À cette occasion, vous allez être les premiers à

découvrir la nouvelle statue de Coré, que mon prédécesseur avait fait faire. Elle est due à Philèbe.

Cette annonce provoqua une rumeur dans une partie de l'assistance. Quant à Publius Volumnius, qui était juste à côté de Titus, il poussa un véritable cri. Ce dernier s'étonna de sa réaction :

— Tu connais Philèbe ?

— Je pense bien. C'est le plus grand de tous ! Un génie !

— Qu'ont-elles de particulier, ses statues ?

— Elles vivent !

— Comment cela ?

Publius Volumnius s'anima soudain. Malgré sa corpulence et son visage un peu fatigué de jouisseur, il prit, sous l'effet de la passion, une allure presque juvénile.

— Tu as déjà vu planer un aigle ? En apparence, il est immobile, mais si tu regardes bien le bout de son aile, tu la vois très légèrement trembler. Eh bien, c'est cela, Philèbe ! Si tu fixes une partie de sa statue, les lèvres, par exemple, au bout d'un moment, tu les vois imperceptiblement bouger. Elles vivent !

Titus apprécia l'image. Il était maintenant très impatient de voir la nouvelle Coré. Il demanda à son condisciple :

— Tu lui as acheté une statue ?

— Malheureusement, c'est impossible ! Philèbe ne crée que pour les temples. Il ne vend pas aux particuliers. Il pourrait gagner une fortune s'il le voulait, mais l'argent ne l'intéresse pas...

À ce moment, les portes s'ouvrirent. Avec la bousculade qui s'ensuivit, Titus ne put voir quoi que ce soit. Il ne pouvait que suivre le mouvement, ballotté entre les uns et les autres. Publius Volumnius, dans son impatience, jouait des coudes et avait pris quelque avance sur lui.

Ce dernier ne tarda pas à arriver dans le temple et, malgré le bruit de la foule, Titus l'entendit pousser un cri. Peu après, il revenait vers lui, l'air bouleversé. Titus s'étonna tout de même de l'effet que pouvait produire sur son condisciple une œuvre d'art.

— Elle est si extraordinaire que cela ?

— Non, c'est... Enfin, je me trompe peut-être. Va voir toi-même !

À son tour, Titus arriva devant la statue de Coré et il resta bouche bée... Non, ce n'était pas à cause de sa beauté que Publius Volumnius avait eu cette réaction, même si elle était effectivement admirable : la statue de Coré, c'était celle de Chloé ! Il n'y avait pas de doute, c'était bien le visage de la jeune fille qui les avait servis à l'auberge, c'était celle qu'il avait vue morte dans la neige et qu'il avait veillée en compagnie de sa mère... Qu'est-ce que cela voulait dire ? Quel était ce prodige ?

Titus restait immobile, les bras ballants, oubliant ses deux petits gâteaux. Derrière, ceux qui attendaient leur tour commençaient à le houspiller. Il déposa prestement son offrande et s'adressa à un des serviteurs qui se trouvaient là.

— Où est Philèbe ?

— Je ne sais pas. Il n'est pas venu. Et ce n'est pas normal, il aurait dû être là. Il doit être malade.

— Sais-tu où il habite ?

— Sans doute dans le quartier du Céramique. C'est là que se trouvent tous les sculpteurs.

Titus Flaminius n'en demanda pas plus. Se frayant un chemin à travers la foule, il quitta le temple de Déméter et Coré. Les Petits Mystères étaient terminés et il n'avait plus rien à faire là. C'était au Céramique qu'il devait se rendre. Il sentait même qu'il y avait urgence.

6

Les incertitudes de l'âme

D'Agra au Céramique, le chemin était long. Titus mit donc un bon moment avant d'arriver dans ce quartier résidentiel, d'ailleurs proche de l'Académie. Trouver la maison de Philèbe fut aisé : un artiste de son talent était connu de tous.

Sa demeure se dressait au fond d'un jardin mal entretenu où les herbes folles voisinaient avec les cailloux. Titus s'attendait à être accueilli par quelque esclave, mais il n'y avait personne. L'habitation elle-même était modeste, sans étage, mais de haute taille, avec une grande ouverture sans fenêtre. Il appela sans que personne ne réponde. Alors, il poussa la porte, qui n'était pas fermée, et entra.

Il était dans l'atelier du sculpteur. Il y avait plusieurs blocs de marbre blanc intacts de différentes tailles et une seule statue commencée. Seul le visage était terminé. C'était celui de la Coré du temple, plus beau, plus rayonnant encore, mais le corps était à peine esquissé. Il était flou, immatériel, et l'effet produit était saisissant : on aurait dit une apparition...

Titus appela de nouveau, mais c'était inutile. Toute la maison ne formait qu'une seule pièce. Dans un coin, on pouvait voir le lit, dans un autre, la table. L'occupant des lieux n'était pas là et cela ne datait pas d'hier. Une couche de poussière recouvrait tout, y compris la statue. Philèbe n'était pas venu ici depuis un mois, peut-être plus.

Titus quitta la maison. La seule façon d'en savoir plus était d'interroger les voisins. Le plus proche était dans son jardin, dont il retournait la terre. C'était un homme âgé, au corps tout déformé et qui boitait.

— Je cherche Philèbe. Tu ne sais pas où il est ?

L'homme lui jeta un bref regard et se remit à son travail.

— Non.

— Il y a longtemps que tu ne l'as pas vu ?

— Un moment.

— La dernière fois, il n'était pas en compagnie d'une jeune fille de quinze ans environ ?

— Je ne sais pas. Je ne m'occupe pas de ce que font mes voisins...

Il était inutile d'insister. L'homme ne parlerait pas et Titus aurait juré que ce n'était pas parce qu'il avait mauvais caractère : le court instant où il avait vu son regard, il y avait lu de la peur... Oui, c'était bien de la peur : Titus en eut la confirmation en allant interroger les autres habitants du quartier. Chez tous, c'étaient les mêmes réponses évasives et brèves, les mêmes expressions inquiètes. Il se dit qu'il en apprendrait peut-être plus auprès d'un de ses collègues et demanda où trouver un autre sculpteur. On lui indiqua la demeure de Callimaque, qui se trouvait non loin.

Sa maison était l'exact contraire de celle de Philèbe : opulente et ostentatoire. Un perron à colonnade y donnait accès. Dans le vestibule, un esclave stylé vint accueillir Titus, qui lui demanda à voir Callimaque. Le domestique s'inclina bien bas.

— J'entends à ta voix que tu es romain. Mon maître sera très honoré de t'accueillir.

Il le fit entrer dans un vaste atelier décoré avec raffinement. Une intense activité y régnait. Trois jeunes aides étaient en train d'ébaucher dans le marbre des statues de discoboles. Le sculpteur lui-même s'occupait de la finition d'un autre discobole, ciselant les traits du visage. À l'arrivée de Titus, il abandonna son ouvrage pour le saluer chaleureusement.

— Que désires-tu ? Tu trouveras tout ce que tu veux ici, tous les sujets, toutes les dimensions, toutes les couleurs de marbre. Et mes prix sont les meilleurs d'Athènes !

— Ce n'est pas cela. Je cherche Philèbe. J'ai pensé que tu pourrais me renseigner...

Instantanément, le visage de Callimaque se ferma.

— Que lui veux-tu ? Il ne vend pas aux particuliers. Il ne crée que pour les temples.

— Je sais. Mais je viens de chez lui et il a disparu. N'aurais-tu pas de ses nouvelles ?

— Pourquoi en aurais-je ? Nous ne nous fréquentons pas... Maintenant, excuse-moi, j'ai du travail...

En rentrant du Céramique, Titus était profondément troublé. Son enquête venait de prendre brusquement un tour différent. Alors que, jusque-là, elle se cantonnait à Éleusis, voici qu'elle s'orientait vers Athènes. Philèbe connaissait Chloé et depuis un moment déjà, puisqu'il avait fait deux statues d'elle, à moins, évidemment, qu'il ne s'agisse de quelqu'un qui lui ressemblait. Et il était arrivé quelque chose de grave au sculpteur : son absence prolongée et la crainte qui semblait régner autour de lui ne présageaient rien de bon. Avait-il été tué, enlevé ? Ou avait-il pris la fuite pour une raison inconnue ?

Autant de questions qui venaient s'ajouter à celles, déjà nombreuses, qu'il se posait jusqu'alors. Enfin, il ne pouvait se dissimuler un dernier élément qui l'emplissait malgré lui de malaise : Chloé était réapparue sous la forme d'une statue de Coré. Les liens étranges entre l'affaire criminelle et le mythe se poursuivaient et même s'accentuaient.

Le lendemain, Titus Flaminius se présenta devant le sanctuaire d'Éleusis. Il n'était pas trop rassuré en s'adressant aux factionnaires à l'entrée. Les menaces du dadouque ne pouvaient être prises à la légère. N'allaient-ils pas s'emparer de lui et le faire prisonnier, ou pire ? Mais il n'avait pas le choix : il déclina son nom et demanda à voir l'hiérophante. À son grand soulagement, l'attitude des soldats fut déférente. Ils lui dirent que ce dernier l'attendait et allèrent le chercher.

Peu après, le chef religieux vint à sa rencontre. Jamais Titus ne l'avait vu ainsi, sans son habit d'apparat : il portait une longue robe blanche, qui ne manquait pas d'allure. Titus le mit au courant des événements de la veille. Le religieux parut soucieux en entendant ses propos.

— Ce que j'avais à te dire concerne justement Philèbe. On l'a vu au sanctuaire le jour de la mort de Chloé. Hier, je n'en étais pas certain, mais je viens d'en avoir la confirmation.

— Que venait-il faire ?

— Il devait voir l'hiérophante. Cela n'a pu se faire à cause de sa maladie.

— Pourquoi désirait-il le rencontrer ?

— Je suppose que c'était en rapport avec sa statue.

Le religieux changea de sujet :

— Tu m'as parlé d'empoisonnement pour mon prédécesseur, mais je suis certain qu'il n'en est rien. Il était malade depuis longtemps déjà. Sa mort est naturelle.

L'hiérophante conclut que la vérité n'était, à son avis, pas à rechercher dans le sanctuaire, mais du côté de Philèbe et du milieu des sculpteurs. Néanmoins, s'il apprenait du nouveau, il le lui ferait savoir...

Titus Flaminius n'eut pas le temps de méditer sur les révélations que venait de faire le religieux. Quelques instants plus tard, il se trouvait dans l'auberge de Phyllis. Celle-ci poussa les hauts cris en entendant que Chloé servait en cachette de modèle à Philèbe. Elle lui en aurait parlé. Elle ne lui taisait rien !... Titus se décida à lui dire ce qu'il avait en tête depuis longtemps :

— Beaucoup de mères s'imaginent à tort connaître leur fille. Il y avait peut-être toute une partie de la vie de Chloé que tu ignorais.

— C'est impossible !

— Que sais-tu de ce qui se passait quand elle allait à Athènes ?

— Elle n'allait jamais à Athènes, sauf pour les Panathénées et quelques grandes fêtes, et je venais avec elle.

— Alors, comment expliques-tu sa présence aux côtés de Philèbe ?

— C'est quelqu'un qui lui ressemble. Ce n'est pas elle.

— Et Philèbe était là le jour de sa mort. Tu ne trouves pas cela étrange ?

— Je ne sais pas... Je ne sais qu'une chose : Chloé ne connaissait pas ce sculpteur. C'est impossible !

Titus eut beau insister, faire des suggestions, demander à Phyllis de réfléchir davantage, elle n'en démordit pas... Il était inutile de poursuivre. Il n'en apprendrait pas plus pour l'instant du côté d'Éleusis.

Il revint à Athènes où se situait désormais la majeure partie du mystère.

Titus Flaminius partagea les jours suivants entre les cours de l'Académie et son enquête. Il se rendit plusieurs fois au Céramique, mais sans rien apprendre de plus. La maison de Philèbe était toujours ouverte à tous les vents et pourtant désertée : la couche de poussière, intacte sauf aux endroits où il avait fouillé, lui indiquait que lui seul en avait franchi le seuil. Il avait demandé l'aide de l'archonte pour retrouver le disparu. Ce dernier, en raison de sa notoriété, avait fait des recherches, mais sans le moindre résultat : on n'avait aucune trace de lui mort ou vivant. Il fallait se résoudre à l'évidence : la dernière fois qu'on avait vu Philèbe, c'était à Éleusis, le jour de la mort de Chloé, lorsqu'il avait voulu rencontrer l'hiérophante. Depuis, il semblait s'être volatilisé...

Les incursions de Titus dans le quartier des sculpteurs apportèrent pourtant un élément nouveau, même s'il n'était guère encourageant : il acquit la certitude d'être suivi et épié. À plusieurs reprises, sentant une présence derrière lui, il se retourna et aperçut des individus qui l'observaient de loin. D'un côté, cela prouvait que la piste était bonne, mais il ne pouvait s'empêcher de repenser aux Petits Mystères. Que ferait-il s'il était attaqué ? Depuis ce moment, le sentiment du danger ne le quittait pas.

Il se produisit un incident plus étrange encore. Un jour qu'il sortait de la maison de Philèbe, il aperçut

Publius Volumnius en train de discuter avec quelqu'un. Il l'appela, mais son condisciple laissa là son interlocuteur et s'enfuit. De retour à l'Académie, Titus lui demanda des explications mais Publius Volumnius nia contre toute évidence s'être jamais trouvé là. Titus n'insista pas et ajouta cette énigme à celles qui s'accumulaient depuis le début de son enquête.

Dans ce tourbillon d'événements, la présence d'Ariane lui apportait un élément de stabilité et de réconfort. Quand ils ne lisaient pas Homère, ils causaient de mille choses, tandis qu'elle brodait le péplos de la déesse. Était-elle en train de tomber amoureuse de lui ? À présent, il le pensait. Elle était trop bien élevée et trop pudique pour le montrer, mais certains détails, une certaine manière de se troubler semblaient l'indiquer.

Tandis qu'ils parlaient, il regardait les doigts fins couvrir d'or le voile de lin blanc. Ariane, comme sa compagne du mythe, avait le fil pour symbole et il ne pouvait s'empêcher de penser qu'il en était ainsi de toutes les femmes. Elles cherchent à attacher au foyer l'homme de leur cœur, en usant de tous leurs charmes, de tous leurs sortilèges. Dans un sens, comme Calypso, qui retint si longtemps Ulysse dans son île, elles sont toutes magiciennes. Les hommes, au contraire, ne rêvent que de partir vers d'autres horizons, d'autres aventures. Les unes veulent retenir, les autres s'échapper. C'est à ce jeu que jouent les deux sexes depuis que le monde est monde...

Ce fut un peu plus tard qu'elle demanda à Titus de l'accompagner sur l'Acropole. Elle lui expliqua que sa jeune sœur Iris avait très envie de le voir. Or, en tant qu'Arrhéphore, elle ne pouvait quitter la demeure où elle était logée, près de l'Érechthéion. Titus, bien sûr, accepta volontiers.

Il éprouva une impression étrange en cheminant aux côtés d'Ariane. La voir ainsi hors du milieu clos, féminin et un peu étouffant que formaient sa chambre et la compagnie des Ergastines était réellement surprenant. Elle n'avait pas le même comportement, elle était plus libre, plus gaie. Elle avait emporté une brassée de rameaux d'olivier qu'elle voulait offrir à Athéna et elle les serrait contre son cœur, dans un geste qui ne manquait pas de sensualité.

Ils ne tardèrent pas à gravir la pente douce qui menait à l'Acropole et traversèrent les Propylées, entrée majestueuse. Titus les admirait particulièrement, parce qu'ils étaient absolument uniques. De beaux temples, on pouvait en voir ailleurs qu'à Athènes, mais cette sorte d'allée encadrée de colonnes et couverte de marbre, qui séparait l'espace profane de l'espace sacré, n'existait que là.

Quand ils eurent débouché de l'autre côté, Ariane lui confia :

— Chaque fois que je viens ici, j'ai l'impression d'être sur un bateau !

Titus hocha la tête. C'était vrai. L'Acropole ressemblait à un navire qui ferait route sans bouger sur l'Attique. D'ailleurs, la colline, taillée de manière rectiligne dans la roche, en avait un peu la forme élancée. Au sud, sur la droite, s'étendait la mer, à gauche les terres et la route de Marathon, qui, avec l'éloignement, auraient pu passer, elles aussi, pour des flots, et devant, le Lycabette dominait l'ensemble de toute sa hauteur, comme une île.

Ariane lui désigna l'immense statue d'Athéna Promachos en bronze, juste devant eux. C'étaient ses reflets qui accueillaient les marins, quand ils doublaient le cap Sounion, et qui leur annonçaient qu'ils étaient revenus à bon port... Elle s'exprimait d'une manière animée et fervente à la fois.

— Nous sommes dans le domaine d'Athéna. Je suis chez moi !

Elle le conduisit vers le Parthénon, temple de la déesse vierge, à l'intérieur duquel se dressait son immense statue couverte d'or et d'ivoire, chef-d'œuvre de Phidias. Athéna se tenait debout, la main gauche posée sur son bouclier, la main droite tendant une effigie ailée de la Victoire. Rien n'égalait cette merveille, qui se dressait dans la pénombre du temple... Titus, même s'il était déjà venu ici plus d'une fois, avait du mal à la quitter des yeux. Quand on avait vu cela, toutes les Minerve romaines n'étaient plus que des pâles copies.

Comme ils sortaient, son regard alla vers le fronton, qui représentait la naissance de la déesse. On la voyait sortir armée et casquée du crâne de son père Zeus.

Jamais autant qu'en cet instant la puissance de ce symbole ne lui était apparue aussi clairement. Athéna, déesse intellectuelle, née de la tête d'un homme et non du ventre d'une femme, dominait le monde depuis l'Acropole et l'expliquait par la raison... Ariane, elle, était en train de contempler la frise qui courait tout autour du temple et qui représentait le défilé des Grandes Panathénées.

— L'été prochain, je serai en tête de la procession avec Iris. Tu voudras bien être à mes côtés ?

Titus répondit que rien ne lui ferait plus plaisir, mais une autre pensée le traversa : l'été prochain, où en serait son enquête ? Aurait-il tenu la promesse solennelle qu'il avait faite à Chloé et à Phyllis, la lance au poing ?... Ariane avait toujours en main ses rameaux d'olivier. Il s'étonna.

— Tu ne les as pas donnés à Athéna ?

Sa compagne sourit.

— Ce n'est pas à celle du Parthénon que je les destine, mais à l'autre, celle qui porte le péplos...

Ils étaient arrivés devant un temple mitoyen de l'Érechthéion, qui n'avait rien de commun avec celui qu'ils venaient de quitter. Autant le premier était immense et majestueux, autant celui-ci était minuscule et d'allure grossière. Au centre, se dressait une nouvelle statue de la déesse, celle d'Athéna Poliade, protectrice de la ville.

Faite de bois, à peine plus grande que la taille humaine, elle était drapée d'un voile de lin, le péplos actuel, que celui d'Ariane et des Ergastines allait remplacer. Vieux de près de quatre ans, il était délavé par le temps et les intempéries. C'était pourtant à ses pieds que les fidèles venaient déposer leurs offrandes. Le colosse d'or et d'ivoire du Parthénon suscitait leur admiration, mais la maladroite effigie de bois recueillait leurs prières et leur ferveur...

Ariane s'approcha avec ses rameaux. Titus lui en demanda une poignée pour s'associer à son offrande. Ils les déposèrent ensemble. Le geste qu'ils accomplirent les mit joue contre joue et il la sentit nettement tressaillir. Elle déclara un peu brusquement, sans doute pour dissimuler son trouble :

— Allons voir Iris !

Et elle lui désigna une petite maison carrée, entourée d'un muret, qui se dressait le long de la façade, derrière l'Érechthéion. Tout en faisant le court trajet qui les en séparait, il lui demanda :

— As-tu une divinité de prédilection, à part Athéna ?

— Non. Elle me suffit.

— Je ne pense pas. Tu es intelligente et sage, mais tu n'es pas que cela. Tu ne resteras pas toujours vierge comme elle. Un jour, tu délieras ta ceinture...

Titus aimait cette expression qu'employaient les Grecs pour dire « se marier », s'agissant des femmes, tellement plus belle que la formule latine : « prendre le voile »... Ariane rougit vivement et ne répondit pas. Il poursuivit :

— L'homme qui sera à tes côtés à ce moment-là aura beaucoup de chance.

Il ajouta, pour qu'elle ne croie pas qu'il s'agissait d'une déclaration déguisée :

— Et je lui souhaite beaucoup de bonheur.

Cette fois, Ariane perdit tout à fait contenance, mais un cri joyeux la tira de son embarras. Ils étaient devant la maison des Arrhéphores. Dans la cour, délimitée par un muret, quatre petites filles jouaient à la balle et l'une d'elles venait de quitter ses compagnes pour courir vers eux...

Les Arrhéphores étaient une des particularités les plus étonnantes de la religion athénienne et elles étaient vouées, tout comme les Ergastines, au péplos d'Athéna. C'étaient elles qui le portaient, en le tenant chacune par un coin, lors de la procession des Grandes Panathénées. Il s'agissait de quatre petites filles entre sept et onze ans. Comme les Ergastines, elles étaient choisies parmi les familles nobles de la ville, mais, à la différence de leurs aînées, elles ne pouvaient pas quitter le logement qui leur était attribué sur l'Acropole.

Iris se tenait devant eux. Elle était de petite taille et ne faisait pas ses onze ans, mais il était évident qu'elle n'avait pas froid aux yeux. Il y avait quelque chose de malicieux et même d'impertinent dans toute sa personne. Elle dévisagea Titus sans façon et conclut son examen en lui déclarant :

— Je te souhaite la bienvenue à Athènes. Ariane a beaucoup de chance !

Titus la remercia et la complimenta de faire partie des Arrhéphores. Mais elle fit la moue.

— C'est affreux, au contraire. Tu imagines : ne pas pouvoir sortir pendant quatre ans ? Heureusement que ce sera fini l'été prochain !

Puis elle changea de sujet :

— Parle-moi de ton enquête.

— Parce que tu sais cela ?

— Bien sûr, ma sœur me dit tout. Raconte !

Prudemment, Titus se borna à quelques généralités. Iris écouta avidement, fit des commentaires, des suggestions, et posa une question :

— Quand partiras-tu ?

— En septembre, après les Mystères.

— Alors, emmène-moi ! Je veux vivre à Rome !

Titus sourit.

— Ce n'est pas possible.

— Pourquoi ? Tu veux rester ici ? Tu vas épouser Ariane ?...

Cette fois, Titus éclata franchement de rire. Iris en parut vexée.

— Elle ne te plaît pas ?

— Si, beaucoup. Mais les choses ne sont pas si simples...

Pendant longtemps encore, Titus dut bavarder avec ce véritable ouragan qu'était la jeune Arrhéphore, tandis qu'à ses côtés, Ariane, gênée par la spontanéité et les expressions sans détour de sa sœur, tentait en vain de la faire taire.

Son enquête et la fréquentation d'Ariane n'empêchaient pas Titus de suivre assidûment les cours de l'Académie. Ce fut peu après qu'Apollodore aborda la seconde partie de son cours : Déméter, maîtresse de l'au-delà, les interrogations sur l'immortalité de l'âme. Comme à son habitude, avant d'entamer son exposé, il invita ceux des assistants qui le souhaitaient à s'exprimer.

Brutus parla le premier, pour défendre le point de vue stoïcien. Titus ne l'écouta que distraitement, pour l'avoir entendu cent fois exposer ce même thème. L'âme est immortelle, elle est de même nature que la divinité. Celle-ci n'est pas multiple, mais unique et immatérielle. À notre mort, nous retournons à cette réalité spirituelle dont nous sommes issus...

Comme à l'accoutumée, Apollodore ne fit aucun commentaire et donna la parole à l'élève suivant. Ce fut Straton qui tint à parler et, cette fois, Titus prêta une oreille beaucoup plus attentive, car, s'il connaissait par Brutus la pensée stoïcienne, il ignorait pratiquement tout de l'école épicurienne, dont Straton était l'un des adeptes.

De sa voix un peu monocorde, ce dernier énonça les principes de son maître Épicure. L'âme est mortelle, car elle est matérielle, comme tout le reste. En fait, tout ce qui existe est composé de particules infiniment petites, les atomes. C'est leur combinaison qui crée les différentes figures que nous croyons percevoir. Les dieux n'existent pas, notre monde n'est que le résultat du hasard, qui fait que les atomes s'entrechoquent ou pas dans leur course...

Straton continuait de parler devant Apollodore et l'assistance, attentifs. Titus, lui, était éberlué, presque horrifié. Il s'était toujours senti proche de la nature et, depuis qu'il était en Grèce, avec l'importance qu'avaient prise les saisons, ce lien était devenu plus fort encore. Et voilà que Straton était en train de dire que rien de tout cela n'existe, que tout ce qui a une couleur, un parfum, un bruit, un mouvement n'est qu'un assemblage de corps minuscules que nous ne voyons pas !

Straton, le géomètre, devait se plaire à cette conception rigoureuse et mathématique du monde, mais Titus ne pourrait jamais la faire sienne. Où étaient passés les faunes et les nymphes qui peuplaient les forêts, les dryades qui habitaient le cœur de chaque arbre, les naïades des mers, des sources et des fleuves ? Il avait besoin d'entendre les dieux et les déesses dans le chant des oiseaux, dans le souffle du vent ou le grondement du tonnerre. La religion de ses pères, pour imparfaite et naïve qu'elle soit, signifiait une chose : la nature est divine. Mais cela, personne n'avait l'air de le comprendre...

Straton en avait fini. Titus fut tenté de prendre la parole pour exprimer les pensées qu'il venait d'avoir, mais il craignit de faire piètre figure après les philosophes qu'étaient Brutus et Straton. Il s'abstint donc et ce fut un autre de ses condisciples romains, Publius Volumnius, qui parla.

Encore une fois, Titus fut surpris par son discours. Celui qu'il prenait pour un jouisseur blasé entama un vibrant hommage à la beauté. Pour lui, l'âme était mortelle, elle serait anéantie avec le reste à notre mort, mais elle avait un pouvoir : celui d'entrevoir l'éternité dans l'œuvre d'art. Seule cette vision imparfaite, fugace, de l'immortalité nous était accessible. La vie n'avait aucun sens, seuls l'art et la beauté avaient une valeur, il fallait en jouir de toutes nos forces !

À présent, Publius Volumnius s'animait tout en parlant et ses propos prenaient une tournure anxieuse, presque désespérée. Il invitait ses condisciples à avoir conscience de la fragilité de l'existence. Il fallait compenser sa brièveté par son intensité, tout cela disparaîtrait si vite, nous aurions tant de regrets, sinon, à l'heure de notre mort !...

Publius Volumnius s'était tu et, dans l'assemblée, un malaise s'était installé. Apollodore en fut sans doute conscient et, pour le dissiper, il donna la parole à Euphron, qui venait de faire son entrée, plus sale et négligé que jamais :

— Je suppose que le distingué représentant de l'école cynique voudra aussi nous donner son avis sur le sujet.

Euphron haussa les épaules.

— Je ne sais pas si l'âme est immortelle ou non et je m'en moque, tout ce que je sais, c'est que cela fait bien l'affaire des prêtres ! C'est la trouille de l'au-delà qui les fait vivre !

La réplique fut saluée par un rire général et Apollodore renvoya ses élèves sur ces mots... En s'en allant, Titus était songeur et grave. Malgré le cadre où elle s'était tenue, cette discussion était tout sauf académique. La mort, il la côtoyait depuis le début de son enquête et il savait qu'elle était au cœur des Mystères d'Éleusis. Cette réalité de l'existence que nous nous cachons à nous-mêmes du mieux que nous pouvons, il ne pourrait l'ignorer dans les jours et les mois qui allaient suivre. Par un curieux concours de circonstances, la Grèce, si merveilleuse, si enchanteresse, était devenue aussi le pays de la mort.

Il réfléchissait à tout cela en traversant le bois d'acacias dont les bourgeons étaient sur le point d'éclore, lorsqu'il surprit une scène entre deux personnes qu'il connaissait bien... Agathon s'approchait de Lycos, qui le repoussait rudement. Il était trop loin pour entendre leurs paroles, mais le sens de leur altercation était clair : le professeur d'éloquence faisait des avances au jeune homme, qui ne voulait pas de lui...

Titus s'éloigna pour ne pas être indiscret et, du coup, ses pensées prirent un tour différent. Tout à l'heure, ils avaient parlé de l'âme après la mort. Mais les incertitudes qui pesaient sur sa destinée finale concernaient tout autant son existence terrestre. Comme elle nous était, au fond, si mal connue, notre petite flamme intérieure, avec les désirs, les angoisses et les regrets qui l'habitaient ! Ariane l'aimait peut-être, Lycos l'aimait, et lui, qui aimait-il ? Qui était-il ?

Un papillon parut alors, le premier de l'année. Cela signifiait que le jour de Coré était proche. Mais le papillon était aussi l'insecte de Psyché, la vivante représentation de l'âme. Titus le suivit du regard aussi longtemps qu'il put. Il était si beau, tout blanc et brillant dans la lumière, mais si fragile aussi ! Le vent assez vif le ballottait comme un esquif sur la mer et, quand il voulait s'approcher d'une fleur, le jetait sur une autre.

7

Le jour de Coré

Ce 10 élaphébolion, début mars de l'année romaine, n'était pas un jour comme les autres à Athènes. C'était le premier des Grandes Dionysies, la principale fête après les Panathénées.

Les Grandes Dionysies, qu'on appelait aussi Dionysies urbaines, pour les différencier des Dionysies agraires, s'étendaient sur quatre jours, durant lesquels avait lieu un concours théâtral renommé dans toute la Grèce. Mais elles comportaient aussi de nombreuses réjouissances, dont des défilés et des danses aux flambeaux et, pendant tout ce temps, les cours de l'Académie étaient suspendus. C'était pourquoi Titus avait demandé à Brutus de le rejoindre chez l'archonte ; ils iraient ensemble à la procession inaugurale.

Quintus de Rhamnonte lui avait proposé d'y aller en sa compagnie ainsi qu'avec Ariane, car les Ergastines participaient aux festivités avec les autorités, mais Titus avait refusé pour ne pas abuser de son hospitalité. Il avait également besoin de parler avec Brutus. Après les récents développements de l'affaire, il voulait faire le point avec lui.

Il faisait un temps superbe, une brise légère soufflait sur la colline de l'Aréopage. Brutus arriva ponctuellement, comme à son habitude. Ce fut au moment où il quittait la maison de l'archonte avec lui que Titus ressentit une impression qu'il eut du mal à définir. Il avait simplement la sensation de quelque chose de particulier et d'important. Tout à coup, la révélation se fit : c'était le jour de Coré !

Le doute n'était pas permis : cela se sentait dans la qualité de l'air, dans celle de la lumière et même dans la physionomie des gens. Il y avait pourtant quelque temps que le printemps s'annonçait, que la température se faisait plus clémente, que de nouvelles fleurs apparaissaient, que certains arbres plus précoces que les autres se couvraient de feuilles. Malgré cela, Ariane avait raison : ce renouveau de la nature se matérialisait d'un seul coup. C'était aujourd'hui, le jour de Coré, pas hier, pas demain, aujourd'hui !

Titus se sentit brusquement rempli d'espoir. Bien sûr, la terrible aventure qui avait commencé le jour de Perséphone n'était pas terminée. Chloé n'allait, hélas, pas revenir parmi les hommes, sortie toute vivante des enfers, mais le jour de Coré était le plus réconfortant des messages. Il signifiait que la souffrance a une fin et que, pour qui sait persévérer, tout est toujours possible...

Titus fit part de ses réflexions à Brutus, qui se contenta de déclarer sans grande conviction que c'était une manière poétique de voir les choses. Titus soupira. Ce désintérêt pour tout ce qui n'était pas strictement rationnel, cette absence de fantaisie et, parfois, d'imagination chez son compagnon, le désolait. Mais c'était peut-être parce qu'ils étaient différents qu'ils s'entendaient si bien.

Titus n'insista pas et, tandis qu'ils se dirigeaient vers les flancs de l'Acropole où allait avoir lieu le défilé, il se mit en devoir d'échanger avec lui ses impressions sur l'enquête.

Tous deux essayèrent d'énumérer leurs certitudes, mais ils se rendirent compte qu'elles étaient moins nombreuses qu'on aurait pu le supposer. En premier lieu, il n'était pas établi que Chloé connaissait Philèbe et qu'elle était son modèle. Les dénégations de Phyllis ne pouvaient être si facilement rejetées. Faire la statue de quelqu'un est long et la jeune fille aurait dû s'absenter un temps considérable en cachette de sa mère pour poser. Il fallait donc rester prudent, même si, dans ce cas, l'identité de celle qui était représentée à Agra et dans l'atelier du Céramique devenait une énigme supplémentaire.

En fait, plus ils parlaient et plus les deux jeunes gens voyaient s'accumuler les mystères : l'identité du tireur en noir, la raison pour laquelle ce dernier était revenu dans l'auberge et avait jeté le corps à terre, le sort de Philèbe et de son modèle, s'il ne s'agissait pas de Chloé, le danger qui semblait exister dans le Céramique et les personnages inquiétants qui y rôdaient.

À ce sujet, Titus relata l'incident étrange survenu avec Publius Volumnius et demanda des précisions à Brutus sur la personnalité de ce dernier. Il lui répondit que, malheureusement, il le connaissait assez mal. Il l'appréciait en raison de sa grande culture, mais c'était tout. Publius Volumnius vivait seul dans une grande maison sur les hauteurs de Rome, entouré d'œuvres d'art. Il passait pour un original aux goûts bizarres, certains disaient même pervers.

Après avoir exploré toutes les éventualités, Titus et Brutus durent se rendre à l'évidence : il y avait deux pistes, qu'on ne pouvait écarter ni l'une ni l'autre, celle d'Éleusis et de son clergé – car bien des choses restaient suspectes de ce côté-là – et celle de Philèbe. Seul l'avenir dirait de quel côté orienter les recherches... Titus avait été tenté d'évoquer un dernier point, celui qui, dans le fond, le troublait le plus : les coïncidences entre l'affaire et le mythe de Déméter, mais Brutus, qui ne croyait pas aux dieux traditionnels, aurait haussé les épaules, ou se serait moqué de lui, alors, il s'était abstenu.

Ils étaient maintenant arrivés au Pompéion, l'endroit où se formait le cortège. Les abords étaient noirs de monde et ils se mirent à attendre avec les autres le départ de la procession... Malgré le résultat bien maigre de sa conversation avec Brutus, Titus ne pouvait s'empêcher de rester optimiste. D'abord, c'était le jour de Coré et on ne pouvait pas voir les choses en noir à un moment pareil, ensuite, le simple fait de parler lui avait été d'un grand réconfort. Il avait décidé, depuis l'incident avec Publius Volumnius, de ne plus rien dire à personne de son enquête, même à Ariane. Il sentait la présence d'un danger et l'expérience lui avait appris à être prudent, voire méfiant. Seul Brutus gardait sa confiance et, à lui, il continuerait à ne rien cacher.

La procession ne tarda pas à démarrer. Elle était remarquable par sa richesse, même si Titus en avait vu de tout aussi fastueuses à Rome. Devant, allaient les magistrats de la ville, archonte éponyme en tête, puis les prêtres et divers corps religieux, parmi lesquels les Ergastines. Ensuite, venait, dans le désordre qui était propre à ce dieu, le cortège de Dionysos proprement dit.

Des personnages vêtus de pourpre, de peaux de panthère et de faon, ses attributs traditionnels, portaient divers objets symboliques et rituels : des amphores, des outres de vin et des ceps de vigne, bien sûr, mais aussi des phallus et des cornes de bouc. Des femmes échevelées figuraient les Ménades prises du délire sacré du dieu et poussaient des cris stridents, parfois sauvages.

Titus suivait avec l'attention la plus extrême. De tous les habitants de l'Olympe, Dionysos était sans conteste le plus complexe. Il l'avait toujours à la fois fasciné et dérouté. C'était le dieu de l'inspiration, qu'elle naisse de l'ivresse ou pas, et le théâtre était placé sous sa protection, mais c'était aussi le dieu des délires, des folies, qui pouvaient aller jusqu'au meurtre. Il incarnait les forces créatrices ou destructrices qui sont en nous.

Mais Dionysos était aussi, ainsi que Titus l'avait appris aux Petits Mystères, le fils secret de Déméter, qui pouvait permettre d'accéder aux secrets de sa mère. Son regard tomba sur Brutus, qui, tourné vers le défilé, semblait le considérer avec une attention extrême. Lui aussi avait compris, malgré son mépris pour la religion officielle, toute l'importance de ce qu'il avait sous les yeux. Cette manifestation désordonnée, brutale, était l'image de la vie, mais aussi celle de la mort. Et la mort, ils n'allaient cesser d'y réfléchir et de la côtoyer pendant leur séjour en Grèce.

Titus passa avec Brutus le reste de la journée dans Athènes en fête, cette curieuse fête qui avait en même temps des allures si inquiétantes, et, au soir, il rentra chez Quintus de Rhamnonte. Cette fois, il n'avait pas refusé son invitation. C'était en sa compagnie et en celle de sa fille qu'il allait assister à la première représentation théâtrale des Dionysies. Lorsqu'il retrouva Ariane, il lui annonça immédiatement la grande nouvelle :

— C'est le jour de Coré !

La jeune fille eut un sourire radieux.

— Oui, c'est aujourd'hui. Je l'ai ressenti dès mon réveil. Je suis si heureuse que tu t'en sois rendu compte ! Tu verras que l'année prochaine, ce sera la même chose, et toutes les autres aussi.

— Et chaque fois, je penserai à toi ! Tu seras la seule femme à qui je penserai deux fois par an toute ma vie où que je sois. Car il ne faut pas oublier le jour de Perséphone...

En disant cela, Titus pensait être agréable à Ariane, mais il surprit une brève lueur de tristesse dans son regard. Ses propos signifiaient qu'il ne passerait pas sa vie auprès d'elle. Cette fois, il ne pouvait plus douter de ses sentiments et il venait, d'un seul coup, de lui retirer tout espoir.

Mais elle se ressaisit et lui déclara vivement :

— Allons au théâtre de Dionysos ! Mon père ne peut pas nous accompagner à cause de ses obligations. Il nous retrouvera là-bas...

Le trajet n'était pas très long. Ils prirent le chemin de l'Acropole. Là, ils tournèrent sur leur droite pour aller jusqu'au théâtre, qui était accroché au flanc de la colline un peu plus loin.

La rue dans laquelle ils se trouvaient était pleine de monde et parsemée de curieux édicules, sortes de temples en miniature, plus petits encore que celui d'Éros à l'Académie. On n'y voyait aucune statue de dieu ou de déesse, mais ils étaient surmontés, de la manière la plus étrange, par des chaudrons métalliques. Titus s'en étonna auprès de sa compagne. Elle sourit, ravie de satisfaire sa curiosité.

— La rue où nous sommes s'appelle la rue des Trépieds. Les trépieds, ce sont ce que tu appelles des chaudrons. C'est le prix qu'on donne aux gagnants du concours théâtral. Et beaucoup ont élevé ces monuments en remerciement à Dionysos.

Titus continua ainsi à converser avec Ariane. Tout en parlant, il surprenait des regards furtifs et des réflexions à mi-voix autour d'eux. La fille de l'archonte était connue, la présence chez elle du descendant de Titus Flaminius aussi, et les voir côte à côte suscitait bien des commentaires. Titus ne put s'empêcher de penser que la chose avait été voulue par Quintus de Rhamnonte pour créer un lien entre eux. Ariane s'aperçut à son tour de la situation, ce qui lui causa une gêne visible. Elle se tut et garda le silence jusqu'au moment où ils arrivèrent au théâtre de Dionysos.

Il était véritablement magnifique ! Adossé au rocher de l'Acropole, il dépliait ses dizaines de rangées de gradins jusqu'à la colossale scène de marbre. Il était curieusement surmonté d'une grotte creusée dans la colline qui avait été transformée en temple, avec un fronton et des colonnes. À l'intérieur se dressaient des statues féminines, que Titus ne put reconnaître en raison de la distance.

Ce ne fut pas vers les places du haut que le conduisit Ariane. Le premier rang était composé, non d'un gradin, mais de fauteuils de marbre réservés aux dignitaires de la cité, magistrats et prêtres, ainsi qu'à quelques invités de marque. Titus avait l'honneur d'être du nombre...

Il s'installa donc aux côtés de l'Ergastine. En attendant le début de la représentation, le public était joyeux et bruyant. Les Dionysies étant une fête religieuse, les femmes y participaient et elles étaient aussi nombreuses dans l'assistance que les hommes. Titus, lui aussi, était joyeux. La nuit était presque douce. Bien que le soleil soit couché, c'était encore le jour de Coré et l'excitation qu'il avait éprouvée depuis le matin n'était pas retombée. Il sentait que, derrière eux, beaucoup de gens les regardaient ; Ariane ressentait sans doute la même chose, car elle avait l'air plus troublé que jamais.

Le silence se fit d'un coup. Le chœur venait de prendre place au bas de la scène surélevée décorée de bas-reliefs consacrés à la vie de Dionysos et un acteur s'avança pour annoncer le nom de la première pièce qui allait concourir. Il lança d'une voix forte :

— *L'Enlèvement de Coré,* de notre compatriote Agathon d'Athènes !

Titus eut un mouvement de surprise. Il ne s'attendait pas à retrouver là celui qui l'avait importuné à l'Académie. Mais il était plutôt curieux d'entendre son œuvre. Après tout, le détestable professeur d'éloquence qu'il était allait peut-être se révéler bon dramaturge.

La pièce commença. Elle relatait fidèlement, on pourrait même dire platement, l'histoire de Déméter et de Coré. Tandis que les répliques des acteurs alternaient avec les déclamations du chœur, Titus ne pouvait s'empêcher de s'étonner. Comme les choses étaient différentes de ce qui se passait à Rome ! Là-bas, pour distraire les spectateurs, il y avait des musiciens sur la scène, qui soulignaient les dialogues avec leur instrument, et les gens ne suivaient qu'à moitié. Ici, il n'y avait rien que le texte et le public était aussi muet que le marbre des gradins. Il écoutait, attentif. Toute la différence entre les Grecs et les Romains était là : les premiers étaient de véritables connaisseurs, des amateurs d'art et de pensée, les seconds, même s'ils avaient conquis le monde, restaient des paysans et des soldats.

L'attention du public finit pourtant par se relâcher et quelques signes d'impatience commencèrent à se manifester. Non, Agathon n'était pas meilleur tragédien qu'orateur et maître à penser. Sa pièce était à l'image du personnage : sonore et vide. Déméter, après avoir perdu sa fille, exprimait sa douleur en grandes tirades ampoulées. Les expressions étaient si outrées qu'elles faisaient parfois sourire. En entendant ce pathos, Titus pensa à l'expression de la daeiritis : « la pleurnicheuse ». C'était exactement cela : Déméter pleurnichait devant eux !

Lentement, interminablement même, la pièce d'Agathon s'achemina vers sa fin. Ce fut avec soulagement que Titus, comme sans doute le reste du public, assista à la scène où Zeus accordait à la déesse de revoir sa fille : elle allait enfin cesser de se lamenter ! Effectivement, tout de suite après, par une machinerie, Coré surgit au milieu de la scène, habillée en Perséphone : elle était couverte d'un long voile noir des pieds à la tête. Mais elle jeta le tout et apparut avec une guirlande de fleurs sur la tête. Titus fit malgré lui un bond sur son fauteuil : c'était Chloé !

C'étaient ses traits, tels qu'ils étaient figurés sur la statue d'Agra et celle de l'atelier. Et c'était une femme, alors qu'au théâtre, tous les acteurs sont des hommes, que les rôles soient masculins ou féminins. Placé comme il l'était, au premier rang, Titus ne pouvait se tromper. Après le premier moment de stupeur, il fut pris d'une sorte de terreur sacrée : Chloé, morte le jour de Perséphone, venait de réapparaître le jour de Coré, surgissant devant lui comme des profondeurs des enfers !... À présent, elle avait quitté la scène. Il fut tenté de se précipiter pour voir de qui il s'agissait. Il se retint pourtant : cela aurait causé un scandale.

Mais, à peine la dernière réplique prononcée, alors que se faisaient entendre les applaudissements mous des spectateurs, il n'attendit pas. Après avoir prié Ariane de l'excuser, il quitta précipitamment son siège et se dirigea vers les coulisses, qui se situaient sous la scène.

Il se heurta presque à Agathon, debout devant l'entrée. Ce dernier semblait avoir oublié toute animosité à son égard. Il l'accueillit avec chaleur :

— Titus Flaminius ! Quel plaisir de te voir ! Tu es le premier à venir me féliciter.

Pour la circonstance, son condisciple était vêtu avec plus de recherche encore qu'à l'ordinaire. Il avait des bagues à plusieurs doigts, une tunique brodée d'or et, sur le front, une sorte de diadème ridicule, en or lui aussi, qui imitait les lauriers. Il prit les mains de Titus dans les siennes.

— Crois-tu que j'aurai le trépied ? Est-ce que l'archonte t'a dit quelque chose ?

Vu son excitation, Titus estima qu'il valait mieux ne pas l'attaquer de front. Il prononça quelques paroles encourageantes et alla même jusqu'à lui faire un compliment. Puis il entra dans le vif du sujet :

— Je voudrais voir ta Coré.

Le dramaturge se rengorgea.

— Ah ! Tu as remarqué cette ressemblance. Elle t'a frappé, toi aussi ? J'ai voulu qu'elle soit exactement comme la statue que nous avons vue aux Petits Mystères. Je pense que je n'ai pas mal réussi !

— Où est cette femme ?

— De qui parles-tu ?

— Je viens de te le dire : de celle qui jouait Coré.

Agathon eut un petit rire.

— Tu plaisantes, sans doute ? C'était un acteur. Il n'y a que des hommes au théâtre.

— C'était une femme. J'étais au premier rang. J'ai parfaitement vu !

— Ta méprise me va droit au cœur, mais c'était bien un homme. Je l'ai choisi pour sa ressemblance avec la statue d'Agra. De plus, nous sommes allés ensemble au temple avant la représentation. Je l'ai placé devant la statue de Philèbe et je l'ai maquillé moi-même, pour que l'illusion soit parfaite.

Titus jugea inutile de perdre son temps à discuter.

— Dans ce cas, où est-il ?

— Tu n'as pas de chance, il vient juste de partir.
— Sais-tu où il est allé ?
— Danser, bien sûr. Après le théâtre, c'est la danse aux flambeaux qui commence.
— Où a lieu le bal ?
— Partout. Dans tout Athènes, dans toutes les rues...
Titus voulut s'en aller, mais Agathon le retint par le bras.
— S'il te plaît, pourrais-tu dire un mot en ma faveur à l'archonte ? Venant de toi, cela aurait une telle importance...
Mais Titus le repoussa et quitta les coulisses.

Quand il se retrouva hors de l'enceinte du théâtre, Titus put constater qu'Agathon n'avait pas menti. Dès la fin de sa pièce, les danses aux flambeaux avaient commencé. On en avait allumé un peu partout dans la rue des Trépieds et des groupes joyeux se formaient ici et là. Il remarqua une différence notable avec le public qui remplissait les gradins : les femmes ne participaient pas à ces réjouissances. Elles rentraient à la maison, escortées de leurs esclaves, après avoir dit bonsoir à leurs maris, leurs fils ou leurs frères.

Titus se retrouva donc dans ce milieu masculin qui lui était familier depuis qu'il était à Athènes et il se mit à chercher, parmi ces gens dansant et gesticulant, ce sosie de Chloé, qui était peut-être une femme, peut-être un homme. Il erra ainsi longtemps dans les rues d'Athènes éclairées de flambeaux... La ville, tout comme Rome, était bâtie n'importe comment. C'était un véritable labyrinthe et il s'y perdit rapidement, ce qui ne l'empêcha pas de poursuivre sa quête.

Au fur et à mesure que la nuit avançait, l'atmosphère devenait plus exubérante et plus tendue aussi. Dionysos était le dieu du vin et de tous les débordements. Les danseurs étaient de plus en plus éméchés, de plus en plus hardis, il dut repousser plusieurs avances et même une tentative d'agression, cherchant toujours des yeux, dans la lumière vacillante des flammes, la silhouette de celle qu'il avait vue morte dans la neige, le jour de Perséphone.

Il arrivait dans une rue si étroite que ses maisons se rejoignaient presque, lorsqu'il la vit ou crut la voir, car elle était loin devant lui. Elle marchait d'un pas pressé, éclairée par un flambeau qu'elle tenait à la main. Il lui cria de s'arrêter, mais elle n'en fit rien. Il se mit alors à courir et ne tarda pas à déboucher sur une place étroite où les réjouissances battaient leur plein.

Un orchestre improvisé s'était formé avec flûtes et tambourins. Il regarda dans toutes les directions, mais celle qu'il poursuivait avait disparu. Était-elle entrée dans une des maisons ? Avait-elle pris l'une des ruelles noires comme un four qui partaient de la placette ? Il interrogea les uns et les autres. On lui répondit par des rires et des grosses plaisanteries ; on l'invita à trinquer et à prendre place dans la danse. Il avisa un jeune homme qui lui tournait le dos et lui posa sa question. Celui-ci se retourna : c'était Lycos !

Ils se regardèrent, aussi surpris l'un que l'autre. L'adolescent avait un peu bu. Il avait les yeux brillants et la démarche légèrement chancelante. Il finit par lui répondre :

— De quelle jeune fille parles-tu ? Il n'y a que des hommes aux danses des Dionysies.

— C'était peut-être un homme maquillé. Je ne sais pas... En tout cas, il ressemblait à la statue d'Agra. Tu ne l'as pas vu ?

— Je n'ai vu personne de ce genre. Pourquoi le recherches-tu ? Est-ce que cela a un rapport avec ton enquête ?

Titus ne répondit pas. Il se sentait soudain très las. Face à cette suite de mystères qui s'accumulaient, il avait essayé de garder tant bien que mal la tête froide, mais ce dernier rebondissement le laissait désemparé. Voyant que sa question restait sans réponse, Lycos lui en posa une autre :

— Sais-tu dans quel quartier tu es ?

— Je n'en ai pas la moindre idée.

— Dans le Coilè. C'est loin de l'Aréopage. Je ne pense pas que tu sois capable de retrouver ton chemin. Si tu veux, je peux te conduire.

Titus fut d'abord tenté de refuser, mais il prit conscience du danger où il se trouvait, la nuit, dans cette ville inconnue. Il pensa aux personnages patibulaires du Céramique, il pensa aussi à l'archer en noir. Cela pouvait paraître absurde, mais si celle qui avait l'apparence de Chloé était revenue, pourquoi ne serait-il pas là, lui aussi, dans cette ruelle, par exemple, l'arme pointée dans sa direction et totalement invisible dans l'ombre ?... Il hocha la tête.

— Merci, Lycos. Je veux bien.

Ce dernier s'empara d'une torche et entreprit de le guider dans le dédale de la ville. Ce fut long et difficile. De temps en temps, ils tombaient sur un bal et devaient se frayer un chemin dans le groupe des danseurs avinés ; le reste du temps, ils avançaient dans les ténèbres, percevant à distance les échos de la bacchanale... Longtemps, une seule pensée occupa l'esprit de Titus : Chloé était morte le jour de Perséphone et elle revenait le jour de Coré. Ce n'était pas une coïncidence. Il était en présence de forces qui le dépassaient. Les dieux, pour une raison qu'il ne comprenait pas, avaient décidé de se jouer de lui. L'apparition n'était ni un homme ni une femme, ce n'était pas un être mortel, mais un être surnaturel. D'ailleurs, tout à l'heure, n'avait-elle pas disparu comme par enchantement ?

Et puis, alors qu'ils étaient arrivés sur l'Aréopage, une autre idée lui vint. Le jour de Perséphone, le jour de Coré : qui lui en avait parlé ? Une seule personne : Ariane. Ariane, la femme du fil, Ariane, la femme du labyrinthe... Elle lui apparut soudain d'une manière totalement différente, énigmatique et même inquiétante. Elle était Ergastine, elle était la fille de l'archonte, peut-être en savait-elle beaucoup plus qu'elle ne le lui avait dit. En tout cas, il fut conforté dans sa décision de ne plus rien lui dire, à elle, comme aux autres...

Ils étaient arrivés devant la maison de l'archonte. Lycos, qui avait gardé le silence jusque-là, prit enfin la parole d'un ton timide :

— Tu vois que je peux te rendre des services. Je pourrais t'en rendre beaucoup plus, si tu voulais.

— Comment cela ?

— Pour ton enquête. Tu es romain, moi, je suis athénien. Je connais la ville, je connais les gens. Prends-moi avec toi, s'il te plaît.

— Je t'ai déjà dit non.

— Pourquoi ? Tu n'as pas confiance ?

Titus n'aurait pas voulu chagriner l'adolescent, mais ce fut plus fort que lui, la réplique lui vint d'elle-même :

— Non, Lycos.

8

La défaite de Marathon

Titus Flaminius ne revit pas Brutus avant la reprise des cours de l'Académie, le lendemain des Dionysies. Ce jour-là, il tint à s'entretenir avec lui tout de suite en arrivant. Pour plus de discrétion, ils allèrent sous les oliviers d'Athéna, lieu généralement peu fréquenté... Brutus, lui aussi, avait assisté à la représentation, mais il n'en tirait pas les mêmes conclusions que son compagnon.

— Je ne vois rien que de normal. Agathon a voulu donner à son acteur le visage de la statue d'Agra. C'est tout à fait logique.

— Ce n'était pas un homme, c'était une femme. Je l'ai vue. J'étais au premier rang.

— Je ne pense pas. Un homme un peu efféminé et maquillé peut faire illusion, même de près.

— Mais qu'elle soit apparue le jour de Coré, ce ne peut pas être une coïncidence !

— Qu'est-ce que c'est que le jour de Coré ? Ce n'est pas inscrit sur le calendrier, que je sache. C'est toi qui as inventé cela...

Titus se tut. Sur ce point, Brutus avait raison. Ou plutôt, l'invention n'était pas de lui, mais d'Ariane. Les réflexions qu'il s'était faites à ce sujet lui revinrent à l'esprit et le troublèrent tout autant qu'alors... Il allait pourtant répliquer, mais il garda le silence, car Publius Volumnius se dirigeait vers eux. Il avait l'air très animé et même bouleversé. Malgré sa corpulence, il s'était mis à courir. Arrivé devant eux, il s'adressa à Titus, hors d'haleine :

— J'ai quelque chose de très important à te dire, mais d'abord, je te dois des excuses : je t'ai menti...

Il reprit son souffle un moment avant de poursuivre :

— C'est bien moi que tu as vu au Céramique. Si je suis parti si vite et si je t'ai dit après que ce n'était pas moi, c'est que je rencontre là-bas des gens... pas très recommandables.

Et Publius Volumnius expliqua que, pour acquérir certaines œuvres qui normalement n'étaient pas dans le commerce, il avait recours à des intermédiaires peu scrupuleux. Sa passion de l'art lui faisait fermer les yeux sur leur moralité douteuse.

Titus lui assura qu'il n'attachait aucune importance

à tout cela, ce qui n'était d'ailleurs pas exact, car il était en fait enchanté de l'aveu de son condisciple. Il comprenait maintenant la raison de son comportement. C'était la première énigme qui recevait une réponse depuis le début de son enquête. Mais Publius Volumnius n'était pas venu pour cela. Il continua son discours. Son émotion était si vive qu'il tremblait.

— Eh bien, figure-toi qu'un de ces gens-là est venu me proposer une statue de Philèbe !

— Ce n'est pas possible, il ne crée que pour les temples.

— C'est cela qui est extraordinaire ! C'est un sujet profane, le premier qu'il ait jamais fait : le soldat de Marathon.

— Alors, c'est qu'on s'est moqué de toi. La statue n'est pas de lui.

— C'est ce que j'ai cru d'abord, mais je suis allé la voir et je peux te jurer qu'elle est de lui. Elle a cette expression de vie qui n'appartient qu'à ses œuvres. Ou plutôt de vie et de mort, car le soldat est représenté mourant. Il vit et il meurt à la fois, c'est prodigieux !

Titus n'en revenait pas. Il demanda :

— Qu'est-ce que cela signifie ?

— Je ne pense qu'à cela depuis que c'est arrivé et il n'y a qu'une seule réponse. Philèbe est vivant, il est enfermé quelque part, forcé de travailler pour ses ravisseurs, et, avec cette statue, il a voulu donner un indice pour qu'on le retrouve... Titus, Philèbe est à

Marathon. Il faut que tu y ailles tout de suite ! Tu dois le sauver !

— Il n'est pas certain qu'il faille aller jusqu'à Marathon. La vérité est peut-être plus près de nous...

Brutus venait de prendre la parole. Titus se tourna vers lui.

— Qu'est-ce que tu veux dire ?

— Le Portique aux peintures est décoré de fresques qui représentent la bataille de Marathon. J'y suis allé en arrivant à Athènes. Et là, j'ai appris que, pour les Athéniens, « Marathon » tout court désigne aussi le portique.

Titus hocha la tête. Le Portique aux peintures était un très célèbre passage près de l'Agora et il savait bien pourquoi son compagnon s'y était rendu en pèlerinage dès son arrivée. C'était là que Zénon, le fondateur du stoïcisme, avait donné ses premières leçons. D'ailleurs, le mot « stoïcien » signifiait en grec « homme du portique ».

— Tu as sans doute raison. Il faut aussi chercher par là. Mais de quel côté aller d'abord ?

Publius Volumnius intervint :

— Va à Marathon, Titus ! Moi, j'ai du mal à me déplacer. J'irai à Athènes, dans le Portique et les environs.

— Pourquoi m'aiderais-tu dans mon enquête ?

— Ce n'est pas ton enquête qui m'intéresse, c'est Philèbe. C'est le plus grand sculpteur vivant, c'est mon dieu. Je suis prêt à tout risquer pour le retrouver, même ma vie !

Brutus approuva.

— Je pense que Publius Volumnius a raison. Il restera à Athènes et nous irons à Marathon. Car je viendrai avec toi. Il existe tout près, à Rhamnonte, un temple de Némésis. J'ai une vénération toute particulière pour cette déesse, il y a longtemps que je veux lui rendre hommage.

Ce plan d'action fut adopté par les trois hommes. Le jour même, Titus Flaminius alla trouver l'archonte pour lui faire part de son intention d'aller, avec Brutus, à Marathon. Il ne lui dit, bien entendu, pas un mot de la découverte de Publius Volumnius, mais prétexta le désir de voir le fameux champ de bataille où les Grecs avaient battu les Perses, ainsi que le temple de Némésis. Quintus ne demanda pas mieux que de lui être agréable. Ils pourraient loger chez son beau-frère Dioclès, à Rhamnonte. Il serait ravi de les accueillir.

Titus et Brutus firent, le lendemain matin, le trajet qui séparait Athènes de Marathon, au nord de l'Attique. En chemin, ils examinèrent une nouvelle fois la situation et leurs conclusions ne se révélèrent franchement pas rassurantes.

Il leur apparaissait, à présent, qu'ils avaient entrepris cette expédition d'une manière terriblement imprudente. Car, qu'est-ce qui les conduisait là, à part les seuls propos de Publius Volumnius ? Cette statue, ils ne l'avaient pas vue, ils ne savaient pas si elle était de Philèbe, ils ne savaient même pas si elle existait !

Leur condisciple les avait peut-être envoyés dans un guet-apens, dans lequel ils s'étaient précipités tête baissée. Il était encore temps de rebrousser chemin.

Mais ils décidèrent de continuer. Publius Volumnius avait l'air sincère et ils ne pouvaient négliger cette piste, la plus sérieuse depuis le début de l'enquête...

Rhamnonte était un charmant port relié à la plaine de Marathon par un chemin côtier. Bien que la localité soit de dimensions modestes, une intense activité y régnait. Titus remarqua plusieurs gros navires marchands à quai. Des portefaix s'affairaient à décharger les uns et à charger les autres. On leur indiqua tout de suite la maison de Dioclès et il n'y avait rien d'étonnant à cela : c'était la plus grande et la plus riche de la ville.

Dès qu'il fut prévenu par ses esclaves de leur arrivée, le maître des lieux s'empressa de leur souhaiter la bienvenue. Titus n'éprouva d'emblée aucune sympathie pour lui. L'homme était à la fois imbu de lui-même et obséquieux. Il était armateur. Il tint à leur faire savoir que tous les bateaux qu'ils avaient vus dans le port étaient à lui, ce qui ne l'empêcha pas de multiplier les formules de politesse envers Titus, « le glorieux descendant de notre libérateur ». Il les assura qu'ils étaient chez lui comme chez eux et qu'ils pourraient rester aussi longtemps qu'ils le voudraient.

Dioclès s'enquit ensuite du motif de leur voyage et, après avoir entendu leur réponse, les approuva vivement. Le temple de Némésis était la gloire de leur cité, quant au champ de bataille de Marathon, c'était la gloire de la Grèce tout entière. Mais à ce sujet, il tint à leur adresser une mise en garde :

— Surtout, n'y allez pas la nuit ! Il s'y passe des choses étranges.

Titus et Brutus lui demandèrent de quoi il s'agissait. Il baissa instinctivement la voix :

— Il paraît qu'on entend des bruits d'armes et des cris. On dit que les morts des deux camps reviennent pour se battre entre eux.

Les deux jeunes gens ne firent pas de commentaires. Ils saluèrent leur hôte et prirent sans attendre la direction du temple de Némésis... En route, ils tombèrent immédiatement d'accord. Ils devaient précisément se rendre à Marathon la nuit, car ces phénomènes étranges cachaient peut-être ce qu'ils cherchaient. Bien entendu, il pouvait y avoir à cela quelque danger, mais ce n'était pas ce qui pouvait arrêter l'un ou l'autre.

Avant d'arriver au temple, Titus voulut également satisfaire sa curiosité :

— Comment se fait-il que tu vénères Némésis, alors que tu ne crois pas aux dieux ?

Brutus hocha son visage maigre.

— Parce qu'elle incarne un principe : celui selon lequel tout excès sera puni. Sais-tu avec quoi la statue que nous allons voir a été faite ? Avec un bloc de marbre que les Perses avaient apporté pour élever une statue à leur victoire. Quiconque méprise les lois divines ou humaines mérite d'être abattu, c'est ce que signifie Némésis !...

Plus qu'un simple bâtiment, le temple de Némésis était un véritable sanctuaire entouré par une haie de cyprès, arbre funèbre qui convenait à cette divinité redoutable. Dans l'espace ainsi délimité, s'étendait un bois sacré avec des autels disséminés ici et là.

Le bâtiment lui-même, de grandes dimensions, abritait l'effigie de la déesse, autre chef-d'œuvre de Phidias, que certains disaient valoir l'Athéna du Parthénon. Ils s'arrêtèrent sur le seuil... Ils étaient absolument seuls. Aucun de ses prêtres n'était présent et les fidèles étaient traditionnellement peu nombreux à lui rendre un culte. La statue se dressait dans la pénombre, rendue plus impressionnante encore par ses hautes dimensions, près de trois fois la taille humaine. Némésis portait une couronne de bronze reproduisant les bois d'un cerf, elle tenait une phiale de sacrifice dans la main droite et un rameau de pommier dans la main gauche.

Tandis qu'à ses côtés, Brutus se recueillait, Titus lui adressa une prière fervente. Lui aussi avait toutes les raisons de l'invoquer. Elle était la déesse de la juste vengeance et il lui demanda de l'aider à retrouver le meurtrier de Chloé, comme il en avait fait le serment à Phyllis. Il était ainsi perdu au plus profond de lui-même, il avait même fermé les yeux, lorsqu'il sursauta violemment. Un sifflement venait de déchirer l'air, suivi d'un claquement sec. Il rouvrit les yeux et découvrit un objet jaune et rouge au pied de la statue. Il comprit aussitôt : on venait de tirer sur eux une flèche semblable à celle qui avait tué Chloé.

Brutus avait compris lui aussi et il avait réagi avant lui. Il s'était mis à courir à travers le bois à la recherche de l'archer. Titus l'imita, mais leurs efforts furent vains. Leur agresseur avait disparu.

Ils revinrent vers le temple. Titus prit la flèche en main. Il n'y avait aucun doute : elle était du même curieux modèle, peinte en rouge et noir, avec les plumes de l'empennage jaune vif. Il s'approcha de la statue. On voyait nettement l'impact sur le genou de la déesse, dont un tout petit fragment s'était détaché. C'était à la hauteur d'une tête d'homme et, vu la trajectoire, la flèche avait été tirée juste entre eux, tandis qu'ils se recueillaient. Ils n'étaient vivants que par miracle !

Brutus et lui se concertèrent longuement. Cette agression indiquait qu'ils touchaient au but, sinon, pourquoi essaierait-on de les éliminer ? De les intimider, plutôt, car il ne fallait pas oublier de quelle adresse avait fait preuve l'archer noir, quand il avait commis son crime. On pouvait donc supposer qu'il avait fait exprès de manquer sa cible. Ce serait, dans ce cas, un avertissement pour qu'ils n'aillent pas à Marathon où, cette fois, ils n'auraient pas de pitié à attendre.

Telle était vraisemblablement la conclusion à tirer de l'événement, mais le courage étant ce dont ils manquaient le moins, ils décidèrent d'attendre la nuit pour se rendre sur le champ de bataille.

C'était une nuit de pleine lune, ce qui représentait un avantage et un inconvénient à la fois. La clarté pouvait les aider à découvrir un indice, mais elle les rendait visibles pour un éventuel agresseur. Le champ de bataille de Marathon était une vaste plaine entourée de collines peu élevées sur trois côtés et bordée sur le quatrième par la mer. On la voyait au loin scintiller sous les rayons.

Titus et Brutus s'attendaient à ce que la plaine soit couverte d'une herbe rase, ou du moins peu élevée, mais ils eurent la surprise de la voir envahie d'une végétation dense qui leur arrivait jusqu'à la ceinture, parfois jusqu'aux épaules. En l'examinant de plus près, ils découvrirent qu'il s'agissait de hauts fenouils, ce qui n'avait rien que de naturel, « marathon » signifiant « fenouil » en grec. En cette période de l'année, ils étaient en pleine floraison, ce qui n'était pas le cas lors de la bataille qui avait eu lieu au mois de septembre.

Dans cet endroit plat et désert, rien n'attirait le regard, à part une sorte de bosse en son milieu. Les deux jeunes gens savaient l'un et l'autre de quoi il s'agissait : le tumulus élevé en l'honneur des soldats grecs morts au combat. Sous ces pierres, des centaines de braves reposaient depuis des siècles. Ils décidèrent de s'y rendre. S'il y avait quelque chose à découvrir, ce ne pouvait être que là. Ils convinrent pourtant de progresser avec la plus extrême prudence, en marchant courbés dans les fenouils, car ceux-ci étaient une cachette idéale pour un tireur embusqué.

Ils avançaient pas à pas lorsque la chose se produisit. Le vent se leva d'un coup en provenance de la mer et produisit le plus étrange des phénomènes. L'air, en se glissant dans les fenouils, faisait comme une sorte de cri. Titus et Brutus s'étaient arrêtés tous les deux. Ils comprenaient maintenant la raison des rumeurs qui circulaient à propos des fantômes des guerriers qui revenaient combattre. L'impression produite était, en effet, des plus saisissantes : c'était une longue plainte, désolée, lugubre. On l'aurait cru directement venue de l'enfer...

Surmontant le malaise qui s'était emparé d'eux, ils reprirent leur cheminement et ne tardèrent pas à arriver au pied du tumulus. Là, ils décidèrent de se séparer et de l'explorer chacun de leur côté, en en faisant le tour. Titus se retrouva seul. Tout en examinant à la lumière de la lune ces pierres polies par le temps, il repensait à ce qui l'avait conduit là : la statue du soldat de Marathon. Celui-ci, après la bataille, avait couru jusqu'à Athènes, distante de 28 milles romains [1], pour annoncer la nouvelle. Il était parvenu à son but, mais l'effort avait été trop grand et il était mort en prononçant le mot : « Victoire ! ».

La vie et la mort se retrouvaient, paraît-il, sur la statue de Philèbe, qui immortalisait cet instant tragique et glorieux, comme elles ne cessaient de se mêler depuis le début de cette aventure. C'était un thème

1. Environ 40 km.

qui revenait sans cesse, une musique inquiétante, semblable à celle du vent dans les fenouils... Les pensées de Titus s'arrêtèrent soudain : un cri venait de retentir derrière le tumulus. Il se précipita et découvrit Brutus allongé dans la végétation. Son cœur s'arrêta, mais ce dernier se releva, tenant à la main l'objet qu'il venait de ramasser. C'était une flèche, la même qu'au sanctuaire de Némésis, la même que, quelques mois plus tôt, dans la neige, devant le sanctuaire de Déméter...

— Qu'est-ce qu'il s'est passé ?

— On m'a tiré dessus, voilà ce qu'il s'est passé !

— Tu n'as rien vu ?

— Non. J'ai entendu un sifflement, c'est tout...

Cette fois, il n'y avait pas à hésiter. Les deux jeunes gens décidèrent de quitter ces lieux où leur vie était trop menacée. On les avait manqués volontairement ou involontairement deux fois, on ne les manquerait pas une troisième. De plus, leurs investigations concordaient : le tumulus ne cachait rien de suspect, ce n'était que le tombeau glorieux des héros tombés en ces lieux... Se dissimulant de leur mieux dans les fenouils, Titus et Brutus quittèrent la plaine de Marathon.

Ils arrivèrent au matin chez Dioclès. Celui-ci alla les accueillir, leur disant qu'il était mort d'inquiétude. Ils lui répondirent qu'ils avaient été hébergés pour la nuit par les prêtres de Némésis. Après quoi, ils firent à nouveau le point dans le vaste jardin qui s'étendait devant la maison... Leurs avis divergeaient et la matinée était bien avancée lorsqu'ils virent arriver une silhouette qui courait. Tout d'abord, ils crurent s'être trompés, mais il n'y avait aucun doute possible : c'était Lycos !

L'adolescent s'arrêta devant eux, souriant, mais incapable, pour l'instant, de prononcer une seule parole. Titus le prit par les épaules.

— Mais, d'où viens-tu ?

— D'Athènes...

— Tu n'as pas couru depuis Athènes ?

— Si, mais ne t'inquiète pas. Tout va bien...

Titus et Brutus le firent asseoir, tremblant de le voir expirer sous leurs yeux, mais le coureur d'exception qu'était le jeune homme semblait seulement fatigué. Bientôt, il fut en mesure de parler presque normalement :

— Il faut rentrer à Athènes. Vous ne trouverez rien ici.

— Comment le sais-tu ? Et trouver quoi, d'abord ?

— Je ne sais pas. Je ne sais que ce que m'a dit Publius Volumnius...

— C'est lui qui t'envoie ?

— Oui. Je l'ai vu ce matin. Il était bouleversé. Je lui ai demandé si je pouvais faire quelque chose pour lui. Il a hésité, et puis il m'a dit que vous étiez à Marathon et qu'il avait quelque chose d'urgent à vous faire savoir. Alors, je lui ai proposé de courir jusqu'ici.

— Quel est le message ?

— Je te l'ai dit : il faut rentrer à Athènes. Tu ne trouveras rien ici.

— Parce que, lui, a trouvé ?

— Je ne sais pas. Il ne m'a rien dit. Mais il avait bien l'air d'avoir fait une découverte. Il paraissait inquiet, aussi...

Cette fois, il n'y avait pas un instant à perdre ! Titus et Brutus étaient venus à dos de mule. Ils allèrent trouver leur hôte et ils lui demandèrent s'il pouvait leur prêter des chevaux. Encore une fois, ce dernier s'empressa de les satisfaire et ce fut au galop qu'ils rentrèrent à Athènes.

Sur le chemin du retour, Titus ne pouvait se cacher son appréhension. Il sentait un danger autour de Publius Volumnius et il tremblait d'arriver trop tard. Il était amer, aussi. « Il n'y a rien à trouver à Marathon », avait dit Publius Volumnius, il n'empêche qu'on leur avait tiré deux fois dessus et qu'ils ne savaient ni qui ni pourquoi. Durant leur bref passage là-bas, Brutus et lui n'avaient fait que subir sans comprendre. Marathon, qui était pour tout le monde le souvenir d'une victoire, serait pour eux synonyme de défaite... Une voix s'éleva à ses côtés : Lycos avait amené son cheval au niveau du sien.

— Je t'avais dit que je pouvais t'être utile.

— C'est vrai, Lycos. Tu as fait beaucoup et en prenant de grands risques. Je t'en remercie.

— Je peux faire encore plus.

— Je t'ai déjà dit non.

Le visage de l'adolescent se fit implorant.

— S'il te plaît, Titus...

Titus Flaminius poussa un soupir de contrariété. Il était vrai que l'aide de quelqu'un du pays, connaissant les coutumes et les gens, pouvait lui être utile. D'autre part, après ce qu'avait fait Lycos, pouvait-il lui refuser ce qu'il demandait ? Au bout d'une courte réflexion, il prit sa décision :

— Je veux bien, à condition que tu fasses uniquement ce que je te dirai...

Le cri de joie de Lycos résonna dans toute la colline surplombant Marathon où ils se trouvaient et s'entendit peut-être jusque dans les fenouils.

9

Les Serviteurs de la mort

Partis en fin de matinée, Titus, Brutus et Lycos arrivèrent à l'Académie en début d'après-midi. Le cours étant commencé, ils se rendirent dans la salle de classe. Mais ils eurent beau chercher partout, ils ne trouvèrent nulle trace de Publius Volumnius... Celui-ci avait une chambre à l'Académie, ils s'y rendirent.

Les logements des étudiants étaient tout à fait agréables : de vastes pièces dans des pavillons disséminés dans les bosquets. Celle de Publius Volumnius était de plain-pied. La porte était entrouverte. Il n'y eut qu'à la pousser.

Titus se figea sur le seuil, imité par Brutus et Lycos : Publius Volumnius gisait devant eux, dans une mare de sang. Il était mort, le crâne fracassé. Titus s'agenouilla. Il avait reçu un coup terrible, de face, en plein front, donné avec un objet lourd, du genre marteau ; la mort avait dû être instantanée. Il posa la main sur le corps : il était encore chaud, le meurtre était récent.

Titus ressentit un vif pincement au cœur. Ce qu'il craignait sans oser se l'avouer était arrivé : son condisciple avait payé de sa vie la découverte qu'il avait faite. Il entendait encore sa voix fervente et anxieuse leur dire à tous son amour de la beauté et son horreur de la mort. Sous ses dehors pesants, c'était un esprit éclairé, subtil et passionné. Il s'en voulut de l'avoir soupçonné, même si les apparences étaient contre lui. À présent, il était disculpé, hélas de la plus tragique manière...

Titus se releva et découvrit seulement alors l'environnement de la pièce, auquel il n'avait pas prêté attention en raison de la tragédie. C'était absolument extraordinaire ! Tout autour, s'entassaient les œuvres d'art dont son condisciple avait fait l'acquisition à Athènes. Il y en avait tant qu'on avait du mal à se frayer un chemin et il y avait de tout, depuis de minuscules et charmants bibelots jusqu'à d'imposantes statues, en passant par des vases et des tableaux. Au milieu de cet entassement de merveilles, lui apparut soudain la plus admirable d'entre elles : le soldat de Marathon !

Il alla l'examiner, ce que Brutus était déjà en train de faire. C'était véritablement une œuvre magnifique ! Un peu plus grande que nature, elle représentait un soldat hors d'haleine. Ses traits étaient d'un réalisme saisissant. Ils exprimaient à la fois la joie de la victoire et l'épuisement qui allait avoir raison de sa vie. Comme l'avait dit Publius Volumnius, la statue semblait en même temps vivre et mourir sous ses yeux. Il n'y avait pas de doute, ce chef-d'œuvre ne pouvait être que de Philèbe.

Titus Flaminius cessa de s'intéresser à ses qualités artistiques, pour y chercher un éventuel indice. Après tout, quand Publius Volumnius leur en avait parlé, il n'en avait pas encore fait l'acquisition. Une fois la statue dans sa chambre, il avait pu l'examiner sous tous les angles et c'était peut-être la découverte qu'il avait faite... Pourtant, Brutus et lui eurent beau l'inspecter de haut en bas, ils ne trouvèrent rien de particulier. Ils revinrent vers le corps, près duquel Lycos était resté. Ce dernier s'adressa à Titus :

— Il a été frappé de face et je trouve cela étonnant.

— Pourquoi ?

— Parce qu'il n'y a pas de traces de lutte ni de tentative de fuite de sa part. Regarde toutes ces œuvres d'art. Il y en a tellement qu'il faut faire attention pour se déplacer. Or pas une n'a été cassée ni même renversée, à part ce vase, qui a été brisé dans sa chute.

— Et tu en déduis ?

— Qu'il connaissait son agresseur. Celui-ci a dû cacher son arme dans son dos ou dans les plis de sa tunique et le frapper par surprise.

Titus exprima une admiration qui n'était pas feinte.

— Pour un début, tu fais preuve de beaucoup de jugement. Continue comme cela et nous irons loin !

Brutus approuva également les déductions de Lycos et conclut :

— Ce qu'il faut chercher n'est pas ici, mais au Portique aux peintures. Allez-y. Moi, je vais trouver Apollodore et les autres. Il faut leur annoncer la nouvelle.

Titus en convint. Tandis que Brutus prenait la direction de la salle de cours, il sortit avec Lycos et entreprit de lui expliquer pourquoi le Portique aux peintures pouvait être une piste possible. Ce dernier l'interrompit soudain :

— Regarde !...

Il se pencha dans l'herbe bordant l'allée qu'ils empruntaient et ramassa un objet de petites dimensions. Il s'agissait d'un haltère, que les sauteurs et les autres gymnastes tiennent en main quand ils font leurs exercices. L'une des deux boules était couverte de sang : celle qui avait frappé Publius Volumnius au front ; l'autre était intacte : celle que le tueur avait tenue dans sa main.

Titus prit à son tour l'objet. C'était sans nul doute l'arme du crime, que l'assassin avait jetée là, une fois son acte accompli. *A priori*, cela semblait indiquer qu'il faisait partie de l'Académie, mais, en y réfléchissant bien, cela ne prouvait rien. Les lieux n'étaient pas fermés, le gymnase était connu dans tout Athènes. N'importe qui aurait pu venir là pour accomplir son forfait. Encore une fois, Titus complimenta son compagnon, dont le sens de l'observation et la déduction se révélaient tout à fait étonnants.

Le Portique aux peintures où, à la différence de Brutus, Titus n'était jamais allé, était effectivement remarquable par sa décoration. Il était orné sur toute sa longueur d'une fresque qui occupait le mur du fond. Celle-ci, consacrée à la bataille de Marathon, était composée de trois scènes qui illustraient trois étapes de l'affrontement. Sur la première, les armées grecque et perse se faisaient face avant l'engagement. La deuxième montrait la furieuse mêlée opposant les combattants. Sur la troisième, enfin, les Perses défaits s'enfuyaient vers la mer pour tenter de regagner leurs bateaux ; les Grecs s'étaient lancés à leur poursuite, à l'exception d'un seul, courant en sens inverse : le soldat de Marathon, qui allait annoncer à Athènes la nouvelle de la victoire.

Bien entendu, Titus examina ce dernier avec une minutie particulière. Il palpa le mur pour découvrir une cachette ou un indice quelconque, mais en vain. Il n'y avait rien à cet endroit, pas plus que dans le reste de la fresque.

Il s'intéressa alors aux gens qui l'entouraient et, de ce côté, la tâche ne manquait pas, car l'endroit était bondé. Lycos lui apprit que les habitués du Portique appartenaient à trois groupes, dont la réunion dans un même lieu était étonnante : les philosophes, les prostitués mâles et les marchands d'armes.

Sur les premiers, il n'y avait rien à dire. Ils arboraient des mines sévères et s'entretenaient avec passion et gravité. Titus ne jugea pas utile de leur poser quelque question que ce soit et, d'ailleurs, personne ne les approchait ; ils étaient entre eux, à l'écart, sans se soucier du reste du monde.

Il était difficile, en revanche, d'ignorer les prostitués. Ceux-ci ne cessaient de les importuner, Lycos et lui. Maquillés et volubiles, ils tournaient autour d'eux comme des guêpes et, quand on en repoussait un, il en arrivait un autre. Titus demanda à son compagnon de s'occuper d'eux, lui-même se réservant les marchands d'armes.

À tout hasard, il avait emporté une des deux flèches de Marathon et il la montra à ceux qui étaient là. Mais personne n'en avait vu de semblable. D'ailleurs, il n'y avait pas, parmi eux, de marchand d'arcs, arme qui, ainsi qu'on le lui avait déjà dit, n'était pas utilisée en Attique. Au bout d'un moment, il décida de mettre fin à ces investigations qui, il le sentait, ne donneraient rien. Et comme, de son côté, Lycos n'avait rien obtenu non plus, ce fut fort déçu qu'il quitta le Portique aux peintures...

Tout en reprenant le chemin de l'Académie pour annoncer ce résultat décourageant à Brutus et, éventuellement, apprendre des nouvelles de sa part, Titus était sombre : la mort de Publius Volumnius avait rendu à l'affaire toute sa dimension tragique et, depuis, c'était l'échec... Il cheminait, perdu en lui-même, lorsqu'une voix caverneuse s'écria :

— Arrête-toi, Flaminius !

Titus sursauta et regarda autour de lui : il n'y avait personne ! Il se demandait quel était ce prodige, lorsque, baissant les yeux, il aperçut un tonneau à terre et un être humain en train d'en sortir. Euphron, le cynique, déplia son corps maigre et vint vers lui, plus sale et malodorant que jamais.

— Ce n'est pas de cette manière que tu trouveras ce que tu cherches.

— Tu sais ce que je cherche ?

— Je sais plus de choses que tout le monde l'imagine. J'installe mon tonneau tantôt ici tantôt là, il fait partie du paysage et personne n'y prête attention. De plus, comme chacun sait que je me moque éperdument de ce que font mes contemporains, personne ne se gêne devant moi. Résultat, je vois tout.

— Et qu'est-ce que tu as vu ?

— Les Serviteurs de la mort enlever Philèbe.

Titus regarda l'homme à l'aspect repoussant qui lui faisait face et qui venait de lui livrer, sans élever la voix, une information capitale. Il avait toujours instinctivement éprouvé du respect pour lui ; maintenant qu'il le voyait de près, cette impression persistait. Si on parvenait à faire abstraction de son physique, on percevait en lui une réelle noblesse : son regard était vif et profond et ses lèvres minces esquissaient un sourire qui n'était pas sans rappeler celui d'Apollodore.

— Qui sont les Serviteurs de la mort ?

— Les fossoyeurs d'Athènes. Si tu veux en savoir plus, interroge l'archonte. Il les connaît mieux que tout le monde.

— Où cela s'est-il passé ?

— Chez lui, au Céramique. Et il y a déjà un moment : au début de l'année.

— Est-ce qu'il y avait une jeune fille avec lui ?

— Peut-être, peut-être pas.

— Que veux-tu dire ?

— Deux d'entre eux emportaient un objet long recouvert d'un drap. J'ai pensé que c'était une statue, mais cela pouvait être effectivement une jeune fille. Maintenant, salut !

Euphron se préparait à rentrer dans son tonneau, mais Titus le retint par le bras.

— Une dernière question, Euphron : pourquoi fais-tu cela pour moi ?

— Parce que tu m'as défendu contre un imbécile. Parce que tu n'es pas comme les autres : tu n'es pas rempli de certitudes, tu ne récites pas une leçon, tu cherches. Continue à chercher, Flaminius, et surtout ne trouve jamais !

— Il faut pourtant que je trouve le meurtrier de Chloé...

Mais la dernière réplique de Titus se perdit dans le vide. Le cynique était rentré dans son tonneau.

Les obsèques de Publius Volumnius eurent lieu deux jours plus tard. D'un commun accord, ses compagnons romains avaient décidé qu'il serait enterré à Athènes, dans cette terre grecque qu'il avait aimée par-dessus tout. Ils rapporteraient, en outre, lorsqu'ils rentreraient à Rome, les œuvres d'art qu'il avait acquises et les remettraient à sa famille.

Le tombeau de Publius Volumnius se trouvait tout près de l'Académie. Il faut dire qu'elle s'étendait au milieu d'un vaste cimetière, celui de la bonne société athénienne. Ce dernier n'avait rien de déplaisant, bien au contraire. De part et d'autre de la route, à l'ombre des oliviers, des pins parasols ou des cyprès, se dressaient des monuments en marbre : autels, temples en réduction ou stèles décorées de bas-reliefs. Tout cela était familier à Titus, dont la maison, à Rome, était bâtie dans un semblable environnement.

Ce fut avec beaucoup d'émotion qu'il assista à la mise en terre de celui qu'il avait connu si peu de temps, mais qui l'avait si fortement marqué par sa personnalité. En raison de sa mort tragique, l'assistance était nombreuse. Apollodore et pratiquement tous les élèves de l'Académie étaient là. Quintus de Rhamnonte était également présent. Il venait juste de rentrer d'un voyage officiel à Thèbes. Titus ne l'avait pas revu depuis les révélations d'Euphron. Aussi, dès la fin des funérailles, tandis qu'ils rentraient ensemble vers l'Aréopage, il décida de l'interroger sans attendre, après avoir demandé à Lycos de les accompagner.

Conservant ses principes de prudence, Titus préféra ne pas citer à l'archonte le nom d'Euphron. Il n'était pas nécessaire qu'il sache de qui venait son information.

— Que sais-tu des Serviteurs de la mort ?

Titus vit le visage de son interlocuteur s'assombrir.

— Pourquoi me poses-tu cette question ?

— Parce qu'un témoin digne de foi pense qu'ils ont enlevé Philèbe.

Cette fois, l'archonte exprima la plus vive contrariété. Il poussa un profond soupir et garda un moment le silence avant de répondre :

— Ce que tu me dis ne me surprend qu'à moitié. Officiellement, ce sont les fossoyeurs d'Athènes, mais on les soupçonne de se livrer à un trafic sur une grande échelle.

— Quel genre de trafic ?

— Extorsion de fonds, menaces, contrebande, d'autres choses peut-être...

— Si ce sont les fossoyeurs de la ville, ils sont sous ton autorité.

— Non. Il s'agit d'une société privée, dont nous louons les services. Son fondateur se nomme Sostratos.

— Et où est-il, ce Sostratos ?

— Tout près d'ici. Il est mort il y a trois mois. Si tu veux, je peux te montrer sa tombe.

Titus accepta. Quintus de Rhamnonte s'écarta de la route et se mit à cheminer parmi les tombeaux. C'était la première fois que Titus les regardait vraiment et le spectacle était particulièrement émouvant. Ils étaient décorés de bas-reliefs montrant des scènes d'adieu : le mort ou la morte échangeait une poignée de main avec ses proches, ou bien il s'éloignait, leur adressant un dernier salut. Parfois encore, le défunt était représenté dans une scène de sa vie quotidienne :

une femme faisait sa toilette, un homme se promenait avec son chien, une petite fille, enlevée dans la fleur de l'âge, jouait avec sa poupée.

Tous les visages, toutes les attitudes exprimaient le plus grand calme, il n'y avait nulle trace de tristesse dans ces tableaux d'une vie qui n'était plus, mais l'impression qui s'en dégageait n'en était que plus bouleversante. Cette acceptation résignée de la condition humaine était plus poignante que toutes les manifestations de désespoir...

— C'est là.

Quintus de Rhamnonte désignait un tombeau dont l'effet était bien différent : il n'était pas émouvant, il était inquiétant ! Comme d'autres, Sostratos, un homme barbu de haute taille, avait été représenté en compagnie de son chien, un molosse à l'aspect impressionnant. Titus ne put s'empêcher de penser que c'était de cette manière qu'étaient traditionnellement figurés Hadès et Cerbère... Il en revint pourtant aux choses concrètes :

— Et maintenant, qui dirige sa société ?

— C'est toujours lui.

— Qu'est-ce que tu veux dire ?

— Officiellement, il n'a pas été remplacé. Les ordres viennent de lui, les paiements lui sont adressés.

— Il a forcément un successeur.

— Oui, mais je ne sais pas qui...

Quintus de Rhamnonte et Titus parlèrent de ce mystère jusqu'à leur arrivée sur l'Aréopage, tandis que Lycos les suivait à un pas. Arrivé devant chez lui, l'archonte annonça qu'il allait sans plus attendre enquêter sur les Serviteurs de la mort. Titus lui confia que, de leur côté, Lycos et lui allaient faire de même. Ce fut alors qu'Ariane arriva à leur rencontre, l'air agité et inquiet.

— Titus, un messager est venu de la part de la daeiritis. Elle a des choses de la première importance à te révéler. Elle te demande de venir immédiatement.

— Il t'a dit de quoi il s'agissait ?

— Non. C'est tout ce que je sais.

Titus resta pensif... La daeiritis, il l'avait presque oubliée ! Elle lui semblait très loin, comme tout ce qui concernait Éleusis. Mais il n'y avait pas de temps à perdre. Il partit immédiatement, en compagnie de Lycos.

En faisant de nouveau le trajet qui séparait Athènes d'Éleusis, Titus Flaminius sentait monter en lui l'appréhension. Il se souvenait des paroles de la prêtresse la dernière fois qu'il l'avait vue, cette menace qu'elle sentait autour d'elle, la peur qu'elle avait de subir le sort de Chloé. Et puis tout cela lui rappelait le sort tragique de Publius Volumnius. Lui aussi l'avait fait appeler d'urgence, mais il était arrivé trop tard. Il priait tous les dieux qu'il n'en soit pas de même cette fois !

Il parvint enfin devant le misérable temple de Daeira, au bord de la mer, en face de l'île de Salamine, avec ses colonnes rongées de sel et de mousse. Il appela, mais personne ne répondit. Il explora l'extérieur et les abords du bâtiment, contourna une barque pourrie et, comme sur le seuil de la chambre de l'Académie, se figea, imité par Lycos.

La daeiritis était là, baignant, elle aussi, dans son sang. Elle portait au cou une blessure affreuse, qui allait d'une oreille à l'autre. Comble de raffinement et d'horreur, elle avait été tuée de la manière dont elle immolait ses victimes : après l'avoir égorgée, on l'avait couronnée d'algues. D'ailleurs, l'arme du crime, qui avait été abandonnée près d'elle, était son propre couteau sacrificiel. Titus le reconnaissait parfaitement pour l'avoir vue s'en servir de manière experte.

Il se pencha sur elle, lui ferma les yeux, referma de son mieux la blessure béante et retira les algues, qu'il jeta au loin. Elle était encore toute chaude. Comme avec Publius Volumnius, l'assassin était passé juste avant lui. Il se sentit soudain épié, menacé. Instinctivement, il se releva et regarda autour de lui. Tout était désert, il n'y avait ni archer noir ni qui que ce soit. On n'entendait que le bruit des vagues qui venaient mourir sur la plage toute proche... Lycos, lui, était resté accroupi près du cadavre. Il l'appela :

— Viens voir !

Titus s'approcha. L'adolescent lui désigna le sol.

— Des grains de blé. On en a jeté plusieurs poignées près d'elle.

Encore une fois, Titus ne put qu'admirer le sens de l'observation de son compagnon. Ainsi, le meurtre de la daeiritis portait la marque de Déméter. Il l'entendait encore accuser tout le clergé d'Éleusis : le dadouque, la prêtresse de Pluton, celle de Déméter. La prêtresse avait été vraisemblablement supprimée parce qu'elle avait découvert ce qu'il ne fallait pas. Mais pourquoi avait-on laissé près d'elle une signature aussi claire ? Par défi, par haine de sa personne ? Ou bien s'agissait-il au contraire de quelqu'un d'étranger au sanctuaire qui voulait détourner les soupçons dans cette direction ?...

Les paroles qu'avait prononcées la jeune femme sur ces lieux mêmes continuaient à hanter Titus et il devint terriblement grave. « S'il m'arrivait malheur, jure de me venger ! » lui avait-elle demandé. Et il avait juré. Mieux, il lui avait donné un agneau à sacrifier. Bien sûr, dans son esprit, c'était une manière déguisée de lui offrir de quoi manger, mais il n'en avait pas moins fait un serment solennel sanctifié par une offrande aux dieux. À présent, la daeiritis était morte et le devoir exigeait qu'il soit son vengeur, tout autant que celui de Chloé !

Il lui fallait se mettre à la recherche du meurtrier et il décida de le faire sans plus attendre. Tout indiquait la piste du sanctuaire : c'était là qu'il devait se rendre... La démarche semblait risquée, mais il gardait espoir, car il avait en ces lieux un allié qui ne lui avait jamais fait défaut jusqu'à présent : l'hiérophante. Il allait tout lui dire et solliciter une nouvelle fois son aide.

Titus se présenta donc devant les hautes murailles crénelées. Il demanda à parler au chef du clergé pour une affaire de la plus haute importance. Les gardes lui répondirent qu'il était actuellement en pèlerinage à Délos et qu'il ne rentrerait pas avant dix jours. Mais, si la chose était urgente, ils pouvaient prévenir la prêtresse de Déméter, le dadouque ou la prêtresse de Pluton. Titus les remercia et dit qu'il reviendrait plus tard...

Il ne quitta pourtant pas Éleusis. Secondé par Lycos, il organisa les funérailles de la daeiritis. Il voulut qu'elles aient lieu sur la plage, au même endroit que celles de Chloé. La mère de celle-ci était présente et lui avait, à sa demande, remis sa lance. Pour la seconde fois, au moment où les flammes s'élevèrent, il la leva haut dans le ciel.

Rentré à Athènes, Titus passa de très désagréables moments. Au lieu de se mettre sur la piste des Serviteurs de la mort, comme il se l'était promis et comme il aurait sans doute dû le faire, il ne cessait de penser au sort tragique de la daeiritis. Plus il y réfléchissait et plus il avait la certitude que la vérité qu'elle avait découverte se trouvait à l'intérieur du sanctuaire. Il restait la solution d'attendre le retour de l'hiérophante, mais ce dernier consentirait-il à l'aider ? S'agissant de Chloé, une initiée de l'autel, il n'avait pas hésité, mais la daeiritis, l'ennemie jurée du clergé d'Éleusis : pouvait-on imaginer qu'il l'aiderait à venger sa mort ?

Bientôt, Titus fut convaincu qu'il devait se rendre lui-même dans le sanctuaire. Mais il se trouvait face à un terrible cas de conscience. Outre les risques que cela représentait, il n'en avait pas le droit, sous peine de commettre un terrible sacrilège. Il était à Athènes pour se faire initier aux Mystères d'Éleusis et, au lieu de cela, il aurait été les profaner ! Mais d'un autre côté, pouvait-il être parjure au serment qu'il avait fait à deux mortes, la lance brandie devant leur bûcher funèbre ?

De se voir ainsi partagé entre deux devoirs contradictoires lui devint vite insupportable et, comme d'habitude en pareil cas, il décida de demander conseil à Brutus.

Il le trouva dans le jardin de l'Académie, sous les oliviers d'Athéna. Avant de lui parler, il jeta un coup d'œil circulaire pour s'assurer qu'ils étaient seuls. Et, comme cela avait l'air d'être le cas, il lui fit part de ses interrogations.

Brutus tenta d'abord de le calmer. Il n'y avait rien d'urgent à risquer sa vie en tentant de pénétrer dans le sanctuaire. Il ferait mieux de prendre la piste des Serviteurs de la mort. Il remonterait peut-être ainsi jusqu'à l'assassin et il aurait accompli son serment. Mais Titus ne voulant rien savoir, son compagnon finit par lui faire une suggestion.

— Puisque ton problème est d'ordre religieux, toi qui crois aux dieux, tu as un recours. Va consulter l'oracle de Delphes. Lui te dira ce que tu dois faire.

Titus remercia mille fois son frère de lait. L'oracle de Delphes, institué par Apollon, qui s'exprimait par la bouche de la Pythie, assise sur son trépied, était le plus prestigieux et le plus vénérable lieu de culte du monde entier. Comment n'y avait-il pas pensé lui-même ? C'était là qu'il devait aller !

Il quittait Brutus, lorsqu'il eut une curieuse impression : celle d'une présence. D'ailleurs, il lui sembla entendre remuer dans un buisson. Il y courut, mais il trouva les lieux vides. Il décida de ne pas y attacher d'importance et de ne plus penser qu'à son pèlerinage. Il allait partir dès le lendemain, sans Lycos ni personne. Il voulait être seul face à la divinité pour lui poser sa question.

10

Le trépied fatidique

D'Athènes à Delphes, le trajet était assez long. Titus Flaminius, pour qui ce moment de son enquête était une occasion de méditer, avait décidé de prendre son temps. C'était pourquoi il avait choisi une mule comme moyen de déplacement. Au matin du deuxième jour, il fut dépassé par un cavalier galopant à vive allure. Il pensa que, s'il avait la même destination, il serait à Delphes bien avant lui. Il ne se trompait pas...

Quelques heures plus tard seulement, l'homme était sur place. Il entra dans le sanctuaire, tenant son cheval par la bride, et demanda à parler avec le prêtre d'Apollon, ajoutant qu'il avait à lui dire quelque chose de la plus extrême gravité. Le haut personnage, responsable de tout le clergé delphien, auquel seul l'hiérophante était supérieur en dignité, arriva en maugréant.

— Que me veux-tu ? Et d'abord, qui es-tu pour me déranger ainsi ?

— Ma personne n'a aucune importance, je ne suis qu'un envoyé. Ce que je veux, je vais te le dire. Mais auparavant, regarde plutôt ceci.

Il alla à son cheval, retira la couverture qui dissimulait la selle et prit la marmite qui y était accrochée. Il la tendit au religieux. Elle était pleine d'or !... Ce dernier la saisit à son tour et faillit la lâcher tant elle était lourde. Il ouvrit de grands yeux et répéta sa question :

— Que veux-tu ?

— Un oracle.

— Ce n'est pas le prix d'un oracle. C'est beaucoup trop !

— C'est le prix de celui que je te demande. Écoute-moi bien : un Romain va venir ici demain ou après-demain...

Il lui fit une description détaillée de Titus et poursuivit :

— Il va poser une question à propos d'Éleusis, sans doute pour savoir s'il peut entrer dans le sanctuaire, bien que n'étant pas initié. Il faudra lui répondre qu'il peut y aller en toute sécurité à la prochaine pleine lune.

Le prêtre d'Apollon se récria :

— Tu perds la tête ! Un oracle mensonger risquerait de compromettre à jamais la réputation de

Delphes. C'est impossible, même pour tout l'or du monde !

Il se disposa à partir, non sans avoir jeté un regard de convoitise à la marmite, mais l'homme sourit.

— Qui te parle de mentir ? Ce n'est pas pour rien que le dieu que tu sers est surnommé l'Oblique. Les oracles d'Apollon sont réputés pour être particulièrement ambigus. Aurais-tu oublié la réponse qu'il a faite à Crésus ? Tu n'auras qu'à tourner la chose habilement. Je te fais confiance. L'or donne beaucoup d'imagination...

Le prêtre hésitait encore.

— Je ne veux pas de conflit avec les prêtres d'Éleusis.

— Il n'y en aura pas. J'irai les trouver après toi.

Cette fois, le religieux s'avoua vaincu. Il reprit la marmite et eut de nouveau un mouvement de surprise devant son poids.

— La personne que tu sers est donc si riche ?

— Presque autant que celui qui règne sur les enfers et qu'on appelle le Riche.

Toujours en chemin, Titus Flaminius était occupé à passer et repasser dans son esprit les divers éléments de son enquête. Une constatation s'imposait plus que jamais : il y avait dans cette affaire deux univers différents, Éleusis, d'une part, Philèbe, de l'autre. Les seuls points de convergence entre eux étaient le sculpteur lui-même, qui se trouvait sur les lieux au moment du premier meurtre, et son modèle, qu'il s'agisse de Chloé ou de quelqu'un qui lui ressemblait.

Ce qui troublait le plus Titus était les similitudes constantes avec le mythe. Après cette adolescente qui, tout comme la fille de Déméter, était morte le jour de Perséphone pour réapparaître celui de Coré, voici qu'était entré en scène un double d'Hadès, Sostratos, un mort qui dirigeait depuis sa tombe les fossoyeurs d'Athènes ! À leur sujet, et pour revenir à un domaine concret, Titus avait compris que ces personnages inquiétants qui l'avaient épié dans le Céramique étaient les Serviteurs de la mort. C'était un mystère éclairci, mais la découverte n'était guère rassurante. Il avait à affronter toute une organisation dirigée par un inconnu, car il refusait de croire qu'il s'agissait du dieu des enfers, sinon, il était perdu d'avance et il n'avait plus qu'à renoncer sur-le-champ...

Titus arriva à destination le lendemain et resta abasourdi. Il ne s'attendait pas à une telle merveille ! Pour les Grecs et tous les peuples civilisés, Delphes était le centre, le nombril du monde, et il n'y avait qu'à regarder autour de soi pour en être persuadé. Le site était d'une grandeur et d'une beauté à couper le souffle. Bâtie à l'intérieur des terres, la cité était accrochée comme un balcon au Parnasse, montagne sacrée d'Apollon et de Dionysos. Au-dessous, une longue plaine plantée d'oliviers s'étendait jusqu'à la côte, formant comme une mer gris-vert avant le bleu éclatant de la mer. Sa terre était propice à la fabrication des briques et, çà et là, s'élevait la fumée des fours où cuisait l'argile.

Si la vue en contrebas était magnifique, rien n'égalait la majesté de la montagne. Delphes était dominée par deux pics abrupts, les deux Phériades, la Rose à l'ouest, la Flamboyante à l'est. Leur roche nue resplendissait jusqu'à faire mal aux yeux. Au-dessus, le Parnasse poursuivait son ascension et se couvrait d'une végétation impénétrable, domaine des chamois, des sangliers, des loups et des chasseurs intrépides.

On y apercevait aussi de nombreux oiseaux de proie : vautours, aigles, gypaètes. Titus suivit le vol de l'un d'eux. Sa silhouette sombre se détachait sur le ciel d'un bleu intense. Il planait en décrivant un large cercle, tout en restant parfaitement immobile... Mais non, pas immobile ! Avec un pincement au cœur, Titus fixa le bout de son aile. Publius Volumnius avait raison : elle bougeait de manière imperceptible, d'un tremblement infime, qui était la marque de la vie.

Le rapace, ayant repéré sa proie, tomba soudain comme une pierre et Titus quitta le ciel des yeux pour revenir sur terre... Il était à l'entrée du sanctuaire. En fait, le mot « entrée » était impropre, car, à la différence de ce qui se passait à Éleusis, celui de Delphes n'était pas fermé. Les rites qui s'y célébraient n'avaient rien de secret et y entrait qui voulait. Outre le temple principal, celui d'Apollon, on trouvait, dans cette vaste esplanade, des temples plus petits, pour la plupart élevés par des cités en remerciement d'un oracle.

Titus n'était pas seul à venir consulter le dieu,

même si, ce jour-là, les pèlerins n'étaient guère nombreux. Leur groupe était des plus disparates : des gens aisés, de pauvres paysans, une délégation officielle venue poser une question au nom de toute une ville... Avant de pénétrer dans le temple d'Apollon pour interroger l'oracle, les arrivants devaient d'abord offrir un sacrifice. Des employés du sanctuaire s'approchaient d'eux avec une chèvre au bout d'une corde et ils la leur remettaient contre le versement de sept drachmes pour les consultants publics et de deux drachmes pour les particuliers.

Le fait qu'il s'agisse d'une chèvre n'était pas un hasard. C'était un rappel des origines de Delphes, que Titus, comme tout un chacun, connaissait par cœur et qu'il se remémora avec émotion, en attendant son tour, dans la file des consultants...

Tout avait commencé lorsque Apollon avait tué ici de ses flèches le dragon Python, qui terrorisait la population. À l'endroit où le monstre avait été abattu, un trou béant s'était formé. Les lieux étaient alors inhabités et servaient de pâture aux troupeaux. Un jour, un berger nommé Corétas y vint avec ses chèvres. Il remarqua que, lorsque celles-ci s'approchaient du trou, elles se mettaient à bondir en bêlant de la manière la plus étrange. Intrigué, il s'approcha à son tour, fut pris de tremblements et, à sa stupeur, s'aperçut qu'il pouvait prédire l'avenir.

Corétas raconta partout ce prodige. Bientôt, il y eut foule autour du trou miraculeux et le phénomène ne se démentit pas : tous ceux qui s'en approchaient entraient en transe et recevaient le don de prophétie. Pendant un moment, ceux qui le désiraient purent ainsi se rendre à eux-mêmes leurs oracles. Mais on dut y renoncer, car beaucoup, perdant la tête en raison de leur état de possession, se jetaient dans le trou et y disparaissaient. On bâtit donc un temple à cet emplacement et on confia à une seule personne la transmission des oracles. Celle-ci, une pauvre paysanne de la région, qu'on nomma Pythie en souvenir du monstre abattu par le dieu, fut installée dans le temple, au-dessus de l'ouverture de la terre, assise sur un trépied, pour qu'elle ne puisse pas tomber.

La renommée de Delphes ne tarda pas à s'étendre au monde entier et, des siècles et des siècles plus tard, il en était toujours ainsi. La Pythie, une paysanne illettrée choisie par le clergé du sanctuaire, continuait de délivrer les messages du dieu, qui montaient vers elle...

Le tour de Titus était arrivé. Le sacrificateur s'approcha de lui et de son animal, tenant un couteau et un vase d'argent rempli d'eau. Il lui expliqua qu'il allait renverser le liquide sur la chèvre. Si elle ne bougeait pas, cela voudrait dire qu'Apollon refusait le sacrifice et il devrait s'en retourner. Si elle frissonnait sous l'effet du froid, cela signifierait au contraire que le dieu était disposé à rendre son oracle.

Par chance, la bête tressaillit des pieds à la tête. L'homme l'égorgea et la jeta sur un bûcher. Un autre religieux s'approcha alors. À la richesse de sa mise,

Titus devina en lui un personnage important. Après l'avoir observé quelque temps, ce dernier l'interrogea :

— De quel pays viens-tu ?

— De Rome.

— Suis-moi. Je vais m'occuper personnellement de toi.

Titus lui emboîta le pas. Il le conduisit sans plus attendre vers le temple d'Apollon. Celui-ci était de dimensions considérables : Titus le jugea aussi grand que le Parthénon. Mais il l'emportait de loin sur ce dernier par la richesse. De véritables trésors étaient disposés devant ses portes, juste après la colonnade : un gigantesque cratère d'argent massif, vaste comme une baignoire, deux vases à eau lustrale, l'un en argent, l'autre en or, une statue de femme en or massif également, et d'autres objets inestimables.

Cet endroit comblé par la fortune était aussi un haut lieu de l'esprit. De part et d'autre de la porte en bois précieux marqueté d'ivoire et ouverte à deux battants se dressaient trois statues d'Hermès. Sur leur socle, étaient gravées les trois maximes des sept sages de la Grèce : « Rien de trop », « Cautionner, c'est pure folie », et la plus célèbre d'entre elles : « Connais-toi toi-même ». Titus aurait aimé s'attarder à les contempler, mais le prêtre lui fit un signe impatient et il pénétra à sa suite dans le temple.

Le fait d'entrer ainsi dans un lieu de culte était tout à fait exceptionnel. Dans les temples grecs aussi bien que romains, les cérémonies avaient lieu à l'extérieur. L'intérieur, qui abritait la statue de la divinité, s'il n'était pas interdit aux fidèles, restait désert. Seuls quelques employés y venaient de temps à autre pour l'entretien. Ici, au contraire, c'était une fois passées les portes que tout commençait. Deux sources de lumière, un feu près d'un petit autel d'Hestia et une ouverture dans le toit permettaient de découvrir un tableau extraordinaire.

Divisé en trois nefs par deux rangées de huit colonnes, le temple d'Apollon était un incroyable fouillis de choses précieuses. Les consultants y avaient apporté leurs offrandes en remerciement d'un oracle et elles s'entassaient dans le plus grand désordre. Des vases, des armes, des statuettes, toutes sortes d'objets hétéroclites avaient été déposés par terre et il fallait regarder à tout instant où on mettait les pieds. Mais les offrandes étaient aussi suspendues aux colonnes et même aux poutres. C'était le cas des chars de guerre, qui, on ne savait trop pourquoi, étaient là en nombre inimaginable. Placés comme ils étaient, au-dessus des têtes, ils avaient l'air de se livrer à une course aérienne.

Dans tout ce fatras, on avait bien du mal à distinguer les objets qui appartenaient au temple et servaient pour le culte. C'était le cas d'une statue d'Apollon en or, d'un autel de Poséidon et d'une curieuse pierre en forme d'ogive recouverte d'un filet. Titus savait par ouï-dire de quoi il s'agissait et, si elle paraissait bien rustique par rapport à d'autres merveilles, elle l'emportait de loin en dignité : c'était l'Omphalos, qui marquait le nombril du monde...

Toujours suivant le prêtre, Titus arriva aux deux tiers du temple et il s'arrêta, saisi par l'émotion : il était devant l'adyton, lieu sacré par excellence... Il ne s'agissait pas d'une pièce à part. C'était un lieu surbaissé par rapport au reste, mais qui n'était séparé par aucune cloison ni par aucune barrière. Il était aussi dépourvu de pavage. Alors que tout autour le sol était couvert de marbres précieux, on y voyait la terre et la roche à nu.

Titus découvrit alors la Pythie. Elle devait avoir une trentaine d'années. Son physique était celui des paysannes, avec un visage sain et des bras vigoureux. Elle était vêtue d'une tunique de laine ordinaire, comme en portaient les filles de la campagne, et sa longue chevelure brune était couronnée de lauriers. Titus découvrit aussi le fameux trépied, une curieuse installation dont les trois pieds, fixés dans la roche de part et d'autre d'une crevasse profonde, soutenaient une sorte de bassine sur laquelle la prêtresse était juchée, les jambes dans le vide. De l'ouverture béante, s'échappait une fumée grise.

Il y avait aussi dans l'adyton un laurier, l'arbre sacré d'Apollon. Il avait été planté là, dans la terre, tout près de la Pythie, qui pouvait, si elle le désirait, s'appuyer sur ses branches. Un rayon de soleil l'éclairait vivement, car l'ouverture du toit avait été pratiquée juste au-dessus de lui. Titus n'avait jamais vu un arbre à l'intérieur d'un temple et sans doute était-il le seul de son espèce.

À l'invitation du prêtre, il descendit les marches qui

conduisaient au lieu sacré. Le sol du temple lui arrivait à présent à la poitrine et la Pythie le dépassait de toute la hauteur du trépied. Devant lui se trouvait une sorte de petite salle fermée par un rideau blanc. Le prêtre la lui désigna du doigt.

— C'est ici que tu dois prendre place pour poser ta question.

Titus souleva le rideau. L'endroit était vide, à part un banc allongé. Il s'y assit. Rarement, dans sa vie, il avait été aussi ému. Il y avait d'abord le caractère sacré du lieu, auquel rien d'autre ne pouvait être comparé. Il y avait aussi les conséquences qui allaient découler de la réponse qui lui serait faite. Si la Pythie lui donnait son consentement, il devrait entrer dans le sanctuaire, au risque de sa vie ; si elle s'y opposait, il lui faudrait y renoncer. Peut-être, au plus profond de lui-même, souhaitait-il cette seconde éventualité, qui lui permettrait de ne pas prendre un risque inconsidéré tout en restant en paix avec sa conscience, mais, de toute manière, il était trop tard. Il prononça d'une voix ferme :

— Pour trouver la vérité sur un meurtre, puis-je aller dans le sanctuaire d'Éleusis, bien que n'étant pas initié ?

Il y eut un silence, suivi brusquement de tout un remue-ménage. Il entendit la Pythie s'agiter frénétiquement en prononçant des sons inarticulés et rauques, puis se mettre à vociférer et à hoqueter. Il ne pouvait pas la voir, mais il l'imaginait, les cheveux épars, se tordant les bras, l'écume à la bouche. Après un dernier cri, elle se tut aussi soudainement qu'elle avait commencé. Il y eut quelques instants d'un silence impressionnant et le prêtre ouvrit le rideau.

— Voici la réponse que vient de faire la Pythie : « Va au sanctuaire d'Éleusis à la prochaine pleine lune et tu trouveras ce que tu cherches. »

Tout en quittant sa place, Titus était grave. Ainsi, le trépied fatidique avait parlé et lui avait donné son aval : la pleine lune était dans trois semaines, c'était à ce moment-là qu'aurait lieu l'épreuve décisive...

À la suite du prêtre, il remonta les marches. Après avoir jeté un bref regard à la Pythie, qui reprenait son souffle, encore sous l'effet des transes sacrées, il se retrouva dans le temple proprement dit, avec son incroyable amoncellement d'objets précieux. Il voulut s'attarder un instant dans ce lieu auguste entre tous. Il s'approcha d'un mur particulièrement chargé d'offrandes. Il y avait principalement des armes et son regard fut attiré par un bouclier de général en chef de l'armée romaine. La voix impatiente du prêtre retentit derrière lui :

— Que fais-tu ? Tu dois sortir ! D'autres attendent.

Mais Titus ne bougea pas. Au contraire, il restait comme pétrifié, les yeux grands ouverts. À côté du bouclier de général, étaient accrochés six boucliers en argent, une couronne d'or et, au-dessous, une inscription en grec et en latin : « Hommage de Titus Flaminius à Apollon »... Le prêtre vint vers lui, excédé.

— Eh bien, es-tu sourd ? Qu'as-tu à fixer ces armes ? Qu'ont-elles de particulier ?

— Elles témoignent du passage ici de mon ancêtre, voici un siècle et demi. Je m'appelle aussi Titus Flaminius.

— Que dis-tu ?

— La vérité.

— Je ne peux pas te croire !

— Pourquoi inventerais-je une chose pareille ? Vérifie, si tu veux. Je loge à Athènes, chez l'archonte.

— C'est... c'est inimaginable !

Titus regarda avec surprise son interlocuteur. Si lui-même était légitimement ému de la découverte qu'il venait de faire, ce n'était rien en comparaison du prêtre. Il avait l'air totalement bouleversé.

— Que t'arrive-t-il ?

— Je ne savais pas que tu étais le descendant du libérateur de la Grèce. C'est lui qui a placé notre sanctuaire sous la protection de Rome. C'est grâce à lui que nous connaissons depuis la sécurité...

Le religieux parvint péniblement à sourire.

— Je suis moi-même le prêtre d'Apollon. C'est un grand honneur de te rencontrer. Que comptes-tu faire après l'oracle ?

— Aller à Éleusis, bien sûr.

— Je... vais te donner quelque chose qui te protégera dans ton entreprise.

— Mais je ne risque rien, puisque j'ai l'accord de la Pythie.

— Cela ne fait rien. Suis-moi !

Un peu gêné de telles marques de considération, Titus revint avec le prêtre vers l'adyton. Il le vit s'arrêter près du laurier sacré, en couper une branche, puis prendre, à côté du trépied, une bandelette blanche, dont il entoura le rameau. Il le lui tendit.

— Tiens-le en main quand tu entreras dans le sanctuaire, et surtout, ne le quitte pas !

Très impressionné, Titus recueillit le présent et, désireux de ne pas faire attendre les autres consultants, reprit le chemin de la sortie, non sans être allé de nouveau regarder les boucliers et la couronne. Une fois sur le parvis, il s'attarda aussi à contempler les maximes inscrites sur les Hermès, surtout le fameux « Connais-toi toi-même », dont Socrate avait fait sa devise. Le prêtre d'Apollon le tira de ses pensées pour lui désigner les merveilles en or et en argent : le bassin, les vasques, la statue de femme.

— Sais-tu qui nous a offert ces trésors ?

— Non, je l'ignore.

— Le roi Crésus, en paiement de l'oracle qu'il était venu chercher. Il s'apprêtait à attaquer le roi Cyrus, empereur de Perse, et il avait demandé s'il aurait la victoire. La Pythie lui a répondu : « Attaque et tu détruiras un grand empire. » Il a attaqué, et son armée a été exterminée jusqu'au dernier homme, son pays anéanti et lui-même réduit en esclavage.

— La Pythie s'était donc trompée ?

— Non : le grand empire était le sien. Les oracles d'Apollon ont souvent un double sens. Ce n'est pas pour rien qu'on l'appelle l'Oblique...

Titus apprécia l'anecdote et remercia mille fois le prêtre pour l'honneur qu'il lui avait fait. En quittant le temple et en se retrouvant dans le cadre magnifique de Delphes, il était presque euphorique. Non seulement il avait eu l'assentiment du dieu pour son projet, mais il avait la protection supplémentaire de son rameau sacré. Il lui tardait d'être à la prochaine pleine lune dans le sanctuaire d'Éleusis !

11

Mourir à Éleusis

Titus partagea les jours qui suivirent entre les cours à l'Académie et son enquête. Il suivit la trace des Serviteurs de la mort en compagnie de Lycos. Profitant de la connaissance d'Athènes qu'avait ce dernier, il parcourut en tous sens le Céramique, mais le résultat fut plus que décevant. Il se heurta à un véritable mur de silence. Et, chose curieuse, même les personnages inquiétants qui auparavant le surveillaient avaient disparu. Il n'y avait rien, absolument rien à découvrir.

Il en était de même du côté de l'archonte. Quintus de Rhamnonte, qui lui avait annoncé son intention d'enquêter lui aussi sur les Serviteurs de la mort, n'était parvenu à rien. D'abord, il manquait de moyens appropriés. Il ne pouvait employer à ses recherches les forces de police dont il disposait. Il en était réduit à utiliser des informateurs discrets, appartenant aux milieux plus ou moins louches de la ville. Mais il n'obtint d'eux qu'une information certaine : officiellement, Sostratos n'avait pas été remplacé. C'était toujours lui qui dirigeait les pompes funèbres d'Athènes.

Les jours passèrent. Le péplos d'Athéna était maintenant achevé. Le mois de thargélion se terminait. On n'était plus très loin de scirophorion, juin pour les Romains.

Titus n'avait pas vraiment la tête aux cours de l'Académie ni même à son enquête. Chaque nuit, il regardait la lune et la voyait s'arrondir. Bientôt viendrait le moment décisif.

Ce fut la veille de la pleine lune que le personnage qui s'était rendu à Delphes franchit les portes du sanctuaire d'Éleusis. Il demanda à parler au dadouque et se trouva rapidement en sa présence. Ce dernier, qui n'aimait pas être dérangé par des inconnus, lui demanda ce qu'il voulait d'un ton rogue, mais, dès les premiers mots, il retrouva sa bonne humeur.

— Je suis venu t'annoncer la venue d'un profane qui veut s'introduire dans le sanctuaire : Titus Flaminius.

— Titus Flaminius, vraiment ? Comment sais-tu cela ?

— Peu importe, je le sais. Je sais même précisément quand il va venir : dans la nuit de demain.

— C'est une précieuse information que tu me livres là !

— Et je compte sur toi pour qu'il ne s'échappe pas. D'après ce que je sais, il enquête sur la mort de la daeiritis, dont il rend responsable le clergé d'Éleusis, et toi en particulier.

Un sourire mauvais apparut sur le visage du religieux.

— Voyez-vous cela !... Tu en es certain ?

— Il l'a dit en public. Il met en cause ton honneur et celui de tes collègues.

Ils s'entretinrent encore quelques instants et le dadouque lui prit les mains avec chaleur.

— Qui que tu sois, je te remercie en mon nom et au nom de tout le sanctuaire. Quant au reste, ne t'inquiète pas. Le nécessaire sera fait et bien fait !...

Tout de suite après, il convoqua le chef des gardes.

— Demain, à la première veille de la nuit, tu ne mettras pas tes hommes en faction à la porte.

— Mais si quelqu'un veut entrer ?

— Quelqu'un va entrer.

— Je ne comprends pas.

— Je veux qu'il entre et qu'il n'en sorte pas. Tu seras dissimulé avec tes soldats derrière la porte. Une fois qu'il l'aura franchie, tu les lanceras contre lui, avec ordre de l'abattre sur place.

Il devait être aux environs de minuit. Titus Flaminius avançait prudemment sur l'esplanade d'Éleusis. Il n'était, bien sûr, pas question de désobéir aux ordres de la Pythie, mais il regrettait qu'elle lui ait dit de venir à la pleine lune. Une nuit moins éclairée aurait été préférable. Il lui semblait que jamais l'astre n'avait été aussi lumineux. Il brillait de toute sa clarté dans un ciel noir sans le moindre nuage. Son ombre, devant lui, se découpait avec une particulière netteté.

Titus n'avait pas d'idée arrêtée sur la manière dont il allait s'introduire dans le sanctuaire. Il s'était muni d'une corde avec un grappin pour escalader les murailles, car il ne pensait pas qu'il pourrait entrer par la porte, même s'il savait qu'elle restait ouverte toute la nuit. Cette particularité était une énigme, même pour les Grecs. On supposait qu'elle était liée à la présence du temple de Pluton qui, étant consacré aux forces des ténèbres, était, lui aussi, ouvert la nuit...

Arrivé devant le puits de Callichoros, il ne put s'empêcher d'évoquer le tragique événement qui s'y était déroulé voilà près de six mois, mais il se ressaisit : il devait avant tout se concentrer sur sa mission. Il se tournait vers le sanctuaire, se demandant de quel côté il allait escalader la muraille, lorsqu'il fit une découverte extraordinaire : les gardes n'étaient pas à leur poste !

Il pensa qu'ils s'étaient absentés un instant, mais pas du tout : il n'y avait réellement personne. Il ne fallait pas laisser passer une occasion pareille ! Il se débarrassa de sa corde, désormais inutile et encombrante, en la jetant dans le puits, et regarda, pour se rassurer, la branche du laurier sacré qu'il avait dans la main. Sur la bandelette blanche étaient tracées des lettres figurant un mot grec qu'il ne connaissait pas, mais que les prêtres devaient comprendre.

Il se concentra encore un instant avant de passer à l'action. En apparence, son entreprise était insensée, mais la confiance qu'il avait en la Pythie était telle qu'il ne ressentait aucune appréhension. Il eut une pensée apitoyée pour le malheureux Crésus, qui avait si mal interprété l'oracle qu'il avait reçu et il se disposait à s'élancer, lorsqu'une pensée affreuse le traversa : son oracle à lui aussi était terriblement ambigu !

Aussi étonnant que cela paraisse, il n'y avait jamais réfléchi depuis Delphes ; il n'en avait même pas cité le texte précis à Brutus, se contentant de lui dire qu'il était favorable, mais ce n'était pas certain, loin de là ! « Va dans le sanctuaire et tu trouveras ce que tu cherches », pouvait parfaitement signifier l'inverse de l'impunité et du succès. En allant dans le sanctuaire sans être initié, en bravant la loi, il allait trouver ce qu'il avait cherché : la mort !

Il se sentit pris de vertige. Il fut tenté de renoncer et de s'enfuir, mais il se reprit. L'autre sens de l'oracle restait quand même valable. Il avait trop attendu ce moment pour capituler au dernier instant. Il était un Flaminius, il agissait en vengeur de deux victimes innocentes, il n'avait pas le droit de reculer ! Le rameau sacré d'Apollon au poing, il s'élança...

Après une course rapide en foulées légères pour ne pas attirer l'attention, il franchit le large portail. Une voix retentit alors. Il reconnut celle du dadouque :

— Tous sur lui. Abattez-le !

Il se retourna et découvrit le dadouque entouré d'une dizaine de soldats. Deux d'entre eux s'étaient placés devant la porte, lui interdisant toute retraite, et les autres s'étaient lancés à sa poursuite, l'épée brandie. Il était tombé dans un piège et les paroles du religieux ne lui laissaient aucun espoir. C'était le second sens de l'oracle qui était le bon, il allait mourir !

Il n'avait d'autre choix que de courir droit devant lui, ce qu'il fit. À quelque distance, il vit une lueur. Il alla dans cette direction sans savoir pourquoi et se trouva devant un temple dont les portes étaient grandes ouvertes, sans nul doute celui de Pluton. À l'intérieur, brillait une lumière rougeâtre. Il s'y précipita et se trouva entouré d'une fumée fort odorante. Dehors, il perçut de nouveau la voix du dadouque.

— C'est la fleur de Perséphone. Il est perdu !...

Ce fut la dernière sensation distincte qui lui parvint. À partir de ce moment, ses pensées et ses visions s'embrouillèrent. Une statue en marbre noir se dressait devant lui, auréolée de lueurs rouges. Elle représentait un homme barbu avec un chien... Était-ce celle de Sostratos ? Non, bien sûr, c'était celle de Pluton et de Cerbère. Il était dans leur domaine.

La fumée de plus en plus dense se dégageait d'un foyer au centre du temple. Elle n'était pas désagréable, elle avait même une forte odeur aromatique, mais elle provoquait chez lui un engourdissement rapide et profond. Il sentait qu'il y avait un danger extrême à rester, mais il savait aussi que, dehors, les soldats du dadouque l'attendaient. Alors, à tout prendre, autant choisir cette mort-là, qui semblait plutôt douce.

Il s'approcha du foyer pour voir ce qui brûlait. Oui, c'était bien cela. Le dadouque avait parlé de la fleur de Perséphone et il y en avait tout un monceau qui était en train de se consumer. C'était le coquelicot qu'on appelait ainsi. Il était l'emblème de la jeune déesse Perséphone-Coré, car c'était la seule fleur qui poussait dans les champs de blé de sa mère Déméter.

Titus se laissa glisser à terre. Il souriait ; pourtant, il savait qu'il partait tout droit vers les enfers... Des cris, des bruits lointains lui parvinrent : le dadouque et ses hommes, sans doute. Mais tout cela n'avait plus d'importance. Il ne résista pas au mouvement qui l'entraînait. Il ferma les yeux et se retrouva effectivement aux enfers.

Les morts étaient là, en une longue file stationnant devant le Styx, le fleuve infernal. Il y avait de tout : des hommes et des femmes, des pauvres et des riches, des vieux, bien sûr, mais aussi des jeunes, des enfants et même des nourrissons. Comme ceux-ci ne pouvaient marcher, des défuntes compatissantes les prenaient dans leurs bras.

Ils attendaient de passer dans la barque de Charon. À tous, le nocher funèbre réclamait leur obole et ceux qui ne pouvaient payer étaient condamnés à errer éternellement sur ces rives désolées. Quand vint son tour, Titus s'excusa de ne pouvoir s'acquitter de son dû : il n'avait rien parce qu'il n'était pas encore vraiment mort. L'homme en noir secoua la tête.

— Si, tu es mort. Mais tu es dans le temple de Pluton. Tu es sous sa protection. Passe...

En face, il trouva Cerbère, qui, lui aussi, lui laissa le passage, le saluant de ses trois têtes. Il prit pied sur l'autre rive. Les morts le croisaient sans avoir l'air de le voir. Ils avaient l'aspect qui était le leur au moment de l'instant fatal, mais il était visible qu'ils n'étaient plus de ce monde. C'était comme s'ils n'avaient plus d'épaisseur, plus de réalité. Ils marchaient avec une infinie lenteur, semblant aller sans but précis.

Titus fut tenté de se mettre à la recherche des morts qui restaient présents dans son cœur : son père, sa mère, la seule femme qu'il avait aimée. Mais il jugea que ce serait se faire souffrir inutilement. Il devait, au contraire, aller trouver les victimes de son enquête et les interroger. Peut-être lui diraient-elles tout ou partie de la vérité et pourrait-il s'en servir une fois revenu à la vie. Car il ne pouvait se croire tout à fait mort. Charon et Cerbère s'étaient trompés... Il demanda aux ombres de lui indiquer où se trouvaient les assassinés non vengés. Tous firent, avec la même lenteur, le même geste pour lui désigner un bois sombre.

Il s'y rendit et découvrit une scène désolante : les morts, exhibant la blessure qui les avait conduits en ces lieux, se lamentaient faiblement, avec ce qui restait de force aux simulacres de vie qu'ils étaient. La même plainte revenait dans leur bouche :

— Hélas, mon meurtrier est impuni, et moi, je suis ici !...

Il aperçut Chloé à la lisière du bois, près d'un petit étang à l'eau gris sombre. Elle marchait main dans la main avec une femme étrange aux cheveux verts. En s'approchant, il s'aperçut qu'il s'agissait de la daeiritis, dont la chevelure était maintenant faite d'algues. L'ancienne servante de l'auberge était horrible à voir. Elle avait, plantée dans le cou, la flèche rouge et noire à l'empennage jaune vif qui l'avait frappée. Titus s'approcha d'elle. Dissimulant son sentiment d'horreur, il lui posa la question qui lui brûlait les lèvres :

— Est-ce toi qui es réapparue le jour de Coré ?

La jeune fille s'exprima avec difficulté, à cause de la flèche :

— Regarde-moi bien. Ai-je l'air d'une déesse ? Je ne suis qu'une pauvre adolescente enlevée à la fleur de l'âge. Merci, Titus, de ce que tu as fait pour moi, même si tu as échoué.

— Je n'ai pas échoué. Il reste du temps jusqu'à mon départ.

— De quoi parles-tu ? Il n'y a plus ni temps ni départ. Tu es mort...

La daeiritis s'adressa à son tour à lui, en mettant sa main devant son cou pour cacher sa blessure béante.

— Merci, Titus ! Tu n'as pas hésité à entrer au sanctuaire pour nous et tu l'as payé de ta vie.

— Mais je ne suis pas mort, pas encore !

Les deux ombres ne répondirent pas. Elles reprirent leur chemin en se tenant par la main... Titus les laissa partir, cherchant du regard la troisième personne qu'il voulait voir, et finit par la découvrir. Publius Volumnius était assis sur une souche d'arbre. Il semblait méditer, sa tête au front défoncé reposant sur sa main droite. Titus s'approcha de lui.

— Tu as vu ton assassin, n'est-ce pas ?

L'ombre leva pesamment son regard vers lui.

— Oui, je l'ai vu.

— Qui est-ce ?

— À quoi bon ? Pourquoi veux-tu le savoir ?

— Mais pour le châtier. Pour que tu sois vengé, que tu trouves la paix !

— Comment ferais-tu ? Tu es mort.

— Je ne suis pas mort !

— Tu es mort, Flaminius ! Les statues de Philèbe ont plus de vie que toi...

Titus fut pris d'un violent sentiment de révolte. Non, il n'était pas mort, ils se trompaient tous ! Il sentait que la vie était sur le point de s'échapper de lui. Pour cela, il suffirait qu'il se laisse aller, qu'il renonce, mais il ne le ferait pas ! Il ne pouvait laisser ces trois malheureux errer en peine pendant l'éternité. Pour eux, il fallait qu'il vive, il le fallait !

— On dirait qu'il revient à lui...

Une voix de femme parvint faiblement à ses oreilles. Elle semblait loin... Où était-elle ? Dans le bois, près des rives du Styx ? Il chercha, scrutant dans toutes les directions, et finit par apercevoir de nouveau Cerbère. Pluton était à ses côtés...

Une forme vêtue de noir se pencha sur lui. Cette

fois, il reconnut Myrto, la prêtresse. Il était allongé sur le sol. Il se sentait très mal, très faible, et il avait affreusement mal à la tête.

— Que m'est-il arrivé ?

— Tu as respiré la fleur de Perséphone. Chaque année, nous récoltons les pavots dans la plaine d'Éleusis et nous les faisons brûler toute la nuit. Personne ne peut normalement en respirer la fumée sans mourir, mais tu as survécu...

Titus Flaminius ouvrit les yeux tout à fait. Il était dans le temple de Pluton et un long moment s'était écoulé, car la lumière du jour entrait vivement par la porte ouverte. Il reconnut aussi la silhouette de l'hiérophante, qui se tenait un peu plus loin. Il se mit tant bien que mal debout. Il s'aperçut que celui-ci tenait en main le rameau de laurier. Il prononça avec peine :

— J'ai voulu obéir à un oracle d'Apollon ou, du moins, je l'ai cru, car je pense qu'il était trompeur...

Le chef du clergé s'approcha de lui, l'air sévère.

— La prêtresse de Pluton t'a découvert ce matin et elle est venue me trouver pour que je juge de ton sort si tu en réchappais. Puisque c'est le cas, je vais te faire connaître ma décision.

Titus se sentait sur le point de défaillir. Il avait des vertiges, envie de vomir et, avec les paroles de l'hiérophante, il avait l'impression que son cœur venait de s'arrêter de battre.

— Ton intention, en venant ici, était noble. Mais tout profane qui pénètre dans le sanctuaire est puni de mort. Tu as eu le tort de te croire au-dessus des lois et tu mérites la mort.

Par la porte du temple, Titus imaginait les soldats du dadouque. Sans doute n'avaient-ils pas le droit d'entrer et n'attendaient-ils qu'un ordre de l'hiérophante pour le faire. C'était la fin... Ce dernier reprit la parole :

— Pourtant, cette peine que tu encourais, je veux bien considérer que tu l'as reçue. Tu es mort, Titus Flaminius, mais le dieu qu'on honore ici a consenti à te rendre la liberté pour que tu puisses achever ta tâche.

Il lui rendit le rameau de laurier.

— Dépose-le en offrande à Hadès et remercie-le de la faveur qu'il t'a faite !

Titus s'exécuta. Il remercia profondément le dieu des enfers et lui jura de mener son enquête jusqu'à son terme... L'hiérophante insista :

— C'est pour cette seule raison que tu es encore en vie. Rien d'autre ne doit désormais compter pour toi. Tu dois rendre la paix aux âmes de ces malheureux !

— Je te le jure à toi aussi, Hiérophante.

— Alors, adieu. Nous nous reverrons aux Grands Mystères.

L'hiérophante s'en alla. Il se retrouva seul avec la prêtresse. Myrto lui dit simplement :

— Suis-moi.

Et elle se dirigea vers le fond du temple... Il y avait là, derrière la statue de Pluton, un escalier qui s'enfonçait sous terre. Elle alluma une torche et il la suivit le long d'un interminable couloir souterrain. Elle ne lui dit que peu de paroles, lui expliquant que le passage menait hors du sanctuaire et que là, il devrait s'en aller au plus vite. Elle dirait aux hommes du dadouque qu'elle l'avait trouvé mort, ce qui était plus que vraisemblable. Il s'inquiéta quand même de ce qui pourrait se passer aux Grands Mystères. Le dadouque allait le voir. N'allait-il pas donner l'ordre de le tuer ? Elle lui répondit qu'il ferait alors partie des pèlerins et que sa personne serait sacrée...

Peu après, Titus arriva à l'air libre, non loin du temple de Daeira. Il voulut remercier à son tour la prêtresse de Pluton, mais elle avait déjà tourné les talons... Il resta un long moment à respirer, incrédule, l'air de cette radieuse matinée de printemps. Jamais, peut-être, il ne s'était trouvé dans une situation aussi dramatique. Il avait la sensation, non d'avoir échappé à la mort, mais, comme l'avait dit l'hiérophante, d'avoir réellement perdu la vie et de revenir des enfers.

12

Arrhéphores et Ergastines

Rentré à Athènes, Titus Flaminius se jura qu'il ne retournerait pas à Éleusis avant les Grands Mystères ou, s'il avait trouvé le coupable, pour annoncer la nouvelle à Phyllis.

D'abord, les événements du sanctuaire l'avaient trop fortement marqué. Il n'en avait parlé à personne, sauf à Brutus. Et encore, lui avait-il seulement dit comment il avait échappé à la mort dans le temple, passant sous silence le rêve qu'il avait fait. Mais était-ce un rêve ? N'était-il pas, au contraire, comme Thésée, comme Orphée, réellement descendu aux enfers, avant d'en revenir ?

Ensuite, il avait quasiment abandonné la piste du clergé. Il avait acquis la conviction que l'ancien hiérophante était bien mort de mort naturelle et que Chloé n'avait rien pu découvrir à ce sujet. Bien sûr, il y avait les accusations de la daeiritis et sa mort tragique, mais il en était venu à penser qu'on l'avait tuée uniquement pour diriger les soupçons vers les prêtres.

Qui était ce « on » ? C'était toute la question. La réponse tournait autour de Philèbe, qu'il était plus que jamais urgent de retrouver, ainsi que son modèle, s'il ne s'agissait pas de Chloé, mais de quelqu'un qui lui ressemblait.

Tout en suivant les cours de l'Académie, maintenant uniquement centrés sur la mort, Titus continuait donc ses recherches dans Athènes, principalement dans le Céramique. Il était fidèlement secondé par Lycos et il devait reconnaître qu'il appréciait sa compagnie. Le jeune homme l'aidait à oublier les aspects parfois très sombres de son enquête. Il était toujours d'humeur enjouée, touchant de bonne volonté, et il faisait de son mieux pour ne pas laisser transparaître ses sentiments, même si, de temps à autre, un soupir ou un regard le trahissaient.

Le temps passa ainsi, malheureusement sans résultat. On était arrivé au mois d'hécatombaion, juillet des Romains. Philèbe était introuvable ainsi que son modèle et la réalité qui se cachait derrière les pompes funèbres d'Athènes était toujours aussi opaque. Quintus de Rhamnonte avait fini par apprendre qu'après la mort de Sostratos, elles avaient été rachetées par quelqu'un, mais la personne refusait obstinément de se faire connaître...

Titus était donc passablement morose lorsque arrivèrent les Grandes Panathénées, la plus importante fête athénienne, pour laquelle les deux filles de son hôte, Ariane, l'Ergastine, et Iris, l'Arrhéphore, se préparaient depuis quatre ans.

La principale manifestation des Panathénées était, bien sûr, la procession solennelle qui traversait tout Athènes et qu'immortalisait la frise du Parthénon, mais celle-ci était précédée, la veille au soir, 27 hécatombaion, par une course aux flambeaux qui attirait presque autant de monde. Lycos en parla à Titus en sortant de leur cours à l'Académie :

— Viendras-tu courir avec moi, ce soir ?

— J'irai pour te voir, mais pas pour participer. Je n'aurais aucune chance.

— Détrompe-toi, tu en as autant que moi...

Et Lycos expliqua en quoi cette course était différente des autres. Il s'agissait d'arriver le premier avec sa torche allumée ; si elle s'éteignait en route, le concurrent était éliminé. Il fallait donc doser au mieux sa vitesse. La réflexion y jouait autant de rôle que la vélocité... L'idée parut plaisante à Titus, qui accepta et lui demanda quel était le parcours.

— Elle va jusqu'à la statue d'Athéna Poliade, sur l'Acropole, et elle part d'ici, à l'Académie.

L'adolescent rougit.

— De l'autel d'Éros...

La nuit venue, ce fut avec une curieuse sensation que Titus se retrouva sur la ligne de départ. Ces lieux qu'il fréquentait depuis des mois et qu'il n'avait connus qu'empreints de calme et de sérénité étaient envahis par une foule bruyante et gesticulante, car, outre les compétiteurs au nombre de plusieurs centaines, le peuple d'Athènes était venu en rangs serrés.

Un grand feu avait été allumé au pied du charmant temple d'Éros, avec sa colonnade ronde et son garçonnet qui décochait sa flèche d'un air malicieux. Titus alla allumer sa torche avec les autres. Il était venu depuis l'Aréopage et il n'avait pas encore vu Lycos... Il ne put s'empêcher d'avoir une pensée pour lui. C'était là que ce dernier lui avait fait son aveu. Depuis, il avait réussi à se faire engager dans l'enquête, se montrant désarmant de gentillesse et, bien qu'il fît tout pour ne pas le montrer, de tendresse. Titus n'était pas choqué par ses sentiments, mais il était incapable d'y répondre, voilà tout...

— Je te remercie d'être venu !

Lycos était là, souriant timidement, comme à son habitude.

— Tu ne m'en veux pas, si je te dis que je veux gagner pour toi ?

Titus n'eut pas le temps de répondre. Un grand cri éclata. Les officiels venaient de donner le signal du départ et les concurrents s'élancèrent dans une immense bousculade. Titus choisit de partir à vive allure et se trouva rapidement dans le groupe de tête. Bien que la nuit soit tombée depuis déjà un moment, il faisait très chaud. Il y avait aussi une brise irrégulière, qui, par intermittences, soufflait assez fort, et il décida de réduire l'allure. Bien lui en prit, car il fut doublé par plusieurs coureurs, dont la torche s'éteignit aussitôt et qui quittèrent les rangs avec un cri de dépit.

La course par élimination se poursuivit et Titus finit par se retrouver le premier. Il éprouvait une sorte de griserie d'être ainsi seul devant tout le monde porté par les clameurs d'une foule en délire, lorsque deux événements se produisirent simultanément. À une bifurcation, il s'engagea dans une ruelle où soufflait un vif courant d'air qui souffla sa torche et, au même moment, un sifflement retentit.

Il s'arrêta net. Il avait compris. Il se retourna et n'eut pas à aller loin. Quelques pas derrière lui, une flèche s'était fichée en terre. Il eut juste le temps de l'arracher avant que n'arrivent les concurrents suivants : elle était noir et rouge, avec un empennage jaune vif... Il resta un moment muet et immobile au milieu des cris de la foule. Comment n'avait-il pas pensé au risque qu'il prenait en se montrant ainsi aux regards de toute la ville ? S'il n'y avait pas eu ce courant d'air providentiel à l'instant précis où l'archer tirait, il serait mort ! Il reprenait son souffle et ses esprits, lorsqu'une pensée terrible le traversa : Lycos !...

Il se mit à courir en sens inverse dans l'espace étroit que le public laissait aux coureurs, bousculant plusieurs d'entre eux et se faisant injurier. Mais il fallait absolument qu'il prévienne le jeune homme et qu'il l'arrête. Le meurtrier était sans doute resté à son poste et, quand celui qui le secondait dans son enquête passerait devant lui, il l'abattrait... Il le découvrit enfin. En phrases hachées, il lui expliqua ce qui venait d'arriver, mais Lycos n'avait pas l'air de l'entendre. Il haussa la voix :

— Tu ne comprends pas ? Il va te tuer quand tu arriveras dans la ruelle ! Arrête-toi ! Éteins ta torche !

Cette fois, l'adolescent lui répondit :

— Je te l'ai dit : je veux gagner pour toi.

— Lycos !...

Ce dernier était arrivé à l'endroit où il avait été pris pour cible. Titus espéra que la même chose se produirait, que le courant d'air soufflerait la flamme, mais Lycos avait instinctivement ralenti et s'engagea dans la ruelle, flambeau au poing. Titus s'attendait à tout instant à entendre le sifflement fatal, pourtant rien de tel ne se produisit. L'archer était parti ou alors c'était lui-même qu'il voulait tuer et personne d'autre...

Titus suivit le reste de la compétition auprès de Lycos. Il put ainsi voir l'adolescent conduire sa course avec maîtrise et figurer bientôt parmi les premiers. Lors de la montée sur l'Acropole, il eut l'habileté ou la chance de se serrer contre le rocher au moment où un grand souffle de vent éteignit les torches de ses concurrents directs. Il se retrouva en tête, avec suffisamment d'avance pour réduire l'allure.

Lycos parvint ainsi devant l'antique statue de bois d'Athéna Poliade, encore revêtue du vieux péplos qu'on allait changer le lendemain. À ses pieds, avait été déposé un entassement de rameaux d'olivier, il en approcha sa flamme : il avait gagné !

Il reçut dans un tonnerre d'ovations la récompense du vainqueur : une amphore d'huile faite avec l'olivier sacré de l'Acropole. Titus le félicita pour ce prix prestigieux, mais l'adolescent secoua la tête.

— Mon plus beau prix, c'est toi qui me l'as donné, en t'inquiétant pour moi. Merci, Titus !

Après une courte nuit, le jour se leva sur les Grandes Panathénées, qui ne se déroulaient à Athènes que tous les quatre ans. Comme lors des Dionysies, le cortège se formait au Pompéion, le bâtiment servant de dépôt au matériel des pompes officielles. Celui-ci se situait près de la porte Dipyle, qui donnait accès à la route de l'Académie et d'Éleusis. Ce fut donc un trajet familier que Titus accomplit ce matin-là.

Il était en compagnie d'Ariane et de Quintus de Rhamnonte. L'émotion de la jeune femme était visible, celle de son père aussi. Lorsqu'ils furent arrivés sur place, Titus eut la surprise de voir un grand bateau monté sur roues que des employés de la ville sortaient du Pompéion. Ariane lui expliqua que le péplos allait y être accroché comme une voile et que c'était ainsi qu'il traverserait la ville. Titus s'étonna :

— Je croyais que c'était le rôle des Arrhéphores de le tenir.

— Seulement une fois sur l'Acropole...

À propos d'Arrhéphores, il vit arriver Iris en compagnie de ses trois compagnes. Elle se précipita vers lui, toute joyeuse. Si elle était naturellement d'un tempérament expansif, cette fois, elle était complètement surexcitée. Elle voulut embrasser Titus sur les deux joues et ne se retint qu'au dernier moment, en voyant la foule qui les entourait. Elle lui demanda pourtant de prendre place à ses côtés. Titus refusa, mais, comme l'archonte lui fit signe d'accepter, il se plia à sa volonté.

Des hommes et des femmes vêtus de tuniques légères et gracieuses s'occupèrent d'installer le péplos au mât du navire. Le grand morceau de lin, que Titus avait vu tant de fois entre les mains d'Ariane et de ses compagnes, se déploya dans le ciel d'Athènes sous les acclamations de la foule, après quoi le cortège se forma et se mit en marche.

Devant allaient des jeunes gens à cheval et en armes, puis les magistrats de la ville, archonte en tête, puis une partie du clergé, puis le navire, tiré par une centaine d'esclaves et escorté des Arrhéphores et des Ergastines. Titus était le seul à être en leur compagnie et il n'en finissait pas de s'étonner des extraordinaires marques d'honneur que lui valait son ascendance.

Ensuite, venaient les animaux qui allaient être sacrifiés lors de cette journée solennelle entre toutes. Il s'agissait de bœufs en nombre inimaginable, un véritable troupeau ! Selon la tradition, ils étaient accompagnés de porteuses de corbeilles et d'ombrelles, de porteurs de vases et de rameaux, ces derniers étant tous des vieillards à la barbe blanche. Après, allait l'ensemble des Athéniens. Car, à la différence des autres fêtes, la foule n'assistait pas en spectatrice aux Panathénées, elle faisait partie du cortège...

Le trajet était long, parcourant une grande partie d'Athènes et de ses faubourgs. Titus s'étonnait de voir ainsi la ville entièrement vide, car tout le monde, absolument tout le monde, avait pris place dans la procession. Il n'y avait que les prêtres qui étaient restés. Ils avaient ouvert les portes de leur temple et sacrifiaient au passage du péplos.

Aux côtés de Titus, la jeune Iris l'assaillait de questions. Elle voulait absolument savoir où il en était de son enquête et, malgré ses réponses évasives, elle revenait sans cesse à la charge... Soudain, alors qu'ils passaient devant le temple de Coré, à Agra, dont les portes étaient elles aussi exceptionnellement ouvertes, elle s'exclama :

— C'est extraordinaire !

Le cœur de Titus fit un bond.

— Qu'est-ce qui est extraordinaire ?

— La statue de Coré, je la reconnais !

— Qu'est-ce que tu dis ?...

Iris regarda Titus, tout étonnée de sa réaction.

— C'est si important que cela ?

— Plus important que tout. Parle, je t'en prie !

Le visage de la petite Arrhéphore s'illumina d'un grand sourire et, toute fière du rôle qu'elle venait d'acquérir subitement, elle raconta une extraordinaire histoire...

L'Aglaurion était un petit temple situé à la base de l'Acropole, dédié à Aglaure, une obscure divinité, qu'on honorait uniquement à Athènes. Or, un passage secret le faisait communiquer avec la maison des

Ergastines. Normalement, celles-ci n'avaient pas le droit de l'emprunter, mais Iris, qui n'avait peur de rien, avait pris pour habitude de s'y rendre la nuit. Et une fois – c'était il y a plusieurs mois – elle y avait découvert une jeune femme qui s'y était réfugiée et qui lui avait confié la raison de sa présence en ces lieux.

Elle s'appelait Ismène et elle venait de Sparte, dont elle s'était enfuie le jour de son mariage. Non seulement elle ne voulait pas de l'homme que son père lui avait imposé, mais les horribles conditions dans lesquelles se déroulaient les noces spartiates l'avaient décidée à la révolte.

Là-bas, en effet, dans certaines familles particulièrement rigides, après que l'union a été prononcée devant les parents, la jeune femme est enfermée chez son nouvel époux, dans une pièce sans lumière, avec une paillasse pour tout mobilier. Là, une esclave lui rase les cheveux et lui met des vêtements d'homme, tandis que le mari prend son repas de noces avec les amis qu'il a choisis. Au soir, il entre dans sa cellule et la déflore rapidement, après quoi, il retourne finir sa nuit avec ses compagnons, dont plusieurs sont ses amants...

À cet endroit du récit, Titus ne put s'empêcher d'exprimer son dégoût. Le mépris des Grecs envers les femmes l'avait déjà choqué, mais ce qu'il entendait là dépassait tout. La petite Arrhéphore approuva vivement et en profita pour lui renouveler sa demande de l'emmener quand il repartirait pour Rome. Prudemment, Titus se garda de répondre et l'invita à poursuivre.

Iris continua donc... Ismène, qui ne manquait ni de caractère ni d'énergie, avait été révoltée par un pareil traitement. Une fois son mari parti, elle avait réussi à forcer la porte. Elle avait mis le feu à la maison. Elle avait attendu un moment pour vérifier que tout brûlait et elle s'était enfuie, avec le cheval d'un des invités, jusqu'à Athènes. Là, elle s'était réfugiée dans l'Aglaurion, dont la prêtresse l'avait cachée...

Tout cela remontait à l'automne dernier. Un jour, Iris avait découvert qu'Ismène n'était plus là. Elle avait eu peur pour elle, mais la prêtresse de l'Aglaurion l'avait rassurée : le sculpteur qui était en train de réaliser la nouvelle statue d'Aglaure lui avait proposé de venir avec lui et elle avait accepté. Il la voulait absolument pour modèle. Depuis, elle ne l'avait plus jamais revue...

Titus était fou de joie. Il était même si heureux qu'il fit ce que la petite Arrhéphore n'avait pas osé en arrivant : il l'embrassa sans façon sur les deux joues... Cette fois, une bonne partie du mystère s'éclaircissait ! Cette Ismène ressemblait d'une manière frappante à Chloé, qui avait été vraisemblablement victime de leur similitude. Il y avait fort à parier, en effet, que son mari, ou l'un de ses amis si celui-ci avait péri dans l'incendie, s'était mis à la poursuite de la fugitive. Il avait fini par retrouver sa trace à Athènes, mais la fatalité avait voulu que les routes des deux jeunes filles se croisent. Philèbe était allé présenter à l'hiérophante le modèle de la statue d'Agra au moment où Chloé jouait le rôle de Coré, près du puits de Callichoros.

Du coup, Titus comprenait aussi un des plus surprenants mystères de cette affaire : pourquoi l'archer était venu à l'auberge pendant la veillée funèbre. C'était que, malgré tout, il avait eu un doute sur l'identité de sa victime. Il avait voulu vérifier de près et, quand il avait constaté l'erreur de personne, il avait, de rage, jeté le corps à terre... Évidemment, bien des questions restaient encore en suspens, à commencer par le lieu où se trouvait Ismène, si elle était encore en vie...

Iris interrompit ses réflexions :

— Tu veux que je te conduise à l'Aglaurion tout à l'heure ?

— Tu me rendrais un grand service.

La jeune Arrhéphore avait les yeux tout brillants d'excitation.

— S'il te plaît, dis-moi pourquoi c'est si important pour ton enquête.

Cette fois, Titus fut bien obligé de lui livrer quelques informations, qu'elle écouta avec avidité. Elle en avait oublié cette journée qu'elle attendait depuis quatre ans...

Le cortège était arrivé devant les Propylées et s'était arrêté. Les hommes et les femmes vêtus de tuniques légères qui avaient installé le péplos montèrent sur le char et s'affairèrent de nouveau. En même temps, ils firent des signes dans leur direction. Titus interrompit son récit.

— Je crois qu'on t'appelle.

Iris leva les yeux vers le bateau.

— Tu as raison, je dois y aller. Mais tu me promets de me raconter la suite ?....

Elle disparut en courant et, peu après, Titus put assister en spectateur privilégié à la plus grande fête athénienne. Tenant chacune le péplos par un angle, les quatre Arrhéphores s'avancèrent sur le sol pavé de l'Acropole, à travers une foule immense et entièrement silencieuse. Elles étaient entourées de joueurs de flûte, de lyre et de chanteurs, qui interprétaient un hymne en l'honneur de la déesse, tandis que les porteurs de rameaux agitaient leurs branches d'olivier.

Iris et ses trois compagnes arrivèrent ainsi jusqu'à l'antique temple d'Athéna Poliade. La prêtresse d'Athéna les attendait et prit en main le vêtement sacré qu'elles lui tendaient. Après quoi, toujours dans le plus grand silence à part le chant religieux, elle retira l'ancien péplos et le jeta dans le feu que Lycos avait allumé la veille. Ensuite, elle revêtit solennellement la vénérable effigie en bois de la déesse de sa nouvelle parure. Alors seulement, la foule, forte de dizaines de milliers de personnes et qui n'avait pas pu prendre place tout entière sur l'Acropole, loin de là, fit entendre une immense ovation...

Avec la mise en place du péplos, les Panathénées n'étaient pourtant pas terminées. Il restait ce que l'assistance attendait avec le plus d'impatience : l'hécatombe. Ce mot, qui signifie « cent bœufs », désignait le plus important sacrifice prévu par la religion athénienne. Il n'avait lieu qu'aux Panathénées et avait d'ailleurs donné son nom au mois d'hécatombaion, durant lequel elles avaient lieu.

En fait, le chiffre de cent était arbitraire, il fallait qu'il y ait assez de bêtes pour nourrir toute la population de la ville, tantôt il y en avait plus, tantôt il y en avait moins... Les sacrifices commencèrent donc. Ils n'avaient pas lieu devant le temple d'Athéna Poliade, mais devant le Parthénon, sous le regard de l'imposante statue chryséléphantine de Phidias... Titus y assista de loin. Il y eut d'abord une effroyable boucherie, avec des flots de sang qui se répandirent sur le sol. Après quoi, les viandes furent mises à griller dans de grands bûchers qu'on venait d'allumer et chacun alla se servir...

Titus n'avait aucune envie de participer à cette foire d'empoigne. Il s'adressa à Iris, qui, une fois accomplie sa tâche dans la cérémonie, était revenue près de lui :

— Tu veux bien me conduire à l'Aglaurion ?

Bien entendu, elle ne demandait que cela... Tous deux s'en furent vers la maison des Arrhéphores. Titus ne tenait pas à se faire remarquer, mais, avec la bousculade pour les ripailles, de l'autre côté de l'Acropole, personne ne fit attention à eux. Iris franchit le muret de l'habitation avec une agilité étonnante. Il l'imita et ils se retrouvèrent dans le jardinet.

Au fond, il y avait une cabane. Suivant son petit guide, Titus y entra. Il la vit soulever une trappe et s'engager sans hésitation dans un escalier tout noir. Il la suivit encore une fois... Le chemin était long et étroit. Si, pour quelqu'un de la taille d'Iris, il ne posait pas de problème, pour un adulte, il était malaisé et, à plusieurs reprises, il eut des difficultés à passer.

Ils finirent quand même par déboucher dans le temple d'aspect plutôt sinistre et de petites dimensions. Il était fermé par une lourde porte de bronze et comprenait en tout et pour tout une statue en son milieu, qu'une fenêtre haut perchée venait éclairer obliquement. Iris s'empressa d'aller lui montrer une petite pièce attenante, la cachette d'Ismène. Titus ne put s'empêcher d'éprouver un malaise : l'endroit avait tout d'une prison, presque d'un tombeau.

Il quitta ces lieux pour aller vers la statue, qui était pour le moins curieuse. Elle représentait une jeune fille tenant un panier d'où sortait un serpent, qu'elle fixait avec une expression de surprise et d'horreur. Iris se mit à lui raconter de manière volubile l'histoire d'Aglaure, dont c'était l'effigie, mais il n'écouta pas vraiment. Il n'avait d'yeux que pour l'exécution de la statue et elle était proprement extraordinaire. L'expression d'effroi était rendue de manière saisissante. On en était soi-même effrayé. Aucun doute n'était possible, ce chef-d'œuvre ne pouvait être que de Philèbe et, pour la première fois, Titus eut bon espoir de venir à bout de son enquête.

[illegible]

[illegible]

[illegible]

[illegible]

13

Les disparus d'Athènes

Les Panathénées eurent pour conséquence de changer notablement la vie quotidienne de Titus Flaminius. Iris, qui n'était plus Arrhéphore, était revenue habiter chez son père et sa présence ne passait évidemment pas inaperçue dans la maisonnée. De plus, elle avait raconté à tout le monde l'histoire d'Ismène, ainsi que le rôle qu'elle avait joué elle-même dans l'enquête, et il n'était plus question, pour Titus, d'espérer la discrétion de ce côté-là.

Ensuite, de même qu'Iris n'était plus Arrhéphore, Ariane avait cessé d'être Ergastine. Le péplos ayant quitté à jamais la maison de l'Aréopage pour la statue de l'Acropole, Titus ne voyait plus le ballet envoûtant des doigts roses et du fil d'or sur le tissu blanc. Il avait l'impression qu'une page s'était tournée. Et ce n'était pas seulement une impression : son séjour touchait presque à sa fin, dans un peu plus d'un mois, ce seraient les Grands Mystères et, tout de suite après, il devrait partir. Il fallait que, d'ici là, il ait abouti dans son enquête. Car si les révélations d'Iris lui avaient permis de comprendre une grande partie de l'énigme, elles n'avaient aidé en rien à la résoudre. Où étaient Ismène et Philèbe ? Il n'en avait toujours pas la moindre idée... Ce fut alors que le dénouement intervint de la manière la plus inattendue et la plus brutale.

Au sortir d'un de ses cours de l'Académie, Titus eut la surprise de voir Quintus de Rhamnonte qui l'attendait. Sur le moment, il éprouva une vive inquiétude : jamais l'archonte ne s'était déplacé en ces lieux et il craignit qu'il ne soit arrivé un malheur. Mais il n'en était rien, bien au contraire. Le magistrat était visiblement ému.

— Je suis venu t'annoncer une grande nouvelle : mes hommes ont arrêté celui que tu cherches, l'assassin de Chloé !

Titus resta bouche bée.

— Comment est-ce arrivé ?

— Par le plus grand des hasards. Juge plutôt...

Les événements avaient, effectivement, quelque chose de miraculeux. S'il ne possédait pas, ainsi qu'il a été dit, de police d'enquête, l'archonte disposait de forces relativement nombreuses pour surveiller la ville, notamment les marchés. Or, le matin même, ses hommes en faction sur l'Agora avaient appréhendé un individu armé d'un arc au moment où il allait tirer sur une jeune femme.

Celle-ci avait dit s'appeler Ismène et elle avait désigné son agresseur comme son mari, qu'elle avait fui à Sparte et qui la poursuivait pour la tuer. L'homme, de son côté, avait passé des aveux complets. Il avait reconnu, en particulier, avoir tué par erreur une jeune femme à Éleusis... L'archonte conclut :

— Je l'ai fait conduire en prison. Son procès aura lieu le lendemain des Grands Mystères, pour que tu puisses y assister...

Passé le moment de la surprise et de l'émotion, Titus se mit, bien sûr, à poser une foule de questions :

— Est-ce que je pourrai voir ses armes ?

Quintus de Rhamnonte fit signe d'approcher à un de ses hommes, qui se tenait en retrait et auquel Titus n'avait pas fait attention. Ce dernier lui tendit un arc et des flèches. Il n'y avait aucun doute possible : c'étaient les rayures rouges et noires et l'empennage jaune vif, si caractéristiques.

— Et lui, pourrai-je l'interroger ?

— Quand tu veux. Il se nomme Archidas. Tu n'auras qu'à demander au geôlier. Il a reçu des instructions de ma part.

La dernière question de Titus était la plus importante :

— Et Ismène, où est-elle ?

Brusquement, l'archonte parut mal à l'aise.

— Elle est partie.

— Comment cela, « partie » ?

— Assez rapidement. En courant, même.

— Sans dire où elle allait ?

— Non.

— Et tes hommes l'ont laissé s'enfuir ?

— Pourquoi l'en auraient-ils empêchée ? C'était la victime. Et, de toute manière, son témoignage a été enregistré dans les formes. Même si elle ne se présente pas au procès, il est valable. Sans compter qu'il y a les aveux de l'agresseur.

Titus se rendit sans plus attendre à la prison de la ville pour interroger le meurtrier de Chloé... Il était en proie à des sentiments partagés. C'était, bien sûr, la joie qui l'emportait. Ce pour quoi il se battait depuis si longtemps, ce qui lui avait coûté tant d'efforts et de temps, ce qui l'avait conduit à risquer sa vie venait d'aboutir. Mais il ne pouvait s'empêcher d'éprouver un certain malaise. Les circonstances de cette arrestation étaient loin de le satisfaire. Tout cela semblait trop beau, presque irréel. Ce qui lui déplaisait peut-être le plus était la soudaine réapparition d'Ismène, suivie d'une tout aussi soudaine et inexplicable disparition...

En le voyant arriver, le geôlier s'empressa de le conduire auprès du prisonnier. Titus découvrit un homme à l'abondante barbe noire et aux cheveux crépus. Archidas était bâti en athlète et respirait la brutalité. Il leva le regard vers l'arrivant, avec un grognement.

— Que me veux-tu ?

— T'interroger.

— Je l'ai déjà été.

— J'ai d'autres questions à te poser. Pourquoi as-tu voulu tuer ta femme ?

— Elle a mis le feu chez moi. Trois de mes amis sont morts dans l'incendie. Cela te suffit ?

— Comment savais-tu qu'elle s'était réfugiée à Athènes ?

— Je l'ai poursuivie une nuit et un jour entiers. Je n'ai perdu sa trace que dans la ville. Mais je suis resté. Je serais resté toute la vie pour me venger. Cet hiver, j'ai cru la retrouver. Hélas, ce n'était pas elle.

— Et après, qu'as-tu fait ?

— J'ai continué à la chercher. Mais elle avait disparu. Jusqu'à ce matin sur l'Agora.

— Elle a disparu de nouveau. Sais-tu où elle a pu aller ?

L'homme haussa les épaules sans répondre.

— Et moi, tu as voulu me tuer ?

— Tu t'étais mis à ma poursuite.

— C'est toi qui m'as tiré dessus aux Panathénées ?

— C'est moi.

— Et à Marathon ?

— Pareil.

— Comment as-tu su que j'allais à Marathon ?

Archidas haussa de nouveau les épaules et, cette fois, il garda obstinément le silence, malgré toutes les autres questions concernant en particulier le meurtre de Publius Volumnius et celui de la daeiritis...

Titus repartit de la prison aussi mal à l'aise qu'il y était entré. Un fait le troublait, particulièrement.

Pour l'avoir suivi jusqu'à Marathon, Archidas devait l'épier en permanence, être au courant de tous ses faits et gestes. Alors, pourquoi avait-il attendu d'être de l'autre côté de l'Attique pour l'agresser alors qu'il pouvait le faire n'importe où ? De toute évidence, l'homme en savait beaucoup plus qu'il ne voulait le dire.

Titus avait tout à fait changé d'état d'esprit lorsque, le lendemain, il prit la route pour annoncer la nouvelle à Phyllis. Il s'était promis de ne pas revenir à Éleusis avant les Grands Mystères, sauf s'il avait trouvé l'assassin de Chloé, et c'était bien le cas ! Car, malgré les zones d'ombre qui demeuraient, le fait ne pouvait pas être mis en doute : Archidas était l'assassin de Chloé. Il avait été pris avec l'arme du crime et il avait avoué...

Titus arriva dans l'auberge au moment du repas de midi. Elle était pleine de consommateurs bruyants. Il régnait la même atmosphère que le jour des Dionysies agraires quelques instants avant le meurtre, mais le malheur avait fait place, sinon au bonheur, du moins à la revanche tant attendue... Il trouva Phyllis à la cuisine. Il s'y prit avec le plus de précautions possible, mais elle manqua quand même de se trouver mal, lâchant le plat qu'elle avait dans les mains.

— C'est miraculeux ! Je n'y croyais plus !...

Titus lui donna tous les détails qu'il avait en sa possession. Ceux-ci contribuèrent à calmer sa peine. Car ils confirmaient ce qu'elle avait toujours dit : il s'agissait d'une méprise, d'une ressemblance. Elle s'écria en larmes :

— Je le savais ! Ma petite ne pouvait pas me mentir. Elle ne connaissait pas ce sculpteur. Elle ne m'avait jamais rien caché, jamais !...

— C'est vrai. Tu avais raison.

Phyllis se laissa aller un bon moment à sa joie et demanda :

— Quand aura lieu le procès ?

— Le lendemain des Mystères. Ce jour-là, ta fille retrouvera la paix.

— Je t'ai déjà demandé d'être mon défenseur. Es-tu toujours disposé à l'être ?

— Oui, Phyllis. Ce sera un grand honneur pour moi.

Il s'entretint encore quelque temps avec l'aubergiste, mais celle-ci, malgré son émotion, ne pouvait laisser plus longtemps ses clients. Après d'ultimes remerciements, elle le pria de l'excuser...

En prenant le chemin du retour, Titus était presque euphorique. Une image apparaissait fixement devant ses yeux : lui-même, en train de prendre la parole devant l'Aréopage, comme défenseur de la victime, à côté de la pierre du Ressentiment. Oui, il aurait cette joie ! Il s'exprimerait à l'endroit même où Athéna avait fait entendre sa voix. Quel avocat romain avait eu, avant lui, cet honneur ?

Comme à l'aller, il évita de traverser par le parvis pour rejoindre la route d'Athènes. Il valait mieux ne pas courir de risque inutile. Il ne savait pas si les gardes n'allaient pas le reconnaître et se mettre à sa poursuite. C'est pourquoi il fit un détour, en longeant la mer.

En arrivant sur la plage où Chloé avait été incinérée, il se revit brandissant la lance au moment où les flammes s'élevaient et il éprouva le sentiment du devoir accompli. Mais cela ne dura qu'un instant. Un autre souvenir, un autre bûcher se substitua au premier, celui de la daeiritis... Il en fut bouleversé. Après le verdict de l'Aréopage, l'ombre de Chloé quitterait le triste domaine des assassinés non vengés et la prêtresse aux cheveux d'algues resterait seule à errer près du lac aux eaux grises, sans personne à qui tenir la main. À moins qu'elle n'aille rejoindre Publius Volumnius, pensif sur sa souche, avec son crâne défoncé.

Après la douleur, Titus fut pris d'un sentiment de révolte. Non, il n'en serait pas ainsi, il le jurait ! Pour cela, il ne lui restait qu'une chose à faire : se remettre à l'enquête.

Titus le fit avec méthode et détermination. Il était maintenant évident que deux pistes ne cessaient de s'entremêler depuis le début. D'abord, l'histoire d'Archidas et d'Ismène, qui avait accidentellement causé la mort de Chloé, ensuite, l'enlèvement de Philèbe et de la même Ismène par les Serviteurs de la mort. La première piste avait abouti, même si tout n'était pas totalement clair dans le rôle d'Archidas ; restait la seconde. Poursuivre l'enquête voulait donc dire retrouver Philèbe et Ismène.

Si le sculpteur était toujours aussi difficile à localiser, Titus pensa que la chose devait être plus facile pour Ismène. Après son départ précipité, elle n'avait pas dû aller bien loin. Il y avait tout lieu de penser qu'elle se trouvait à Athènes ou dans les environs immédiats. Il fallait explorer la ville de long en large, à commencer par l'Agora où avait eu lieu l'incident. Pour cela, Titus comptait beaucoup sur Lycos. En tant qu'Athénien, il pouvait lui apporter un secours précieux.

Ensemble, ils explorèrent minutieusement le grand marché qu'était l'Agora. Il s'agissait d'un vaste quadrilatère limité par deux élégants portiques et planté de platanes séculaires. Sous cet ombrage, les commerçants s'entassaient dans des boutiques rudimentaires. Celles-ci étaient groupées en métiers : cordonniers, parfumeurs, barbiers, libraires, quincailliers, bijoutiers, fripiers, marchands de couronnes de myrte pour les funérailles. Les produits alimentaires étaient vendus par des paysans venus de leur campagne, qui s'installaient un peu plus loin à même le sol. Les bêtes vivantes, porcelets, poules, canards, étaient parquées dans de petits enclos prévus à cet effet. On vendait même des chevaux et des esclaves...

Tous deux interrogèrent les uns et les autres, Titus laissant s'exprimer son compagnon, qui savait mieux faire parler ses compatriotes. Ils trouvèrent plusieurs témoins qui se souvenaient parfaitement des faits, mais personne ne fut en mesure de dire où était passée la jeune femme.

Sans se décourager, ils continuèrent plus loin leurs investigations et Titus put véritablement découvrir cette ville qu'il ne connaissait que superficiellement, pour être toujours allé dans les mêmes lieux. En dehors d'endroits prestigieux comme l'Acropole, l'Académie, l'Aréopage ou un quartier résidentiel comme le Céramique, Athènes était construite n'importe comment. À part la rue des Trépieds et deux ou trois autres, il n'y avait pas d'artères dignes de ce nom, rien que des passages étroits, non pavés, sales, grouillants de monde et puants.

Les maisons étaient presque toutes construites en torchis, mélange de cailloux agglutinés avec de la terre. Lycos expliqua à Titus que les murs étaient si médiocres que les voleurs avaient l'habitude, au lieu de forcer la porte, de percer un trou dans la façade. Quant aux portes elles-mêmes, en raison de l'exiguïté de la plupart des demeures, elles s'ouvraient vers l'extérieur et on risquait à tout moment d'en recevoir une dans la figure.

Lycos tenta aussi de justifier ses compatriotes. Il fallait voir dans cette négligence une conséquence de l'esprit démocratique des Athéniens. Ils n'avaient pas, comme les Romains, le culte des beaux objets, du moins pour eux-mêmes. Ceux-ci étaient, dans leur esprit, réservés aux temples et aux lieux publics. Chez soi, on devait se montrer aussi modeste que possible. En ce sens, l'attitude d'un Euphron et des cyniques, même si elle était extrême, était assez conforme à leur mentalité...

Ce fut dans le plus pauvre de ces quartiers misérables, le Coilè, que les deux jeunes gens s'attardèrent le plus longtemps. Ses maisons avaient au moins le mérite de la solidité, puisqu'il s'agissait d'habitations troglodytiques, creusées dans une petite butte de roche peu élevée, mais allongée. On voyait les gens entrer par un trou et sortir par un autre, ce qui donnait à l'ensemble de curieuses allures de fourmilière. Parmi ces gens, il sembla à Titus et Lycos que les Serviteurs de la mort étaient particulièrement nombreux. Mais ils eurent beau multiplier les observations, ils n'aboutirent à rien de concluant...

Tous deux avaient pris des risques en espionnant le Coilè, ils en prirent également en se rendant dans des endroits malfamés : des maisons de passe, des bouges. Dans l'un d'entre eux, ils firent une découverte stupéfiante : Straton était là, attablé avec plusieurs individus à la mine patibulaire. Que pouvait bien faire cet homme à principes, qui ne s'intéressait en apparence qu'à la géométrie, dans un endroit pareil ?

Titus jugea que la meilleure manière d'avoir la réponse était de le lui demander. Il s'approcha de sa table, mais il arriva exactement la même scène que naguère avec Publius Volumnius. Dès qu'il l'aperçut, Straton déguerpit. Et par la suite, tout se reproduisit également de la même manière. Comme Titus, retrouvant son condisciple à l'Académie, lui demandait l'explication de l'incident, celui-ci nia les faits contre toute évidence...

Cette nouvelle énigme vint s'ajouter aux échecs de

Titus. Il avait échoué, le constat était maintenant définitif : on était arrivé à la veille des Grands Mystères et Apollodore venait de prononcer son dernier cours. Bien sûr, tout de suite après, aurait lieu le procès. On allait condamner le meurtrier de Chloé, qui serait vengée. Mais, encore une fois, la tâche n'était qu'à moitié accomplie. Ce n'était pas Archidas qui avait tué Publius Volumnius, pas plus que la daeiritis ; ce n'était pas lui qui avait ordonné l'enlèvement de Philèbe et d'Ismène.

Philèbe, Ismène : Titus ne cessait de penser à eux. Il ne connaîtrait jamais leur sort. Il ne saurait jamais dans quelle prison ils se trouvaient s'ils étaient encore vivants, ni, s'ils étaient morts, dans quel tombeau.

14

La prison d'argent

Le 14 boédromion, qui correspondait à la fin du mois d'août pour les Romains, marquait l'ouverture officielle des Grands Mystères. S'il ne s'agissait, pour l'instant, que de préparatifs, c'était ce jour que débutait la décade sacrée, qui durait jusqu'au 23 du même mois. Autrefois, quand les cités grecques étaient indépendantes, elle était marquée par une trêve des hostilités, qui avait toujours été rigoureusement respectée.

Ces préliminaires consistaient à aller chercher à Éleusis les objets sacrés du sanctuaire et à les rapporter à Athènes, d'où ils repartiraient plus tard en procession solennelle. Étant couverts par le secret le plus absolu, ils étaient enfermés dans de grandes corbeilles d'osier, dont le couvercle était attaché par des bandelettes de laine pourpre. À leur arrivée à Athènes, ils étaient déposés dans l'Éleusinion, petit temple se dressant au pied de l'Acropole. Comme le sanctuaire d'Éleusis, celui-ci était entouré de murailles et son accès était interdit aux profanes.

Bien que cet aller et retour entre Athènes et Éleusis soit fort long, il y avait foule pour l'accomplir et il était d'usage, sans que ce soit obligatoire, que les candidats à l'initiation soient du nombre. Ce fut le cas des condisciples de Titus, mais ce dernier préféra s'abstenir. Il ne s'agissait pas des cérémonies proprement dites et il n'aurait pas été couvert par la protection réservée aux pèlerins.

Il ne retrouva donc que le lendemain ses compagnons de l'Académie : Brutus, Lycos et Straton, ce dernier toujours aussi énigmatique et fermé. Le point de ralliement était, cette fois, le Portique aux peintures... Ce ne fut pas sans malaise que Titus revint dans ce lieu associé à un échec de son enquête, mais il décida de ne plus y penser. Il ne servait à rien de se tourmenter davantage ; il devait au contraire ne se soucier que du présent, vivre pleinement l'aventure spirituelle qui l'attendait...

Le Portique et ses abords grouillaient de monde. Titus reconnut la même foule qu'aux Petits Mystères, où les femmes étaient aussi nombreuses que les hommes, où les riches côtoyaient les pauvres, les adultes les enfants, les hommes libres les esclaves. Au loin, debout sur une estrade dressée devant la fresque de Marathon, il pouvait apercevoir le clergé d'Éleusis, qui lui rappelait déjà tant de souvenirs, bons ou mauvais : l'hiérophante dans sa robe d'or, le dadouque, dans sa robe d'argent, la prêtresse de Déméter en péplos blanc et celle de Pluton, toute vêtue de noir.

Ce fut le premier d'entre eux qui prit la parole. Il souhaita la bienvenue à tout le monde et lança un avertissement solennel, qui reprenait celui des Petits Mystères :

— À ceux dont les mains ne sont pas pures et dont la voix est inintelligible, à ceux-là, je dis une dernière fois de sortir du chœur des candidats !

La formule, comme tous le savaient maintenant, désignait le fait d'avoir commis un homicide et de ne pas parler grec, les deux seuls empêchements à l'initiation. L'hiérophante attendit un moment, puis, voyant que personne ne sortait du groupe, poursuivit :

— Maintenant, vous allez vous rendre dans l'Éleusinon. À la porte, vous vous purifierez dans l'un des bassins d'eau lustrale. À partir de cet instant, vous pourrez être appelés du nom de mystes, qui désigne ceux qui ont été initiés aux Petits Mystères et qui aspirent à la contemplation des Grands. Votre personne sera sacrée jusqu'à votre initiation...

Ce fut dans une joyeuse bousculade que la foule fit le trajet entre le Portique aux peintures et l'Éleusinon. Titus, lui, était tendu. Il y avait peu de chances que le dadouque l'aperçoive parmi tout ce monde, mais, s'il le découvrait quand même et voyait qu'il était vivant après son sacrilège, sa réaction serait sans nul doute terrible. Aussi éprouva-t-il un intense soulagement lorsqu'il plongea sa main dans la vasque. C'était fait, il était un myste, placé sous la protection de Déméter, et tous les dadouques du monde ne pouvaient rien contre lui !

Comme il n'y avait aucune autre cérémonie ce jour-là, chacun rentra chez soi. Le lendemain, se déroulait un des rites les plus curieux de toute la religion grecque, qu'on nommait traditionnellement : « À la mer, les mystes ! »

Tout commençait sur l'Agora, qui avait pour la circonstance un aspect tout à fait extraordinaire. Les commerçants habituels s'étaient retirés au profit des seuls marchands de porcs et, plus précisément, de cochons de lait, qui occupaient tout l'espace disponible. Les candidats à l'initiation se bousculaient en aussi grand nombre que la veille et on pouvait imaginer le vacarme qui régnait, entre les éclats de voix de la foule et les grognements des animaux.

Chacun des mystes s'était muni de trois objets : une tétradrachme, pièce de quatre drachmes, le prix du porcelet, une corde pour la lui passer autour du cou et enfin un couteau, pour le sacrifier. Il s'agissait de courir avec l'animal jusqu'à Phalère, l'endroit du rivage le plus proche d'Athènes, de se baigner avec lui, puis de l'égorger et de le manger lors d'un gigantesque banquet. Sur les origines et la signification de ce rituel, qui se perdait dans la nuit des temps, personne n'avait la moindre explication, Déméter n'étant associée ni avec le porc ni avec la mer, pas plus qu'aucune autre divinité d'Éleusis. Mais c'était ainsi et, chaque année, se répétait le même déroutant spectacle aux yeux de toute la population, car il n'y avait rien de secret dans cet épisode des Mystères.

Comme les autres, Titus se fraya un chemin jusqu'à l'un des enclos, tendit au marchand sa tétradrachme, petite pièce d'argent ornée d'un côté de la tête d'Athéna et de l'autre de la chouette, son emblème, et s'empara de son acquisition... À partir de là, commença l'exercice compliqué qui consistait à passer la corde autour du cou de la bête et à la tirer derrière soi pour sortir de la ville. Le citadin qu'il était n'avait pas trop l'habitude de la chose, mais il s'en sortit quand même. Ce ne fut pas le cas d'un bon nombre de mystes, qui étaient encore plus maladroits que lui, comme les jeunes enfants ou les dames de la haute société. Heureusement un grand nombre d'employés du sanctuaire et d'initiés bénévoles étaient là pour apporter leur concours.

Ensuite, on put assister à l'incroyable bousculade de ces milliers de gens qui couraient en tirant leur petit cochon entre Athènes et Phalère. Les rires se mêlaient aux grognements, car tout s'accomplissait dans la bonne humeur... Titus aussi était joyeux. Il faisait un temps splendide et la perspective de se baigner ne lui déplaisait nullement. Il était entouré de ses condisciples de l'Académie, avec qui il échangeait des plaisanteries. Même Brutus éclatait de rire de temps à autre, ce qui ne lui arrivait pour ainsi dire jamais...

Enfin, les mystes atteignirent la mer, non pas au port de Phalère, mais un peu à côté, devant une plage de sable blanc. Ce fut l'occasion pour les employés du sanctuaire et les initiés bénévoles de leur adresser une mise en garde :

— Surtout, ne sacrifiez pas votre porc dans l'eau ! Le sang attire les requins et il y a déjà eu des victimes.

Cet avertissement occasionna quelques cris effrayés, surtout chez les dames et les jeunes enfants, mais on se lança quand même à l'eau... Titus, lui, en profita pour prendre un véritable bain. Il adorait la mer, il adorait nager et, après avoir confié pour quelques instants son cochon à Brutus, il dépassa la foule qui pataugeait sur le bord pour aller en eau plus profonde.

Il profitait de ce délassement lorsqu'il constata soudain que la surface des flots se teintait de rouge, et aperçut un porcelet qui se vidait de son sang non loin de lui. Il nagea vigoureusement et parvint au rivage sans dommage, mais il éprouva une très désagréable impression. Qui avait ainsi contrevenu aux instructions, et de surcroît tout près de lui, mettant sa vie en danger ? Il finit pourtant par conclure qu'il s'agissait d'une maladresse. Il ne pouvait imaginer que quelqu'un ait pu tenter un attentat contre lui pendant le déroulement des Mystères...

Commença alors l'incroyable boucherie des sacrifices, les employés et les bénévoles se substituant aux mystes dont la main tremblait ou qui ne supportaient pas la vue du sang. Mais la bonne humeur était tout à fait revenue lorsque de grands bûchers furent allumés et que chacun y fit griller sa viande. De nouveau, les rires et les plaisanteries fusèrent. On entendit même des chants. Titus, lui, était songeur. L'incident de la baignade était encore présent dans son esprit et puis, il trouvait que la solennité des Mystères commençait de bien étrange façon. Déméter, Perséphone et Hadès faisaient emprunter de curieux détours à ceux qui voulaient accéder jusqu'à eux !

La suite de ce qui continuait à être officiellement les Grands Mystères fut tout aussi déconcertante. Les deux journées suivantes, appelées traditionnellement Épidauria et placées on ne savait trop pourquoi sous le patronage d'Asclépios, ne comportaient strictement aucune cérémonie. Les mystes rentraient chez eux. Il leur était recommandé d'employer ces quarante-huit heures à une sorte de retraite spirituelle. Mais ce n'était pas obligatoire. Ils pouvaient faire ce qu'ils voulaient en attendant la suite.

Titus, lui, se rendit à l'Académie pour une tâche qu'il voulait absolument accomplir. C'était ce jour-là que les convoyeurs amenaient sur le bateau qu'il allait prendre dans quelques jours les œuvres d'art de Publius Volumnius. Il tenait à en surveiller l'emballage, à s'assurer que rien ne serait cassé ni volé. Il avait demandé à Lycos de l'accompagner et ils se retrouvèrent dans cette chambre de triste mémoire, au rez-de-chaussée d'un pavillon au cœur des bosquets.

Le déménagement était déjà commencé. Plusieurs

pièces avaient été emballées. D'autres étaient sur le point de l'être, dont le coureur de Marathon, qu'on était en train d'allonger dans une grande caisse. Titus demanda aux esclaves d'arrêter leur ouvrage. Avant qu'ils ne referment, il voulait s'assurer que le chef-d'œuvre était bien intact. Il était en train de l'examiner dans les moindres détails, lorsqu'il poussa un cri et appela Lycos :

— Viens voir !

L'adolescent accourut et s'étonna à son tour. Il venait de découvrir ce qui leur avait échappé à tous les deux lorsqu'ils avaient fait leurs investigations tout de suite après le crime...

La statue étant un peu plus haute que la taille d'un homme, ils n'avaient pas pu voir le sommet de sa tête et il ne leur était pas venu à l'idée de monter sur quelque chose pour le faire. Mais à présent qu'elle était allongée, le dessus de la chevelure était nettement visible et, dans ses boucles, on distinguait des lettres grecques qui, plus souples que les latines, s'intégraient pleinement aux courbes. Titus pouvait les voir parfaitement : « λ-α-υ-ρ-ι-ο-ν »... Le Laurion, la mine d'argent à l'extrémité de l'Attique, c'était là qu'était enfermé Philèbe, c'était le message qu'il avait envoyé pour qu'on vienne à son secours ! Publius Volumnius l'avait découvert avant eux, mais il avait dû se trahir d'une manière ou d'une autre, le coupable s'en était aperçu et l'avait éliminé. Il n'y avait pas un instant à perdre. Il restait plus d'une journée et demie avant la fin des Épidauria, c'était largement suffisant !

Quelques heures plus tard, tous deux galopaient en direction du Laurion. Ils avaient emmené un troisième cheval, que Lycos tenait par la bride, pour que le sculpteur puisse revenir avec eux. En Attique, les distances ne sont jamais considérables et ils furent sur les lieux peu après midi.

Leur chevauchée ne fut pas longue, mais elle fut éprouvante. Il faisait, en effet, une chaleur accablante. Le soleil était impitoyable, et l'air si brûlant qu'on se serait cru au cœur d'un incendie. C'était sans nul doute le jour le plus chaud de l'année, ce qui, dans le climat grec, n'était pas peu dire...

Le Laurion était une colline de roche gris clair peu élevée, qui renvoyait des éclairs aveuglants dans leur direction. Arrivés à quelques centaines de pas, ils mirent pied à terre, attachèrent les trois chevaux dans un bosquet et progressèrent avec précaution.

Si la canicule était accablante pour les humains, elle faisait le bonheur d'autres êtres vivants, les cigales en particulier. Jamais Titus n'en avait entendu autant. Elles étaient partout autour d'eux, se déchaînant comme des forcenées. Par prudence, Lycos et lui se parlaient à voix basse et le bruit était tel qu'ils n'arrivaient pas à s'entendre...

Ils ne tardèrent pas à arriver devant l'accès de la mine d'argent, sorte de grande bouche au bas de la colline, et ils purent alors découvrir que la chaleur constituait leur meilleure alliée. En effet, les soldats qui, normalement, auraient dû garder l'entrée, s'étaient réfugiés dans une sorte de cabane qu'ils avaient improvisée avec des branchages et ils restaient là, prostrés. Ils les contournèrent avec prudence et purent s'introduire sans mal dans la mine.

Dehors, la température était accablante ; à l'intérieur, elle était insupportable, car à la fournaise s'ajoutait le manque d'air... En chemin, Lycos avait expliqué à Titus que le travail dans le Laurion, exécuté par des esclaves d'État, était particulièrement pénible et qu'il avait occasionné quelques années plus tôt une terrible révolte, qui avait été impitoyablement réprimée. Mais, en cette journée de fin août, les conditions n'étaient pas pénibles, elles étaient inhumaines.

Les mineurs, enfoncés dans d'étroits boyaux avec une lampe à huile à leurs côtés, travaillaient à genoux ou couchés et extrayaient le minerai avec un ciseau et un maillet. Derrière eux, d'autres esclaves évacuaient le tout dans une hotte qu'ils avaient sur le dos ; tous portaient des chaînes aux pieds. Pourtant, beaucoup n'avaient plus de force, ils restaient allongés, les yeux mi-clos. Titus pensa que plusieurs d'entre eux étaient morts... Lycos lui souffla :

— Je crois qu'il n'y a pas de gardes. Il fait trop chaud. Ils sont tous dehors.

Titus approuva. C'était visiblement le cas et il fallait en profiter. Il se mit à crier le nom de Philèbe, imité par Lycos. Les deux syllabes se répercutèrent de manière caverneuse à travers les galeries et, au bout d'un moment, leur parvint l'écho tant attendu :

— Je suis ici !

La voix provenait d'en bas... Pensant qu'ils pouvaient en avoir besoin, ils s'emparèrent chacun du ciseau et du maillet d'un mineur inanimé et ils s'engouffrèrent dans les profondeurs. Ils arrivèrent enfin devant une lourde porte. La voix criait de plus belle : c'était bien là ! Ils attaquèrent le verrou avec leurs outils et ne tardèrent pas à en venir à bout. Ils poussèrent la porte : ils étaient dans la prison de Philèbe, qu'ils cherchaient depuis si longtemps !

Elle était vaste et, contrairement à ce qu'ils attendaient, assez bien éclairée par une ouverture naturelle, une sorte de puits qui partait du plafond et débouchait en haut de la colline. Il n'y régnait pas une chaleur insupportable en raison d'un courant d'air créé avec une autre ouverture plus petite.

Philèbe lui-même les regardait, les bras ballants, hébété. C'était un homme de haute taille, très amaigri, dont le visage était envahi par une barbe et une chevelure broussailleuses. Mais cet aspect misérable dû à sa longue réclusion laissait quand même voir des traits harmonieux et un regard gris clair pénétrant et subtil. Il était à côté d'une statue inachevée, un discobole de facture admirable, qui prouvait que son calvaire n'avait rien ôté à son talent... En voyant ses sauveurs, il fut pris de sanglots convulsifs. Titus lui prit le bras.

— Tes souffrances sont finies, mais il ne faut pas perdre de temps !

Ils n'eurent aucun mal à faire le chemin en sens inverse et, peu après, ils galopaient tous trois en direction d'Athènes... Titus se présenta, ainsi que son compagnon, et expliqua comment ils avaient pu le délivrer grâce au message du soldat de Marathon. Il poursuivit :

— Es-tu en état de parler ?

Le sculpteur acquiesça.

— Dis-moi ce que tu veux savoir.

— Je sais que tu as été enlevé par les Serviteurs de la mort, mais j'ignore pourquoi.

— Parce que je ne voulais pas payer.

Et Philèbe raconta une longue histoire... Depuis des années, les artistes d'Athènes étaient rançonnés par une association dont les fossoyeurs d'Athènes étaient les exécutants. Le marché avec Rome rapportait des fortunes et les artistes devaient acquitter une taxe pour vendre aux Romains. Mais lui s'y était toujours refusé. Il n'avait rien à voir avec Rome, il créait uniquement pour les temples grecs. Malgré les menaces, il avait tenu tête. C'était alors qu'il avait rencontré dans l'Aglaurion une jeune femme de dix-huit ans qui s'était enfuie de Sparte... Titus l'interrompit :

— Je sais qui est Ismène et je connais son histoire.

— Tu la connais ? Est-ce qu'elle est en vie ? Où est-elle ?

— Elle était en vie il y a peu et elle l'est certainement encore. Je ne sais malheureusement pas où elle est. Je te dirai tout ce que je sais. Mais poursuis, je t'en prie !

Philèbe continua donc... Il était tombé immédiatement amoureux d'elle. Il l'avait hébergée chez lui et il avait donné ses traits à la statue de Coré qu'il était en train de sculpter pour le temple d'Agra. Quelque temps plus tard, il s'était rendu à Éleusis en sa compagnie, pour présenter à l'hiérophante le modèle de la nouvelle Coré.

Là, les choses s'étaient mal passées. Ils n'avaient pas pu voir le prêtre, qui était malade, et Ismène avait eu l'impression d'apercevoir son mari. Ils étaient rentrés précipitamment à Athènes, mais les Serviteurs de la mort les y attendaient et les avaient enlevés. Il ne savait pas où Ismène avait été emmenée. Lui avait été enfermé au Laurion où il avait été obligé de travailler pour ses ravisseurs...

Philèbe avait terminé son récit. Il remercia son sauveur avec émotion. Il lui devait la vie et, s'il voulait n'importe quoi, il l'aurait... Titus n'hésita pas un instant :

— J'ai vu une statue inachevée d'Ismène dans ton atelier du Céramique. Rien ne me plairait davantage.

— Elle est à toi. De quelle manière veux-tu que je la termine ?

— Je la préfère ainsi.

— Comme tu voudras...

À son tour, Titus raconta les principaux événements de son enquête. Malgré son état, l'ancien prisonnier réagit vivement :

— Il faut retrouver Ismène ! Je vais me mettre à sa recherche.

— Tu n'y penses pas ! Tu es bien trop faible. Et puis, c'est beaucoup trop dangereux. Après ta fuite, les Serviteurs de la mort ne t'épargneraient pas. Je vais demander à l'archonte de t'héberger. Il t'aidera et on peut espérer que, chez lui, personne n'osera t'inquiéter.

Titus Flaminius ne se trompait pas. Quintus de Rhamnonte accepta avec empressement d'accueillir Philèbe. Les révélations de ce dernier sur les Serviteurs de la mort étaient de la première importance et allaient lui permettre de démanteler cette organisation qu'il voulait abattre depuis longtemps. Mais, pour l'instant, il ne pouvait rien faire. Il était responsable de la sécurité des Mystères et cette tâche mobilisait tous ses hommes. Il ne pourrait agir qu'après la cérémonie... Titus s'inquiéta :

— Si tous tes hommes sont mobilisés ailleurs, Philèbe sera sans protection.

— Il ne risque rien. Pendant les Mystères, toute violence est interdite. Même les brigands respectent cette trêve sacrée.

Titus n'insista pas. Il s'estimait rassuré par cette réponse. Car l'archonte avait raison : même si on avait du mal à l'imaginer, les Mystères d'Éleusis étaient toujours officiellement en train de se dérouler.

15

Les Grands Mystères

Le lendemain matin, tout Athènes était en effervescence : ce 19 boédromion marquait enfin le véritable début des Grands Mystères. Les objets sacrés qu'on avait apportés dans la ville cinq jours plus tôt allaient faire le trajet en sens inverse, en compagnie des candidats à l'initiation, et retourner au sanctuaire d'Éleusis. Au matin, ils furent extraits de l'Éleusinon, toujours dans leurs corbeilles fermées par des bandelettes de pourpre, et placés sur un lourd chariot tiré par des bœufs.

Mais ce n'étaient pas eux qui allaient en tête du cortège. Sur le premier char, figurait la très ancienne effigie en bois du dieu Iacchos et toute la journée serait placée sous son patronage. La foule, qui était en train de se réunir, scandait son nom, mais ceux qui avaient été initiés aux Petits Mystères savaient qu'il s'agissait de Dionysos, le fils secret de Déméter, dont l'aide serait indispensable pour aller au bout du parcours initiatique.

En raison de l'extraordinaire affluence, le cortège fut long à se former. À côté des chars, prit place une garde à cheval de jeunes gens en armes, dont la lance et le bouclier rond étincelaient au soleil, puis les prêtresses et les prêtres d'Éleusis, puis les dignitaires civils, archonte en tête, enfin, les mystes et la foule des curieux. Tous étaient revêtus de leurs plus beaux habits, mais les premiers étaient reconnaissables aux flambeaux éteints et aux poignées d'épis qu'ils tenaient à la main. Ils portaient également une couronne de myrte, ornement funèbre, qui, au milieu de l'animation du défilé, rappelait que la mort allait être au cœur des cérémonies.

La procession traversa une bonne partie d'Athènes, dans un chatoiement de couleurs vives et un concert de cris joyeux qui se mêlaient aux chants liturgiques. Car, tout comme lors des Panathénées, les prêtres avaient ouvert leurs temples et sacrifiaient au passage des chars.

Lentement, on parvint à la sortie de la ville, qu'on quitta par la porte Dipyle. Cette route, Titus l'avait parcourue en tous sens depuis son arrivée à Athènes, mais il avait l'impression de la découvrir. Il savait qu'elle portait le surnom de Voie sacrée en raison précisément de la procession des Grands Mystères, et ces paysages qui lui étaient familiers n'étaient, tout d'un coup, plus les mêmes.

On commença par traverser le vaste et élégant cimetière qui s'étendait à la sortie de la ville. Titus se dit que ce n'était peut-être pas un hasard si la procession l'empruntait tout de suite après être sortie d'Athènes. Il chercha des yeux les deux tombes qu'il connaissait. Il ne parvint pas à voir celle de Publius Volumnius, mais le cortège passa tout près de celle de Sostratos. Son visage sinistre et la silhouette massive du molosse à ses pieds lui rappelèrent plus que jamais Hadès et Cerbère. Il eut une très désagréable sensation. Il avait déjà rencontré ces derniers lors de sa terrible expédition à Éleusis : maintenant qu'il y retournait, allait-il les y retrouver ?... Lycos le tira de ses pensées.

— Pourquoi as-tu l'air si sombre ? Regarde, nous sommes chez nous !

L'adolescent marchait à ses côtés, couronné de myrte comme lui-même, et lui désignait l'Académie. C'était vrai : à présent, ils passaient devant l'école où il avait entendu tant de choses belles et profondes, où il avait accumulé tant de souvenirs qu'il garderait la vie entière... Titus se reprit. Il était en train de vivre le plus beau moment de son séjour en Grèce. Il fallait bannir toutes les impressions pénibles, il fallait que rien ne vienne gâcher ces instants irremplaçables...

Le cortège s'était arrêté, tandis qu'à l'avant s'élevaient des chants religieux accompagnés de lyre. Titus s'approcha pour voir de quelle cérémonie il s'agissait.

Il reconnut un temple de Déméter et Coré, qu'il avait déjà aperçu en passant et qui avait la particularité d'être adossé à un gigantesque figuier, presque aussi élevé que lui. Sous l'arbre, reposait un tombeau. C'était devant lui que les prêtres faisaient leurs libations. Lycos, qui l'avait rejoint, lui expliqua :

— C'est la tombe de Phytalos, qui a offert l'hospitalité à Déméter. En échange, elle lui a donné le premier figuier.

Titus s'approcha plus près encore et put lire l'épitaphe qui ornait la sépulture : « Un jour, en ce lieu, le héros Phytalos accueillit Déméter, la sainte. Elle fit alors paraître pour la première fois le fruit de l'automne, que la race des mortels nomme la figue, objet sacré. Que grâces, pour cela, soient rendues à Phytalos impérissablement. »

— Maudit, tu n'es donc pas mort ?

Titus sursauta. Le dadouque était devant lui, ses yeux mauvais étincelaient au milieu de son visage maigre encadré d'un collier de barbe. Titus, bien qu'il se sache théoriquement sous la protection de Déméter, ne savait quelle conduite adopter. La prêtresse de Pluton vint à son secours :

— Il a franchi les rives du Styx, mais mon maître a permis qu'il en revienne.

— Tu te moques de moi ?

L'hiérophante intervint, faisant signe au dadouque de se taire d'un geste impératif. Titus, quant à lui, après un regard reconnaissant à Myrto, préféra s'éclipser. Il ferait en sorte de se trouver aussi loin que possible de l'homme à la robe d'argent pendant le reste des cérémonies, c'était plus prudent...

La procession suivit son cours. Bien que la chaleur soit bien moindre que lors de l'expédition au Laurion, la marche commençait à être éprouvante pour certains. Des dames de la riche société étaient venues en char quelquefois décorés avec un luxe tapageur et, témoignage de cette fraternité qui régnait au sein des mystes, elles invitaient les jeunes enfants de toute condition à prendre place près d'elles.

Mais elles durent descendre, ainsi que leurs petits passagers, pour franchir le pont que rencontra le cortège. Celui-ci enjambait le premier des deux fleuves côtiers que traversait la Voie sacrée, le Céphise athénien. Et c'était l'occasion d'un très curieux rituel. À l'entrée du pont, se trouvaient des personnages masqués. Ils prenaient à partie qui ils voulaient dans la foule et ils exigeaient qu'on soit à pied pour passer devant eux. Comme pour d'autres parties des Mystères, la signification de ce rite restait une énigme. Certains pensaient que le passage du Céphise symbolisait celui du Styx et qu'après celui-ci, on entrait dans le domaine de la mort.

Quoi qu'il en soit, les pèlerins ordinaires n'avaient, en principe, rien à craindre de ces inquiétantes apparitions. Les masques ne s'en prenaient qu'aux personnages importants, les autorités civiles, les prêtres, les riches personnages. Ceux-ci figuraient dans les premiers rangs et Titus put entendre le concert d'injures qui se déchaîna à leur passage. Quintus de Rhamnonte, en particulier, fut qualifié d'incapable, de voleur et de menteur. Il y eut même quelqu'un pour le traiter d'assassin. Le clergé d'Éleusis ne fut pas épargné non plus, sauf l'hiérophante, dont la personne ne pouvait être mise en cause par qui que ce soit.

Après quoi, lorsque défila le commun des mystes, les cris se calmèrent. C'était tout juste si, de temps en temps, un riche personnage se voyait traiter de rapace et une jolie femme ou un bel éphèbe de dévergondé. L'attente était longue, en raison du nombre de gens qui devaient s'engager dans le passage étroit du pont. Titus mit du temps avant d'arriver au bord du Céphise, modeste cours d'eau qui, en cette période de l'année, était totalement à sec. Là, il dut patienter encore. Il en profita pour contempler une statue étrange à laquelle il n'avait pas fait attention jusque-là. Il s'agissait d'un jeune homme qui se coupait une mèche de cheveux pour en faire offrande au fleuve. Il était penché sur la rive et son attitude était si spontanée qu'on l'aurait dit vivant. De qui était ce chef-d'œuvre ? De Philèbe ?...

— Salut, Titus Flaminius !

Titus sursauta vivement. Un personnage venait de se dresser devant lui et de l'apostropher avec une voix sépulcrale. Et il portait le masque de Sostratos ! C'était exactement le visage qu'il avait vu tout à l'heure sur sa tombe, à moins que ce ne soit celui de la statue d'Hadès, dans le temple d'Éleusis. Ils se ressemblaient tellement !... Il recula.

— Qui es-tu ?

— La mort. Cela ne se voit pas ?

— Laisse-moi !

— Je ne te quitte pas, au contraire ! À bientôt, Flaminius...

Et le masque se fondit dans la foule des pèlerins. Titus chercha des yeux l'un de ses compagnons de l'Académie pour lui demander son sentiment sur l'incident, mais il n'en vit aucun. Il était seul au sein du groupe anonyme des mystes, qui, une fois passé le pont, reprenaient leur route avec des chants joyeux. Les élégantes remontaient dans leur char, accompagnées de leurs petits passagers, et chacun commentait les diverses interventions des porteurs de masques.

Titus, lui, essayait de retrouver ses esprits... Qui avait parlé ? Il était impossible de le savoir : la voix était déformée par le masque. Et que signifiait cette apparition, sinon la plus sinistre des perspectives ? Il était parti pour les Mystères rempli d'optimisme et voilà que tout venait de se briser d'un coup ! Il était en danger, épié par quelqu'un qui en voulait peut-être à sa vie et qui aurait toutes les occasions qu'il voulait dans cette cohue... Il lui revint soudain en mémoire la baignade de Phalère et le porcelet qui perdait son sang : l'hypothèse d'un attentat, qu'il avait alors repoussée, ne pouvait plus être écartée.

Lentement, l'interminable procession suivit son cours... Après le Céphise, on entra dans le défilé de l'Aigaléos, qu'on surnommait « la montagne aux mille couleurs », en raison des nuances multiples de sa roche. Là, eut lieu une nouvelle halte, devant un temple de petites dimensions dédié au héros Kyamitès, qui avait découvert la fève. C'était le seul légume que Déméter n'avait pas donné aux hommes, mais elle permettait qu'on rende hommage à celui qui l'avait fait à sa place. À cet endroit, la route s'était considérablement élevée et, derrière le temple, on bénéficiait d'une magnifique vue sur Athènes, déjà bien éloignée...

Peu à peu, le cortège arriva à la moitié du chemin et commença à descendre vers la plaine d'Éleusis, avec, à présent, pour ligne d'horizon, la tache bleue de la mer et les contours gris-vert de l'île de Salamine. Un peu plus loin, un nouveau fleuve et un nouveau pont l'attendaient. Il s'agissait du Céphise éleusinien, cours d'eau plus puissant que le premier : ses flots n'étaient pas à sec, ils coulaient même assez vivement... Titus eut une appréhension en arrivant à ce passage, mais il ne fit pas de mauvaise rencontre et parvint sans encombre sur l'autre rive, qui marquait le début de la plaine d'Éleusis.

Là, eut lieu une nouvelle cérémonie. La procession s'arrêta devant un champ de blé fraîchement moissonné. C'était ici que, selon le mythe, Triptolème, fils de Céléos, le roi d'Éleusis qui avait hébergé Déméter durant son deuil, avait appris de la déesse à semer le premier blé du monde. Un autel marquait l'aire où avaient été battues les premières gerbes. Des prières et des chants s'élevèrent sur cet endroit sacré et, les uns après les autres, les mystes furent invités à déposer au sol les épis qu'ils avaient en main.

Le cortège suivit sa route et tout le monde finit par se retrouver sur le parvis du sanctuaire, terme de la Voie sacrée. La journée était bien avancée, on était dans la seconde partie de l'après-midi. Les pèlerins furent invités à ne pas s'éloigner avant la tombée de la nuit...

La plupart d'entre eux s'occupèrent d'installer leur campement. Ils envahirent ainsi tous les environs, dont la plage, qui fut bientôt noire de monde. Il n'y eut que le parvis qui demeura désert, son étendue devant rester dégagée pour la cérémonie nocturne qui allait s'y dérouler, et le sanctuaire, car l'entrée n'en était pas encore autorisée aux futurs initiés.

Titus et ses compagnons, eux, n'avaient pas à se soucier de ces problèmes matériels. Phyllis leur avait offert l'hospitalité dans son auberge pour la nuit. Si Titus s'y était rendu à plusieurs reprises, Brutus et Straton n'y étaient pas revenus depuis le drame et leur émotion était visible. Ils assurèrent l'aubergiste de leur sympathie et lui promirent d'assister à la condamnation du meurtrier devant le tribunal de l'Aréopage.

Après quoi, ils se restaurèrent en attendant la cérémonie nocturne. Titus préféra ne pas leur parler des mystérieuses apparitions. S'il n'y avait eu que Brutus et Lycos, il l'aurait fait, mais il se méfiait de Straton. Il préféra engager la conversation sur la signification de la journée qui venait de s'écouler. L'avis fut unanime : la figue, la fève et le blé évoquaient tous la première Déméter, la vie de farine. Ensuite, comme l'avait si bien montré Apollodore dans son cours, c'était la seconde Déméter qui allait entrer en scène, celle qui, par l'intermédiaire de sa fille et de son gendre Hadès, connaissait les secrets de l'au-delà...

Ils sortirent peu après la tombée de la nuit. Comme les autres mystes, ils savaient simplement que la cérémonie avait lieu sur le parvis. Phyllis, qu'ils avaient interrogée à ce sujet, n'avait pas voulu leur donner davantage de précisions. Elle avait même refusé d'une manière assez sèche qui les avait un peu surpris.

Ils en comprirent la raison lorsqu'ils virent qu'un grand nombre de pèlerins avaient déjà pris place, avec leurs torches allumées, autour du puits de Callichoros. C'était là que tout allait se passer et on pouvait comprendre la réticence de l'aubergiste à évoquer ce lieu de tragique mémoire.

Titus et ses compagnons prirent place et allumèrent la torche qu'ils tenaient en main à celle des autres mystes. Ils attendirent encore quelque temps que tout le monde les ait rejoints. La prêtresse de Déméter se mit contre la margelle et prononça, d'une voix joyeuse et fervente à la fois, l'antique prière :

— *Iacchos, dieu vénéré, accours dans cette prairie, ton séjour favori ! Iacchos, ô Iacchos, viens diriger les chœurs sacrés de tes fidèles, agite sur ta tête la verdoyante couronne de myrte chargée de fruits ; que ton pied hardi figure la danse libre et joyeuse inspirée des Grâces, la danse religieuse et sainte où te suivent tes mystes pieux. Agite dans tes mains les torches ardentes, avive leur flamme, Iacchos, ô Iacchos, astre lumineux de la cérémonie nocturne !*

Après quoi, elle invita les mystes à tourner autour d'elle en agitant leurs torches et en répétant le nom d'Iacchos... Titus fut, comme les autres, emporté par le tourbillon, mais il ne pouvait se laisser aller à l'allégresse générale. Au lieu de cette nuit douce et parfumée, éclairée par le ballet des flammes, il revoyait une journée glaciale d'hiver, un sol tout blanc, un ciel gris plombé. La prêtresse de Déméter n'était pas juste à côté du puits, comme à présent, elle était un peu plus loin. C'était une jeune fille blonde comme les blés qui se tenait près de la margelle et, à ce moment-là, un homme en noir faisait son apparition... Titus sentit dans son dos une main qui lui agrippait l'épaule. Il se retourna.

— Bonsoir, Flaminius ! Pourquoi es-tu seul ?

C'était le même masque qu'au pont du Céphise ! À la différence des autres, le personnage ne portait pas de torche. Il le fixait, attendant la réponse. Titus parvint à prononcer :

— Que veux-tu dire ?

— Où est Publius Volumnius ? Pourquoi ne danse-t-il pas avec toi ? Je l'ai cherché partout et je ne le vois pas. Où est-il, Flaminius ?...

Cette fois, le masque n'attendit pas la réponse. Il disparut dans la nuit. Titus resta pétrifié, mais la foule des mystes l'entraîna dans sa ronde endiablée. Il dut répéter : « Iacchos ! » avec les autres et faire de grands mouvements avec sa torche. Pendant ce temps, les questions se bousculaient dans son esprit. Qui était ce spectre, cette image vivante de la mort ? Et pourquoi lui rappelait-il l'absence de Publius Volumnius dans un accablant, un terrible reproche ?

Ce fut avec soulagement qu'il accueillit la fin de la cérémonie. Il rentra directement à l'auberge et monta tout de suite à sa chambre. C'était trop d'émotions à la fois et il pressentait qu'il y en aurait d'autres dans les journées qui allaient suivre.

Le lendemain, il avait retrouvé son calme. Il faisait une journée splendide et il était redevenu presque optimiste en traversant le parvis. Comme les autres, il se rendait dans le sanctuaire où allait avoir lieu la suite des Grands Mystères. En passant devant le puits de Callichoros, il se revit cette nuit de pleine lune où il avait failli perdre la vie. Il se pencha... La corde qu'il avait jetée dans ce trou profond y était-elle toujours ?

— Bonjour, Titus Flaminius...

Il se retourna, cette fois sans inquiétude. Il ne s'agissait pas de la sinistre voix sépulcrale de la veille, mais d'une voix féminine, d'ailleurs charmante. Effectivement, il découvrit une jolie brunette aux cheveux bouclés. Elle devait avoir une vingtaine d'années ; elle portait une robe blanche et, bien qu'il fasse déjà chaud en cette matinée d'été, une sorte de châle en laine sur les épaules. Il ne se rappelait pas l'avoir déjà vue.

— Comment me connais-tu ?

— Tout le monde te connaît ici.

— Alors, dis-moi qui tu es. Tu fais partie des mystes ?

La jeune fille eut un rire léger.

— Oh, sûrement pas ! Je n'ai pas le droit d'être initiée. Je suis la nouvelle daeiritis.

Le sourire que Titus avait sur les lèvres se figea. Il resta tout bête, ne sachant que dire. Elle lui montra son châle.

— Sais-tu ce que c'est ?

Il fit non de la tête.

— Celle qui m'a précédée l'a fait avec la laine du mouton que tu lui as donné. Ou plutôt non, ce n'est pas à elle que tu as donné ce mouton, c'est à Daeira. C'était pour promettre de la venger s'il lui arrivait malheur.

— Je voudrais te dire...

— Ne dis rien. N'oublie pas, c'est tout ce que je te demande... Bonne initiation. Adieu, Titus !

Et la nouvelle daeiritis s'en alla en courant...

Titus était agité par les sentiments les plus violents et les plus contradictoires, lorsque, peu après, il franchit les portes du sanctuaire. Il y avait l'émotion d'entrer dans ces lieux pour la première fois ou, du moins, pour la première fois légalement. Les gardes étaient à leur poste. Ils ne le virent pas dans la foule, mais lui les reconnut parfaitement. Il était enfin dans cet endroit interdit aux profanes et il allait découvrir ce qui n'était connu que des seuls initiés.

Pourtant, la joie, l'impression de revanche qu'il

aurait dû ressentir ne parvenaient pas à s'imposer. Le reproche de la jeune prêtresse lui serrait le cœur et le touchait d'autant plus qu'elle le lui avait adressé sans élever la voix, avec le sourire... Oui, il avait oublié la daeiritis, comme il avait oublié Publius Volumnius, ainsi que l'homme au masque le lui avait rappelé la veille. Mais qu'y pouvait-il ? Il avait fait tout ce qu'il estimait possible pour retrouver leurs meurtriers. Maintenant, c'était trop tard !

Il réfléchit encore, mais il conclut qu'il n'y avait rien à faire... Il décida de reporter son attention sur ce qui l'entourait. Le sanctuaire était immense. Devant lui, légèrement sur sa droite, se dressait un petit temple, qu'il reconnut comme celui de Pluton, où il s'était réfugié dans sa course à perdre haleine. Non loin, il apercevait un autre temple, peut-être celui de Déméter et Coré. Mais le plus impressionnant se situait sur sa gauche. Il y avait là une esplanade assez vaste pour accueillir une foule de plusieurs milliers de personnes et, devant elle, un temple tout aussi disproportionné. Jamais il n'en avait vu d'aussi grand ! Des bâtiments divers bordaient l'esplanade, sans doute les logements du clergé d'Éleusis...

La partie secrète des Grands Mystères débuta avec un sacrifice accompli par les jeunes gens en armes qui avaient escorté les chars. Il rappelait l'hécatombe des Panathénées, même si le nombre des victimes était plus modeste. Il y eut tout de même une dizaine de bœufs sacrifiés. Ils furent ensuite dépecés et grillés, puis mangés par les prêtres, les personnalités et quelques mystes à qui fut accordé ce privilège. Titus se vit invité par l'hiérophante en personne. Ce dernier lui demanda de prendre place à ses côtés et lui posa cette question étrange :

— Qu'as-tu vu, quand tu étais chez les morts ?

Décontenancé, Titus lui raconta ce qu'il pensait être un rêve et que le religieux avait l'air de tenir pour un authentique voyage dans l'au-delà. Il n'omit rien des tragiques visions qui lui étaient apparues alors. L'hiérophante l'écouta avec attention et, quand il se fut tu, ne fit pas de commentaire.

L'après-midi ne comportait pas de rituel particulier. Les mystes avaient l'obligation de ne plus manger jusqu'au lendemain et pouvaient faire ce qu'ils voulaient à l'intérieur du sanctuaire. Mais ils n'avaient plus le droit d'en sortir avant la fin des Mystères, ou alors, ils ne pourraient plus y rentrer... La plupart allèrent visiter les temples, qui restaient ouverts, à part le plus grand d'entre eux. Titus apprit qu'il se nommait le Télestérion et servait de cadre aux plus secrètes des cérémonies.

Bien sûr, il retourna, non sans émotion, dans le temple de Pluton. La statue du dieu des morts et du chien à trois têtes en marbre noir, qu'il n'avait vue qu'imparfaitement en raison des fumées de la fleur de Perséphone, avait exactement les traits du masque. Il envisagea un moment d'occuper le reste de sa journée à chercher l'auteur de ces apparitions, mais il y renonça. Il sentait que cela n'aurait servi à rien. Les choses devaient suivre leur cours. Il était devenu fataliste.

Ce fut le lendemain matin, 21 boédromion, que commença la partie des Mystères protégée par le secret le plus rigoureux. Après une nuit passée à la belle étoile, les mystes furent réunis sur l'esplanade. Des assistants firent circuler parmi eux des boîtes, ainsi que des jarres où chacun fut invité à puiser avec une cuiller. Ces jarres contenaient du cycéon, une sorte de mixture mi-solide mi-liquide à base de gruau et de menthe, consommée autrefois dans les campagnes. Selon le mythe, Déméter s'était réconfortée ainsi, après avoir jeûné à la disparition de sa fille. Tour à tour, de la même manière, les mystes, qui n'avaient rien mangé depuis la veille à midi, mirent fin à leur jeûne.

Ensuite, avec la curiosité qu'on imagine, ils ouvrirent les boîtes. Ils y découvrirent deux représentations en terre cuite des organes de la génération : un phallus à tête d'homme, avec des pattes et des ailes d'aigle, et un organe féminin surmonté d'une tête de femme, avec des épis de blé en guise de bras et de jambes. Les candidats à l'initiation durent emboîter les deux objets, les séparer et les replacer dans la boîte. Les assistants leur apprirent que cet acte sexuel simulé était celui de leurs nouveaux parents, Zeus et Déméter, et qu'ils étaient à présent les fils et les filles de la déesse. Ils leur enseignèrent ensuite la formule sacrée et les invitèrent à la répéter après eux :

— *J'ai pénétré sous le giron de ma maîtresse, la Reine souterraine.*

Alors, les mystes furent couronnés par eux d'un bandeau d'où pendaient des bandelettes. Ils avaient atteint le premier degré de l'initiation, qui leur donnait le droit d'entrer dans le Télestérion... Tout cela dura très longtemps, en raison du nombre de participants bien plus élevé que celui des boîtes et des assistants, et s'effectua dans un climat de ferveur intense...

L'après-midi qui suivait était consacré à la méditation. Mais plutôt que de méditer, Titus préféra s'entretenir avec Brutus. Comme chaque fois qu'il se sentait dans une situation difficile, il avait besoin de ses conseils. Or il avait de plus en plus l'impression que quelque chose n'allait pas, à tel point qu'il n'avait pas accordé tout le recueillement souhaitable aux rites de la matinée.

Il raconta à son compagnon les apparitions de l'homme qui se disait la mort et l'intervention de la nouvelle daeiritis. Il lui fit part aussi d'une idée très désagréable qui lui était venue. La personne qui avait tué Publius Volumnius et la daeiritis savait certainement qu'il était à présent dans le sanctuaire. N'allait-elle pas en profiter pour passer à l'action, tenter, par exemple, quelque chose contre Philèbe ? S'il lui arrivait malheur, il ne se le pardonnerait pas ! Il se demandait s'il ne vaudrait pas mieux aller à Athènes pour parer à toute éventualité. Il exposa tout cela aussi complètement que possible à Brutus et lui posa brutalement la question :

— Est-ce que je dois continuer mon initiation ?

Ce dernier l'avait écouté avec beaucoup d'attention et prit la parole de la manière un peu sentencieuse qui était souvent la sienne :

— Ce qui compte dans l'existence, c'est de suivre son devoir, et ton premier devoir est d'aller au bout de ton enquête.

— Tu veux dire que je dois partir ?

— Je le pense.

— Si j'échoue, j'aurai tout manqué, mon enquête et les Mystères.

— Tu n'auras rien manqué, puisque tu auras suivi ton devoir...

Depuis un moment, Lycos s'était installé à leurs côtés et avait tout entendu de leur conversation. Il intervint avec fougue :

— Non, toi tu vas rester, moi j'irai !

— Il n'en est pas question. Tout cela ne te concerne pas.

— Mais si ! C'est mon enquête à moi aussi, puisque tu m'as permis de t'aider. Qu'est-ce que cela peut me faire de ne pas continuer l'initiation ? Je suis athénien, je pourrai recommencer l'année prochaine, tandis que pour toi, cela ne se reproduira pas. Laisse-moi y aller, Titus !

Titus refusa encore, mais l'adolescent mit toute sa fougue pour le convaincre.

— Qu'est-ce qu'il peut m'arriver ? S'il y a un danger, je n'aurai qu'à courir. Personne ne peut me rattraper, tu le sais bien ! Dis-moi où tu veux que j'aille...

À la fin, Titus céda. Il fit toutes les recommandations possibles de prudence au jeune homme et lui donna pour consigne de surveiller Philèbe, mais aussi de se rendre dans tous les endroits où il pouvait se passer quelque chose : le Céramique, l'Académie. Et il ajouta, presque malgré lui, la tombe de Sostratos.

Titus resta préoccupé durant toute la journée, ne cessant de se demander ce qui pouvait se passer à Athènes, mais, la nuit venue, une expérience si saisissante l'attendait qu'il en oublia tout le reste... Les mystes furent invités à prendre place dans la colonnade du Télestérion, qui était aussi démesurée que le temple lui-même et qui dominait l'esplanade d'une hauteur de plusieurs marches.

Celle-ci fut illuminée par un grand nombre de torches, au moins une centaine, et la lumière se fit sur cet immense espace éclairé, en outre, par la lune presque pleine. Une jeune fille apparut alors. Titus se retint de pousser un cri : c'était celle qui avait joué Coré dans la pièce d'Agathon ou bien cette Ismène qu'il n'avait jamais vue et qu'il avait cherchée en vain ! Mais il se reprit aussitôt : ce n'était pas un visage véritable, c'était un masque, celui de Coré, telle qu'elle était représentée au temple d'Agra... À présent, la jeune fille s'était mise à parcourir l'esplanade d'une démarche légère, se baissant de temps en temps, et la voix bien timbrée de l'hiérophante s'éleva :

— *Un jour, Coré aux belles jambes, Coré, l'enfant fraîche comme une corolle, alla cueillir des fleurs dans une tendre prairie : des roses, des crocus, des iris, des jacinthes et de belles violettes, mais aussi le narcisse que, par ruse, Terre fit croître afin de complaire à Celui qui reçoit bien des hôtes. La fleur brillait d'un éclat merveilleux. Il était poussé de sa racine une tige à cent têtes et le parfum de cette boule de fleurs était plus enivrant que toutes les senteurs du printemps. Étonnée, l'enfant étendit à la fois ses deux bras pour saisir le beau présent...*

L'acteur qui jouait la jeune fille se baissait et faisait mine de cueillir quelque chose à terre, quand, soudain, un terrible coup de gong retentit, tandis que le sol s'ouvrait, qu'il en sortait une fumée rouge et qu'un nouveau personnage masqué montait des profondeurs, debout sur un char. Dans la foule des mystes, un cri d'horreur éclata. Titus lui-même ne put dissimuler son angoisse. Car c'était le personnage qui l'avait interpellé devant le Céphise et le puits de Callichoros ou, du moins, c'était son masque qu'il avait sur le visage... La voix de l'hiérophante retentit de nouveau. Elle avait des intonations tragiques :

— *Mais la Terre aux vastes chemins s'ouvrit dans la plaine fleurie et il en surgit, avec ses chevaux immortels, le Seigneur de tant d'hôtes, le Maître des profondeurs invoqué sous tant de noms. Il enleva la fraîche enfant et, malgré sa résistance, l'entraîna tout en pleurs sur son char d'or...*

Les cris déchirants de l'actrice qui jouait le rôle de Coré – ou plutôt l'acteur, car c'était une voix d'homme – éclatèrent depuis l'esplanade :

— *Mère, mère chérie, au secours !*

Seul lui fit écho le rire sinistre d'Hadès et Titus reconnut sans erreur possible les intonations de son inconnu. C'était lui qui se trouvait derrière le masque... L'hiérophante poursuivit son récit :

— *La déesse aux longues chevilles poussa des cris aigus, mais personne parmi les immortels ou les hommes mortels n'entendit ses appels, non plus que les oliviers aux beaux fruits...*

Hadès et Coré avaient disparu sous terre, sans doute dans le souterrain que Titus avait emprunté pour sortir du sanctuaire. Un orchestre composé de lyres et de flûtes s'avança sur l'esplanade. Il entama un thrène, que des choristes entonnèrent à mi-voix. Alors, la prêtresse de Déméter parut à son tour, poussant des plaintes déchirantes et demandant qu'on lui rende son enfant. Les mots étaient tout simples, mais ils n'en étaient que plus touchants. Titus pensa aux lamentations de la déesse dans la pièce d'Agathon, qui n'étaient faites que de rhétorique et d'emphase. Ce qui s'exprimait là était la détresse d'une mère comme toutes les autres et rien n'était plus bouleversant.

D'ailleurs, autour de lui, l'émotion était à son comble. La plupart des mystes ne pouvaient retenir leurs cris ou leurs larmes... L'hiérophante vint vers eux. Il se campa au pied de l'esplanade et les apostropha d'une voix pathétique. Il ne récitait plus un texte liturgique, il parlait en son nom, avec vigueur, avec fougue :

— La déesse a perdu son enfant ! Êtes-vous indifférents à sa douleur ? Qu'attendez-vous pour lui porter secours ? Partez, partez vite à la recherche de la disparue !

Alors, on vit, dans un mouvement unanime, les mystes obéir à l'injonction et se ruer dans l'esplanade, aussitôt envahie. La prêtresse de Déméter appelait toujours Coré à grands cris et des milliers de poitrines lui faisaient écho. Dans la nuit d'Éleusis, un véritable chœur de tragédie s'élevait sous la lune presque pleine. Certains, des femmes surtout, entraient en transe, dans cette extase de Dionysos qu'on leur avait recommandée aux Petits Mystères...

Soudain, les lamentations cessèrent, tandis qu'éclatait, au contraire, une ovation, et que musiciens et chanteurs entonnaient un hymne triomphal. Coré, couronnée de fleurs, venait de sortir de terre au même endroit où elle avait disparu. Les torches furent alors éteintes. L'obscurité revint et les mystes, épuisés par leurs émotions, se laissèrent tomber sur l'esplanade. Ils n'en bougèrent plus et y passèrent la nuit à la belle étoile.

La matinée du lendemain, pendant laquelle aucune cérémonie n'avait lieu, fut, pour Titus, remplie d'inquiétude. Que se passait-il à Athènes ? Était-il arrivé quelque chose à Philèbe ou à Lycos ? Il ne pouvait évidemment pas le savoir, car ce dernier, ayant quitté le sanctuaire, ne pouvait y rentrer. Il fallait attendre la fin des Grands Mystères, en espérant qu'il serait là, derrière les murailles, indemne et porteur de bonnes nouvelles... Brutus tenta de le rassurer : Lycos était vif et malin, il avait toutes les chances avec lui. Malgré tout, Titus ne pouvait s'empêcher d'éprouver du remords. L'adolescent était si jeune. Il n'aurait jamais dû lui faire courir un pareil risque !

Mais, tout comme la nuit précédente lors du drame de Déméter et Coré, les cérémonies le forcèrent à oublier ses inquiétudes. Peu après midi, les candidats à l'initiation, qui, depuis qu'ils avaient ouvert les boîtes et bu le cycéon, portaient le bandeau sacré d'où pendaient des bandelettes, furent invités à entrer dans le Télestérion.

Cette fois, il n'y eut ni bousculade ni cris joyeux. Tous étaient, au contraire, terriblement émus de vivre cet instant solennel entre tous et ce fut dans un silence total et d'une démarche intimidée qu'ils franchirent le seuil de l'endroit le plus sacré du monde.

À l'intérieur, aucune découverte ne les attendait, si ce n'est l'impression d'immensité que dégageait le temple. Il ressemblait, en fait, plus à un théâtre qu'à un édifice religieux. Il ne contenait aucun autel, aucune statue. Il était simplement occupé, sur les deux côtés et sur le fond, par huit rangées de gradins. L'assistance s'y installa et, bien qu'elle soit forte de plusieurs milliers de personnes, elle y prit place sans difficulté. Dans l'espace central, s'élevait une double rangée de colonnes, qui gênaient un peu la vision, mais qui supportaient les nombreuses torches éclairant l'ensemble.

La plupart de celles-ci furent éteintes, jusqu'à ce qu'il ne reste plus qu'une lumière parcimonieuse. Longtemps, rien ne se passa. La foule des mystes retenait son souffle et, malgré son nombre, pas un son n'était perceptible... Enfin, on vit arriver dans la pénombre ainsi créée l'hiérophante et la prêtresse de Déméter, et on put assister au plus étonnant des spectacles. Le religieux fit mine d'enlacer sa collègue, de l'embrasser sur la bouche et l'entraîna dans un endroit dépourvu de toute lumière. Puis il revint au centre du temple et déclara d'une voix forte :

— La divine Brimo a enfanté Brimos, l'enfant sacré, la Forte a enfanté le Fort !

Le dadouque intervint alors à son tour. Il déclara aux spectateurs que, par ce simulacre, ils venaient d'assister à l'union mystique de Déméter et de Zeus et qu'ils devaient tous se considérer comme leurs enfants. Puis il précisa :

— « Brimo » est le terme qui sert de mot de passe pour entrer au sanctuaire. En tant que défenseur de cet espace sacré, j'ai donné l'ordre aux gardes de l'exiger de vous...

Titus, assis sur son banc aux côtés de Brutus, resta songeur. Tel était donc le fameux mot que Phyllis avait refusé de lui dire, deux petites syllabes qui lui auraient épargné bien des soucis et évité de risquer sa vie ! Mais, bien sûr, Phyllis ne pouvait que se taire. L'impression de sacré qu'il ressentait en cet instant le dépassait, lui comme tous les autres. Le secret qui entourait les Mystères ne pouvait être qu'inviolable, absolu...

Les quelques torches encore allumées furent éteintes et le Télestérion se retrouva plongé dans l'obscurité totale. On entendit des bruits sourds : les prêtres et leurs assistants devaient être en train d'installer des décors. Et c'était bien de cela qu'il s'agissait : on put s'en rendre compte, dès que la lumière revint, tandis qu'éclataient des cris angoissés.

Un panorama effrayant s'offrait aux regards des mystes. Des paysages désolés avaient été peints sur des toiles disposées aux quatre coins de la salle, des fumées sinistres s'échappaient en plusieurs endroits et des personnages couverts de masques grimaçants se déplaçaient lentement dans cet environnement terrible. De nouveau, la voix de l'hiérophante s'éleva :

— Vous avez sous les yeux les enfers. Maintenant, vous devez vous y rendre, car telle est l'épreuve qui vous est imposée. Allez, fils et filles de Déméter et de Zeus, quittez vos gradins pour explorer les contrées souterraines !

Chez les mystes, contrairement à ce qui s'était passé lorsque le prêtre leur avait demandé de porter secours à Déméter, il y eut un flottement. Personne n'osait s'aventurer dans ce qui ressemblait vraiment aux enfers. Puis les plus résolus finirent par se décider. Ils quittèrent leur place et s'avancèrent d'une démarche mal assurée.

Titus fut du nombre, mais il dut faire un gros effort sur lui-même pour y parvenir. Tout cela lui rappelait trop ce qu'il avait vu ou cru voir dans le temple de Pluton. Il tremblait, tandis qu'il évoluait au milieu d'arbres dénudés et de nuées verdâtres, de découvrir Publius Volumnius assis sur une souche ou la daeiritis marchant près du lac aux eaux sombres.

Il poussa un cri. Une ombre surgie de la fumée venait de se planter devant lui. C'était l'homme au masque de Pluton, qui lui barrait le chemin. Titus eut l'impression que son cœur s'arrêtait de battre, mais l'apparition se contenta de faire un petit signe de tête, qui ressemblait à un salut, tourna les talons et disparut par où elle était venue...

Cette promenade funèbre dura longtemps. Chez les spectateurs, les réactions étaient diverses, allant du malaise à la terreur. Si la plupart avançaient prudemment, l'air peu rassuré, certains tremblaient de tout leur corps, poussaient des cris ou éclataient en sanglots.

De nouveau, l'obscurité se fit, de manière à la fois brutale et totale. Les mystes furent contraints de s'arrêter sur place, tandis que retentissaient les mêmes bruits sourds qu'auparavant et que des ombres les frôlaient. Les cris et les pleurs redoublèrent, l'atmosphère n'avait jamais été aussi angoissée. Puis la lumière revint et un tableau idyllique, salué par des exclamations d'allégresse, remplaça le précédent. Les sombres contrées avaient été changées en de riantes prairies où coulaient des rivières. Les personnages étaient maintenant revêtus de masques aimables, plusieurs biches avaient été lâchées dans le Télestérion et se promenaient, étonnées, parmi les mystes.

Au centre de la salle, se dressait un cyprès blanc en bois peint. On entendit alors la voix de l'hiérophante. Il parlait d'un ton particulièrement solennel :

— Voici la véritable représentation de l'au-delà. Lorsque votre tour sera venu, prenez pour repère le cyprès blanc. Ne vous approchez pas de la source qui coule à sa gauche, mais prenez à droite, vers les prairies et les bois sacrés de Perséphone !

Ces paroles furent saluées par des cris de joie de l'assistance. Titus ne put s'empêcher de constater que la quasi-totalité des spectateurs avaient l'air de prendre ces préceptes au pied de la lettre, comme si on venait de leur donner la carte des enfers pour l'utiliser le moment venu. Il en fit la réflexion à Brutus, qui se trouvait à ses côtés. Ce dernier lui exposa ce qu'il pensait :

— L'hiérophante s'exprimait de manière figurée. Il voulait dire qu'il faut suivre la voie de la justice et du droit pour être récompensé après sa mort...

Alors que les mystes étaient toujours à l'intérieur du Télestérion, les initiés de l'autel firent leur apparition dans les cérémonies. Les jeunes garçons et filles, couronnés de rameaux d'olivier et vêtus de blanc, avec leur tunique plissée fortement serrée à la ceinture, passèrent entre les uns et les autres en répétant :

— Prends à droite ! À la croisée des chemins, qui dessine un « Y », prends à droite !

Puis, tandis que les assistants demandaient aux

mystes de regagner les gradins, ils entonnèrent le chant de l'âme :

— *Pure et issue de pure, je suis venue vers toi, Perséphone, Reine des enfers. La Parque m'a domptée, ainsi que le roi des dieux immortels, par sa foudre étincelante. Je me suis envolée, de mes pieds rapides, après de terribles et profondes douleurs, et je suis descendue dans ton sein, Reine des enfers. Heureuse, bienheureuse, je suis devenue dieu. Je suis comme un chevreau tombé dans du lait...*

Le chant dura encore longtemps, entonné par les voix juvéniles des petits initiés de l'autel, puis ceux-ci disparurent et le silence se fit. Il devint même total, religieux, car chacun avait compris que le moment le plus solennel était arrivé. Les assistants venaient d'apporter les corbeilles refermant les objets sacrés. Devant l'assistance qui retenait son souffle, l'hiérophante défit les nœuds des rubans pourpres et sortit le contenu. Il s'agissait de statuettes très anciennes, en bois à peine dégrossi, peut-être contemporaines de la venue de Déméter à Éleusis et parées de bijoux. Elles représentaient la déesse elle-même, Coré, Hadès et Dionysos. Tout cela s'effectua sans un mot... Titus était bouleversé : il faisait maintenant partie des initiés d'Éleusis, de « ceux qui ont vu », ainsi qu'on les surnommait.

Ce n'était pas tout. L'hiérophante tenait à présent dans sa main droite une serpe d'or et, dans la gauche, un épi de blé. Dans le silence toujours absolu, d'un geste large, il coupa la tige de l'épi, qui tomba à terre.

Au même moment, les assistants ouvrirent les portes du Télestérion, qui avaient été fermées après l'entrée des mystes. Cette fois, c'était fini, les Mystères d'Éleusis s'achevaient par la vision d'un épi de blé moissonné en silence...

Ce fut sous le coup de toutes ces émotions que Titus Flaminius sortit du sanctuaire. Après le confinement du Télestérion, la lumière de ce radieux après-midi de fin août lui fit mal aux yeux. Il se sentait encore dans un autre monde, mais il revint vite à la réalité. L'urgence et la gravité de la situation le lui imposaient. Il voulait sans plus attendre se rendre chez Phyllis. Elle possédait un cheval et il allait lui demander de le lui prêter, afin d'arriver le plus vite possible à Athènes.

Il se trouvait non loin du puits de Callichoros, lorsqu'il aperçut un homme, qui courait en titubant. C'était Lycos ! Il se précipita dans sa direction et le vit s'effondrer. Il avait une flèche dans le dos. Ce n'était pas une de celles qu'il avait vues jusqu'ici, mais une banale flèche en bois non peint, qui avait accompli son travail de mort. L'adolescent haletait ; les yeux mi-clos, il semblait à la dernière extrémité.

— Lycos, qu'est-ce qui s'est passé ?

Ce dernier voulut ouvrir la bouche, mais n'y parvint pas. Il se laissa aller, épuisé.

— Cela ne fait rien. Cela n'a pas d'importance. On va te soigner et te guérir, c'est la seule chose qui compte !

— Le tombeau de Socrate...

Au prix d'un terrible effort, l'adolescent venait de prononcer ces mots dans un souffle. À présent, il le fixait d'un air interrogatif, anxieux, comme pour lui demander s'il avait compris.

— Bien, sûr, j'ai compris ! Je me souviens parfaitement. Je vais y aller et je te vengerai. Et je terminerai mon enquête ! Je la mènerai à bien grâce à toi. Tu entends, Lycos ?

Non, il n'entendait visiblement pas... Titus se souvint d'une conversation qu'ils avaient eue à l'Académie. Lycos lui avait dit qu'il était impatient de connaître les révélations qu'on faisait aux Grands Mystères sur l'au-delà. Il devait y croire comme y croyaient la presque totalité des mystes... Titus n'eut pas un instant d'hésitation. Il devait lui dire ce qu'il n'avait pu entendre par sa faute :

— Écoute-moi bien. Tu vas voir un cyprès blanc...

Mais Lycos, faisant un nouvel et terrible effort, secoua vivement la tête. Ce n'était pas cela qu'il voulait. Déconcerté et angoissé, Titus se demanda ce qu'il devait faire. Et brusquement, il comprit : il posa ses lèvres sur celles de l'adolescent.

Quand il les retira, Lycos était mort. Il avait fermé les yeux et il souriait, l'air comblé, radieux. Il était l'image même du bonheur.

16

Le Tombeau de Socrate

Titus prit le corps dans ses bras et se rendit à l'auberge. Phyllis poussa un cri d'horreur en le voyant. Il lui raconta brièvement les événements et déposa le jeune mort sur la table où avait été allongée Chloé, huit mois auparavant. Les quelques clients présents se retirèrent en prononçant des paroles gênées. Ils se retrouvèrent seuls.

— Je dois partir, le temps presse. Peux-tu le veiller cette nuit ?

— Je le ferai comme je l'ai fait pour ma propre fille.

— En partant à l'aube, tu arriveras à temps pour le procès. Si je ne suis pas là, tu pourras sans mal assurer ta défense. Ton adversaire a avoué, toutes les preuves sont contre lui, le tribunal le condamnera.

— Tu ne veux pas dire... ?

— J'ai vengé ta fille, mais je dois aussi venger cet enfant et d'autres aussi. Ce ne sera peut-être pas sans danger. Peux-tu me prêter ton cheval ?

L'aubergiste le conduisit dans une remise qui servait d'écurie. Il sauta sur la monture. Elle lui jeta un regard anxieux.

— Sois prudent ! Que tous les dieux te protègent !

— Je te jure de prendre soin de moi. À demain, Phyllis, devant la Pierre du Ressentiment...

Il partit au grand galop vers Athènes et il dévala ventre à terre cette Voie sacrée qu'il avait empruntée à l'aller dans le recueillement et la ferveur.

Il se rendit directement chez l'archonte. Il était à peine descendu de cheval qu'il vit ses pires craintes confirmées. La maison était en pleine effervescence. Un attroupement s'était formé sur le seuil. Ariane et Iris coururent vers lui en l'apercevant. L'aînée des filles de Quintus était si bouleversée qu'elle se jeta dans ses bras.

— Titus, quelle joie ! Nous sommes sauvées !

— Qu'est-ce qui est arrivé ?

— Des hommes sont venus. Ils ont forcé la porte, ils ont brutalisé les esclaves, ils nous ont menacées et ils ont enlevé Philèbe.

— Quand cela ?

— Hier au soir. Nous n'avons pu prévenir personne. Père est à Éleusis, avec tous ses hommes. C'est la première fois qu'il se passe quelque chose pendant la trêve des Mystères. Ce sont des démons !

— Tu as raïson, ce sont des démons. Mais ils paieront pour ce qu'ils ont fait !

— Tu ne vas pas nous laisser, Iris et moi ?

— Je suis obligé. Je pense que vous ne risquez rien et votre père ne va pas tarder. Les Mystères sont finis... Y a-t-il une arme, ici ?

Tremblante, Ariane le conduisit dans une remise où se trouvaient plusieurs épées. Il en prit une à sa convenance.

— Que vas-tu faire ?

— Délivrer Philèbe, s'il est encore vivant.

— Tu ne sais pas où ils l'ont emmené.

— Si, je le sais...

— Titus !

Ariane éclata en sanglots, imitée par sa jeune sœur. Mais déjà, il ne les entendait plus. Il s'était élancé dans les rues d'Athènes, l'arme au poing.

Il courait vers le lieu que lui avait indiqué Lycos dans ses derniers mots, le « Tombeau de Socrate »... Ce que désignait cette expression n'était nullement la tombe du philosophe, mais une vaste habitation troglodyte dans le quartier du Coilè. Elle avait pour particularité de posséder une large entrée de forme ronde au rez-de-chaussée et deux fenêtres, rondes également, à l'étage, ce qui lui donnait, avec un peu d'imagination, l'aspect d'une tête de mort. Pourquoi cet endroit inquiétant avait-il été associé à Socrate ? Personne ne le savait. En tout cas, Lycos et lui étaient passés devant lors de leurs recherches dans la ville, mais n'avaient trouvé là rien de particulier...

En arrivant dans les parages, Titus dissimula son épée sous sa tunique et progressa avec prudence. La curieuse grotte ne tarda pas à apparaître devant lui. Elle lui sembla plus sinistre encore que dans son souvenir, mais l'heure n'était pas aux impressions. Il devait chercher comment délivrer Philèbe, si c'était bien là qu'il se trouvait. Lycos avait sans doute tenté de le faire et l'avait payé de sa vie.

Il alla se cacher dans un autre trou de la roche, trop petit pour servir d'habitation, et d'où il avait une excellente vue sur l'ensemble. Le résultat de son observation ne fut guère encourageant. Il régnait dans les lieux une intense activité : des hommes entraient et sortaient de la porte en forme de bouche. Il reconnut, pour les avoir vus durant ses investigations, plusieurs Serviteurs de la mort. Ne sachant quelle conduite adopter, il opta pour la prudence. Il allait rester en faction et attendre qu'il y ait du nouveau. Si rien ne se produisait, il serait toujours temps de passer à l'action d'une manière ou d'une autre...

Il n'attendit pas longtemps ! Deux fossoyeurs sortirent de l'habitation troglodyte, emmenant un corps sur une civière. Il s'agissait d'une jeune fille. Titus était trop loin pour distinguer ses traits, mais pris d'un pressentiment, il voulut absolument voir à quoi elle ressemblait. Il sortit prestement de sa cachette. Il ne se souvenait pas avoir déjà rencontré les deux Serviteurs de la mort qui convoyaient le cadavre. Il allait se poster sur leur chemin en espérant que, de leur côté, ils ne l'avaient jamais vu non plus et ne le reconnaîtraient pas.

Par chance, il s'était formé dans la rue un attroupement dû à deux charrettes qui s'étaient encastrées l'une dans l'autre et qui ne parvenaient pas à se dégager. Les conducteurs étaient près d'en venir aux mains et les passants prenaient parti pour l'un ou pour l'autre. Il dissimula son visage avec un pan de sa tunique et s'approcha du convoi mortuaire, qui, par la force des choses, avait été obligé de s'arrêter...

C'était elle, c'était Ismène ! Elle semblait assoupie sur la civière, mais une tache rouge sur sa poitrine indiquait qu'elle était morte de mort violente... Comme les brancardiers avaient posé leur fardeau à terre et s'étaient avancés pour tenter de faire libérer le passage, il put s'approcher plus près encore. Il ressentit une douleur poignante. Il avait l'impression de revivre le drame qu'il avait vécu à Éleusis, un jour de neige. La malheureuse n'avait échappé alors à son sort que pour le subir maintenant. Elle ne s'était sortie des griffes de son mari que pour tomber dans celles d'une organisation impitoyable...

Il se pencha sur elle. Sa ressemblance avec Chloé était moins grande qu'il ne l'aurait cru ; de près, on ne pouvait les confondre. Ismène était plus âgée, ses traits étaient plus durs aussi. Curieusement, les statues de Philèbe, celle d'Agra et celle restée inachevée chez lui, ressemblaient plus à Chloé qu'à elle-même. Mais, à la réflexion, cela n'avait rien d'étonnant. Traditionnellement, Coré est représentée sous un aspect juvénile et, pour se conformer au mythe, Philèbe avait rajeuni et adouci son modèle...

Dans la rue, les charretiers s'étaient empoignés et la mêlée risquait de devenir générale. Titus, lui, était toujours incliné vers la morte. Qui était-elle, cette Ismène qui était au cœur de son enquête, mais qu'il n'avait pas connue et ne connaîtrait jamais ? C'était, de toute façon, un être d'exception. Avec quelle énergie, avec quel courage elle avait secoué le joug imposé aux femmes dans son pays ! Comme il aurait voulu en parler avec elle et lui exprimer son admiration ! Mais c'était trop tard. À l'heure qu'il était, elle se présentait devant Charon pour le passage sans retour et il lui adressa par la pensée son salut fraternel...

Malgré son émotion, ses pensées retournèrent à l'enquête criminelle. Comment expliquer la présence de la jeune Spartiate dans le Tombeau de Socrate ? Il était venu pour délivrer Philèbe et c'était elle qu'il découvrait... Il examina le problème en tous sens et il aboutit à une conclusion quasi certaine : Ismène était prisonnière des Serviteurs de la mort et elle n'avait sans doute jamais cessé de l'être. Dans ces conditions, elle avait vraisemblablement fait sa déposition à l'Agora sous leur contrainte et leur surveillance, ce qui lui retirait toute valeur. Mais, dans ce cas, pourquoi celui qu'elle avait accusé avait-il avoué et, en fin de compte, qui avait véritablement tué Chloé ? Titus

Flaminius voyait soudain s'écrouler toutes ses certitudes. Il ne savait, il ne comprenait plus rien...

— Place au service de la mort !

Il se retourna. Deux autres brancardiers venaient de faire irruption, transportant également un cadavre. Lui aussi avait péri de mort violente, tout son visage était barbouillé de sang. Malgré cela, il pouvait parfaitement le reconnaître : c'était Philèbe !...

Il s'écarta prestement, espérant que les nouveaux arrivants ne l'avaient pas vu, mais il fut tout de suite rassuré : ils s'en prenaient violemment aux protagonistes du pugilat, réclamant haut et fort le passage. Ils eurent, d'ailleurs, rapidement gain de cause. La présence de ces deux convois funéraires calma les esprits, les charrettes furent dégagées et, l'un derrière l'autre, les deux brancards s'avancèrent dans les rues de la ville.

Titus se mit à les suivre, bouleversé par ce nouveau rebondissement tragique... Ainsi, il était arrivé trop tard et Lycos était mort pour rien ! Après la jeune Spartiate, c'était ce sculpteur de génie qui était la victime de ces monstres ! Il se produisit alors en lui une soudaine et violente réaction. Elle était faite à la fois de remords, de colère et de haine. Il se sentait pris d'une envie irrésistible de tuer et il ne tarda pas à se laisser aller tout entier à ce sentiment. Oui, il allait tuer ces hommes, ces Serviteurs de la mort qui convoyaient leurs victimes ! Il vengerait Philèbe, Ismène et Lycos, sans oublier Publius Volumnius et la daeiritis. Maintenant qu'il n'était plus candidat aux

Mystères, il en avait le droit et il n'allait pas s'en priver !

Serrant son épée sous sa tunique, il marcha quelques pas derrière eux, dans les rues d'Athènes. Malgré leur tragique fardeau, les brancardiers traversaient la foule sans attirer spécialement l'attention : ils n'étaient que des fossoyeurs qui faisaient leur travail... Titus pensait qu'ils allaient sortir de la ville par la porte Dipyle pour se rendre dans le cimetière qui entourait l'Académie, mais ils poursuivirent plus loin, tout au nord, et débouchèrent dans un faubourg qu'il ne connaissait pas...

Comme ceux de Rome, les cimetières d'Athènes étaient obligatoirement hors des murs et, comme à Rome, il y avait celui des riches et celui des pauvres. Titus connaissait le premier, il découvrait à présent le second... Pour accueillir ceux qui n'avaient pas les moyens de s'offrir un tombeau, plusieurs fosses communes avaient été creusées. C'était là que se dirigeaient les Serviteurs de la mort... Titus les vit alors se séparer, les convoyeurs d'Ismène allant vers une fosse, ceux de Philèbe, vers une autre. Sans savoir pourquoi, il suivit ces derniers.

Ils ne tardèrent pas à arriver devant l'excavation. Titus avait remarqué, depuis un moment déjà, que tous deux avaient aussi une épée sous leur tunique. Elle était accrochée à leur ceinture et, au gré de leurs mouvements, la pointe faisait un saillant caractéristique sous le tissu. S'il voulait passer à l'action, c'était maintenant, tandis qu'ils avaient encore les bras occupés.

Il tira son épée et la leva au-dessus du second brancardier, mais, au dernier instant, il se refusa à tuer un homme dans le dos, quoi qu'il ait fait. Il se contenta de frapper au sommet du crâne, avec le plat de son arme. Celui-ci s'écroula lourdement, entraînant la civière dans sa chute. Son compagnon se retourna, dégaina aussitôt et lui fit face.

Le combat s'engagea... Titus savait se battre et son adversaire lui semblait plus fougueux que véritablement expert à l'escrime. Il attendit donc le moment favorable pour porter le coup décisif, se contentant de parer les attaques. Mais ce moment se produisit d'une manière qu'il n'aurait jamais imaginée. Tandis qu'il ferraillait, il vit Philèbe se lever de sa civière et se ruer dans le dos de son adversaire ! Ce dernier sursauta sous l'effet de la surprise et Titus ne laissa pas passer l'occasion. Il abattit son arme, l'étendant raide mort. Au même moment, son collègue reprit ses esprits et s'enfuit sans demander son reste...

Titus et Philèbe n'eurent pas le temps de se livrer à des effusions. Le combat avait eu pour témoins d'autres fossoyeurs et ceux-ci se mirent à courir dans leur direction. Ils prirent la fuite et la poursuite s'engagea dans les rues d'Athènes... Ils allaient droit devant, bousculant tout ce qui se trouvait sur leur passage. Derrière eux, des cris leur indiquaient que leurs poursuivants ne lâchaient pas prise. Soudain, la massive silhouette de l'Acropole apparut. Titus lança à son compagnon :

— Suis-moi !

Peu après, ils gravissaient la pente douce qui menait à la colline sacrée. Se retournant, Titus constata avec soulagement que les Serviteurs de la mort étaient nettement plus bas. La distance était suffisante pour le plan qu'il avait imaginé. Car, une fois qu'ils auraient franchi les Propylées, il leur faudrait faire vite, sinon ils seraient perdus !

La majestueuse entrée de l'Acropole ne tarda pas à se présenter à eux. Titus accéléra de toutes ses forces, suivi par Philèbe. Il sauta par-dessus le muret qui fermait la maison des Arrhéphores. Celle-ci était vide, ses petites occupantes, parties depuis les Panathénées, n'ayant pas encore été remplacées. Il traversa en courant le jardinet et entra dans la cabane qui se trouvait au fond. Il souleva la trappe du sol et s'engagea dans l'escalier qui descendait... Telle était, en effet, l'idée qui lui était venue quand il avait vu l'Acropole : l'Aglaurion et le passage secret d'Iris. Maintenant, leurs poursuivants pouvaient bien les chercher, jamais ils ne les retrouveraient !

Ils furent bientôt dans le petit temple d'aspect sinistre. Sa lourde porte de bronze était fermée ; la lumière tombait, depuis sa fenêtre haut perchée, sur la statue d'Aglaure. Tous deux reprirent leur souffle. Lorsqu'il se sentit en état de parler, Titus interrogea Philèbe :

— Comment se fait-il qu'ils ne t'aient pas tué ?

— Ils devaient le faire, leur chef en avait donné

l'ordre. Mais celui que tu as toi-même tué m'a proposé de faire semblant et de m'épargner, si j'acceptais après de travailler pour lui. J'ai accepté, bien sûr...

Le regard de Titus tomba sur le chef-d'œuvre représentant une jeune fille qui tenait un panier d'où sortait un serpent. Avant d'aller plus loin, il tint à demander :

— Cette statue qui est chez toi, tu acceptes toujours de me la donner ?

— Tu m'as sauvé deux fois la vie, crois-tu que je vais refuser ?

— Pourrais-tu la faire porter à Éleusis avant mon départ ?

— Ce sera fait...

— Maintenant, je t'écoute. Qu'as-tu appris ? Que sais-tu ?

Philèbe reprit encore un instant son souffle et répondit :

— Tout.

17

Sur l'Aréopage

Titus arriva à l'Aréopage un bon moment après le lever du soleil. Il était seul. Il n'avait pas voulu que Philèbe vienne avec lui : il ferait son entrée quand les débats seraient déjà entamés, afin que l'effet de surprise soit total... Titus avait le cœur battant en empruntant l'allée qui menait au tribunal. En face de lui, se dressait l'Acropole ; à sa gauche, il pouvait voir le temple des Euménides, déesses de la vengeance, avec les statues de Pluton, d'Hermès et de la Terre et à sa droite, le temple d'Athéna. S'apprêtant à tenir le rôle de l'accusation, il aurait dû normalement se sentir plus proche des premières, mais ce fut vers la déesse protectrice d'Athènes qu'allèrent ses pensées. Il allait s'exprimer à l'endroit même où elle avait fait entendre sa voix. Par-delà le procès et son enjeu, ce serait, pour cette seule raison, l'un des plus grands moments de son existence...

Lorsqu'il fit son entrée dans l'enceinte, une rumeur s'éleva, tant dans le public que chez les aréopagites. Phyllis vint vers lui, l'air très ému.

— Grâce aux dieux, te voilà ! Je ne pensais plus te voir...

Il la salua à son tour et s'avança avec elle vers le banc de marbre qu'on appelait Pierre du Ressentiment. Celui-ci se trouvait dans un espace étroit, dominé, d'un côté, par l'estrade où siégeait le tribunal, de l'autre, par les gradins du public. Au passage, il croisa Archidas, qui était assis, l'air buté, sur la Pierre de l'Outrage et qui ne lui adressa pas un regard. Après avoir pris place, Titus se tourna vers les magistrats, toujours aussi impressionnants avec leurs têtes chenues et leurs barbes blanches.

— Noble archonte, vénérables aréopagites, je vous prie d'excuser mon retard, mais il était nécessaire à la manifestation de la vérité.

Quintus de Rhamnonte lui répondit d'une voix particulièrement chaleureuse :

— L'essentiel est que tu sois là, et sain et sauf. Je vais pouvoir ouvrir les débats. Mais auparavant, je dois faire une communication de la plus haute importance...

Une nouvelle rumeur s'éleva dans le public. Titus tourna pour la première fois le regard dans sa direction. Il ne pensait pas qu'il y aurait eu tant de monde.

Toutes les personnes qu'il connaissait étaient présentes. Outre Brutus, il pouvait voir, autour d'Apollodore, la quasi-totalité de ses condisciples à l'Académie, dont Straton et Agathon. Même Euphron, le cynique, s'était déplacé, tranchant, par sa tenue débraillée, sur le reste des spectateurs. Ariane était là, de même qu'Iris, qui, toujours aussi expansive, lui adressait des signes de la main. Et ce n'était pas tout ! Le clergé d'Éleusis était venu aussi au grand complet : l'hiérophante, le dadouque, la prêtresse de Déméter, la prêtresse de Pluton... La rumeur provoquée par l'annonce de l'archonte s'apaisa et ce dernier prit la parole :

— La nuit précédente, j'ai fait arrêter les Serviteurs de la mort et les gardiens du Laurion, membres d'une organisation de malfaiteurs. Ils ont tué la femme de l'accusé, Ismène, et vraisemblablement le sculpteur Philèbe, même si on n'a pas retrouvé son corps. Depuis la mort de son chef Sostratos, l'organisation était dirigée par un personnage inconnu, qui, par malheur, a échappé aux arrestations...

L'annonce causa des remous dans l'assistance. Quand le silence fut revenu, Quintus de Rhamnonte déclara la séance ouverte. Il rappela les faits : le meurtre de Chloé et la tentative de meurtre sur l'Agora ; il lut la déposition d'Ismène, dont le témoignage restait valable malgré son décès, et les aveux de l'accusé. Après quoi, il invita, conformément à la loi, l'accusation à s'exprimer la première.

Titus quitta le banc du Ressentiment, où il était

assis avec Phyllis, avec laquelle il venait d'échanger quelques mots. Il déclara d'une voix forte :

— Illustres juges, ma cliente renonce à sa poursuite. L'accusé n'est pas coupable !

Bien entendu, la phrase provoqua la stupeur dans l'assistance. Il s'ensuivit un long remue-ménage, que le président finit par faire taire.

— Je ne comprends pas. Sa femme l'a formellement reconnu et lui-même n'a jamais nié.

— Ismène a agi sous la contrainte : elle était prisonnière et on avait menacé de tuer Philèbe si elle ne s'exécutait pas. Quant à l'accusé, c'est un comparse qui a été payé pour tenir ce rôle.

— Cela n'a pas de sens, voyons ! Il risque la mort...

— On lui a promis qu'après sa condamnation, il serait libéré, car l'organisation a aussi des complices parmi les geôliers.

Encore une fois, le bruit du public couvrit la voix de l'archonte, qui dut attendre que le calme soit rétabli avant de poursuivre :

— S'il n'est pas ici, qui est le véritable mari d'Ismène et où est-il ?

— Il est mort...

Dominant le tumulte, Titus Flaminius expliqua alors que l'homme avait bien existé : il s'appelait effectivement Archidas, il avait suivi sa femme jusqu'à Athènes pour se venger et il avait tué Chloé à sa place par erreur. Seulement, il était mort dans une rixe, peu après l'agression d'Éleusis. Cela, l'organisation, qui savait tout ce qui se passe à Athènes, l'avait appris.

Lorsque lui-même, vers la fin de son enquête, s'était approché trop près de la vérité, elle avait mis en scène cette mascarade, pour qu'il cesse ses recherches...

L'archonte président du tribunal était toujours aussi incrédule.

— Comment sais-tu tout cela ?

— Je le sais. Interroge-le. Tu verras que je dis vrai.

Quintus de Rhamnonte s'exécuta et l'accusé reconnut que c'était effectivement la vérité. Il était pilleur de tombes et les Serviteurs de la mort l'avaient pris en flagrant délit. Ils s'étaient alors servis de lui, l'obligeant à commettre des attentats avec l'arc d'Archidas, à Marathon et à Athènes, puis à se faire accuser par Ismène sur l'Agora. L'archonte lui demanda alors le nom du chef de l'organisation, mais l'accusé jura ses grands dieux qu'il n'en savait rien... Titus intervint :

— Moi, je le sais, et l'heure est venue de le dire !

Du coup, un silence total s'installa dans l'Aréopage. Titus se mit à déambuler entre les deux bancs de marbre, regardant tantôt le tribunal, tantôt le public en se donnant la meilleure contenance possible. Mais, intérieurement, il était loin d'être à l'aise. Normalement, à ce moment-là, Philèbe devait faire son apparition pour désigner l'assassin, mais il ne venait toujours pas. Lui serait-il arrivé quelque chose en chemin ?

Un autre doute le saisit. Tout ce qu'il savait, il l'avait appris du sculpteur, la nuit précédente. Mais quelle preuve en avait-il, à part la parole de ce dernier ? Et si tout cela était faux, parce que Philèbe avait partie liée avec les assassins ou parce que c'était tout simplement lui le coupable ? En attendant, il voyait le public et les juges suspendus à ses lèvres, il n'avait pas le choix : il devait parler.

— J'ai soupçonné tout le monde dans cette affaire, les hommes comme les femmes, ceux de condition modeste comme les personnages importants, les participants aux cours de l'Académie comme le clergé d'Éleusis, et même l'archonte et sa famille !

Quintus de Rhamnonte se leva, scandalisé, de son fauteuil. Titus l'apaisa d'un geste.

— Rassure-toi, Quintus, si je t'ai suspecté, si je t'ai même surveillé discrètement, c'est parce que personne ne doit être exclu par principe, parce que personne n'est au-dessus des lois. Ce n'est pas le juge que tu es qui me contredira. Mais je n'ai pas trouvé le plus petit indice contre toi. Tu es un magistrat digne de tous les éloges.

Tandis que le sourire revenait sur le visage de son hôte, il se tourna vers ses filles.

— J'en dirai autant de la petite Iris, enfermée avec les Arrhéphores sur l'Acropole. J'ai pensé un moment qu'elle aurait pu être à l'origine d'un drame quelconque, à cause d'une maladresse ou d'une indiscrétion, mais je me suis vite rendu compte qu'il n'en était rien. C'est elle, au contraire, qui m'a fait faire un progrès décisif en me mettant sur la piste d'Ismène...

La petite fille rougit de plaisir. Il s'adressa à celle qui était à ses côtés :

— Reste l'Ergastine, la troublante et mystérieuse Ariane, la femme du fil et du labyrinthe, qui a été initiée aux Mystères, la fille de l'archonte qui voyait défiler tout Athènes dans sa demeure et qui devait être au courant de bien des choses. Mais quel rapport entre tant de beauté et de douceur et ces sanglants assassinats ? J'avoue que je ne l'ai jamais vu et que je ne le vois toujours pas.

Il se dirigea vers le banc du premier rang, où avait pris place le clergé.

— J'en viens aux prêtres, qui nous font l'honneur d'être présents dans cette illustre assemblée...

Ils étaient vêtus de leur tenue ordinaire et non plus des vêtements de cérémonie qu'ils portaient la veille encore : des robes blanches, exception faite de la prêtresse de Pluton, qui était en noir. Il alla se poster devant l'hiérophante.

— Je viens de dire à l'archonte que nul n'est insoupçonnable par principe, j'ai eu tort. Toi seul, tu l'es, Hiérophante. Je m'incline devant ta personne sacrée.

Il passa à la prêtresse de Pluton.

— La daeiritis avait fait de toi la principale suspecte parce que, étant la prêtresse du Maître des enfers, tu devais souhaiter la mort de tout le monde. Mais on peut être au service de l'au-delà et aimer les vivants. Tu me l'as prouvé, Myrto. Sois-en remerciée.

Ce fut au tour de la prêtresse de Déméter de se trouver face à lui.

— Sache que je ne t'ai jamais soupçonnée non plus. Allais-je te croire coupable, parce qu'on a jeté des grains de blé près du corps de la daeiritis ? Évidemment non. On n'a tué cette malheureuse que pour accuser le clergé d'Éleusis et me détourner de la véritable piste... Quant à toi, Callias...

Le dadouque se dressa sur son siège. Ses yeux lançaient des éclairs. Sans doute se disposait-il à intervenir avec virulence, mais la suite le laissa sans voix.

— ... je te présente mes excuses. J'ai contrevenu à la loi pour ce que je pensais être la bonne cause et c'est à juste titre que tu es intervenu. Tu as pour rôle de défendre ces augustes Mystères, que j'ai maintenant le privilège de connaître. Ta tâche est ingrate, elle n'en mérite que plus de respect...

Titus jeta un regard vers l'entrée du tribunal, mais Philèbe n'arrivait toujours pas. Il n'avait d'autre choix que de poursuivre. Il se dirigea vers la partie du public où s'étaient groupés les élèves de l'Académie. Il pointa le doigt vers Agathon.

— S'il y a un suspect dans cette assemblée, c'est bien toi, Agathon ! Vaniteux, cupide, violent, sans scrupule, tu es capable de commettre un crime et même plusieurs ! Ce qui a renforcé encore mes soupçons, c'est cette apparition de Coré dans ta pièce. Tu prétendais que c'était un acteur maquillé et j'avoue que je ne t'ai pas cru...

Agathon poussa des cris scandalisés, prenant les uns et les autres à témoin de son innocence, mais ne rencontrant que des visages fermés et des regards hostiles. Celui qui se vantait de manipuler les foules par son éloquence s'apercevait soudain qu'il n'inspirait que le mépris. Titus prit plaisir à faire durer un peu la situation, avant de reprendre la parole :

— Pourtant, j'ai changé d'avis. Tu es étranger à ce milieu d'où est parti tout le mal. Tu as la mentalité d'un assassin, mais tu n'en es pas un !

Quelques sourires saluèrent cette déclaration et l'auteur dramatique se laissa tomber, mortifié, sur son banc... À ses côtés, avait pris place, sans doute par provocation, celui qu'il détestait et qu'il avait rudoyé à l'Académie, le cynique Euphron. Titus lui adressa un petit salut.

— Ton voisin, c'est l'inverse ! Les Serviteurs de la mort, il les connaît bien. C'est même lui qui m'en a parlé le premier. Il les connaît, comme il sait tout ce qui se passe à Athènes, lui qui s'installe où il veut et à qui personne ne fait attention. Si cela se trouve, il sait même le nom de leur chef !

Euphron eut un rire sonore.

— C'est bien possible, mais je m'en moque !

— Effectivement, Euphron s'en moque ! Comme il se moque de l'argent, du pouvoir, des rivalités, des jalousies et des autres bêtises pour lesquelles les gens s'entretuent. Euphron est un sage, je le sais depuis le début et, dès le début, je l'ai mis hors de cause... Quant à Straton...

L'interpellé, qui, à la différence du reste de l'auditoire, ne semblait guère s'intéresser aux échanges de propos et qui affichait un air maussade, sursauta.

— Quant à Straton, il faudra qu'il explique ce qu'il

faisait en compagnie de malfaiteurs, sinon, il pourrait faire l'objet des plus graves accusations !

Le géomètre au visage maigre se dressa.

— Je te remercie, Titus. Tu me permets de m'expliquer et c'est ici que je dois le faire... Il est vrai que j'ai songé un moment à engager des individus peu recommandables pour intimider quelqu'un, mais je ne savais plus quel moyen employer...

Et Straton, que Titus avait connu jusque-là impassible et plutôt hautain, raconta, d'une voix soudain chargée d'émotion, une histoire inattendue... Un certain Memnius, un riche Romain, avait acquis la maison d'Épicure à Athènes et il projetait de la raser, ainsi que son jardinet, pour y construire une maison de rapport. Or c'était dans ces murs et sous ces arbres que le philosophe avait donné ses leçons à ses premiers disciples. À tel point que, de même que le stoïcisme était parfois appelé « le Portique », on surnommait l'épicurisme « le Jardin »... Straton s'adressa aux juges sur un ton, cette fois, pathétique :

— Je vous demande d'empêcher ce crime, aréopagites ! Vous en avez le pouvoir. Athènes a donné la philosophie au monde, faites qu'elle ne soit pas indigne d'elle-même !

Du coup, chacun, aussi bien dans la cour que dans le public, oublia un instant l'affaire judiciaire et ses rebondissements. On put voir Quintus de Rhamnonte s'entretenir avec ses collègues. Visiblement, tous étaient d'accord et l'archonte président annonça le résultat de leur discussion :

— Ta requête est accordée. La maison d'Épicure sera rachetée par la ville et entretenue à ses frais.

Straton commença à exprimer sa gratitude, mais il n'eut pas le temps de terminer, car un grand cri éclata autour de lui : Philèbe venait de faire son apparition !

Ce dernier s'avança jusqu'au pied de la Pierre du Ressentiment, s'immobilisa et, dans un geste impressionnant, leva lentement l'index vers une personne de l'assistance. Chacun regarda dans cette direction... Il n'y avait aucun doute : c'était le chef de l'Académie qu'il désignait ainsi. Celui-ci eut un vif mouvement, ce qui n'empêcha pas le sculpteur de s'adresser à lui d'une voix éclatante :

— Oui, c'est bien toi que j'accuse, Apollodore ! Je t'accuse d'être le chef de l'organisation responsable de tous ces crimes ! Au Tombeau de Socrate, j'ai été enfermé avec Ismène. Elle savait tout et elle m'a tout dit. Après, on devait nous tuer tous les deux. Seulement, l'homme que tu avais chargé de le faire m'a épargné et Titus m'a délivré. Maintenant, il faut payer !

Le tumulte reprit de plus belle. Quintus de Rhamnonte parvint à le dominer :

— Philèbe, je suis heureux de te voir en vie, mais je ne peux pas te croire un instant. Les épreuves que tu as subies t'ont fait perdre la tête. Le directeur de l'Académie...

Mais l'interpellé s'était levé. Dans le silence revenu d'un coup, il prit la parole du ton détaché et un peu ironique qui lui était familier :

— Ne t'insurge pas, archonte, tout cela est parfaitement exact.

— Apollodore !

— Laisse-moi parler... Sostratos était mon ami. Lorsqu'il est mort, j'ai décidé de reprendre son association. Ce n'était pas par goût de l'argent, mais plutôt par goût du risque. Dans le fond, moi, le sceptique, je m'ennuyais, c'était une manière de mettre un peu d'animation dans mon existence. Il a fallu qu'un meurtre qui n'avait rien à voir avec moi mette sur ma piste Titus Flaminius...

Et, devant Quintus de Rhamnonte et ses collègues abasourdis, Apollodore commença son récit... Le seul problème qu'il avait rencontré, en reprenant l'association, était Philèbe, qui refusait de payer. Après la tragédie d'Éleusis, il avait décidé de passer à l'action : Philèbe avait été enlevé et séquestré au Laurion et Ismène retenue prisonnière au Tombeau de Socrate. Puis il y avait eu cette statue que le sculpteur avait faite en captivité et que Publius Volumnius avait acquise... Titus intervint :

— C'est à ce moment-là que tu l'as tué !

— J'ai compris qu'il avait découvert quelque chose, il était agité, survolté. Je savais qu'il allait te prévenir et il ne le fallait pas... Il ne s'est pas méfié en me voyant entrer dans sa chambre. Quand il m'a vu lever l'haltère, c'était trop tard. Après, j'ai cherché moi aussi l'indice, mais je ne l'ai pas trouvé.

Il désigna l'homme assis sur la Pierre de l'Outrage.

— Alors, j'ai envoyé celui-là à Marathon, pour

commettre un attentat contre toi et te faire croire que c'était la bonne piste.

— C'est exprès qu'il m'a manqué ?

— Oui. J'aurais pu te faire tuer dix fois, à Marathon, à Athènes et ailleurs, mais je ne l'ai pas voulu. D'abord, on ne tue pas le descendant de Titus Flaminius, et puis, j'avais de la sympathie et de l'estime pour toi.

— La daeiritis n'a pas eu cette chance...

— Tu t'obstinais. Il fallait te lancer dans une autre direction. Mais, là encore, cela n'a pas marché... Il n'y a qu'un peu plus tard que j'ai failli réussir, à Delphes.

— De quoi parles-tu ? Il ne s'est rien passé à Delphes.

— Mais si. J'ai fait payer le prêtre d'Apollon pour qu'il rende un faux oracle.

— Tu blasphèmes ! Il n'y a jamais eu de faux oracle. Il était ambigu, comme l'est souvent la Pythie.

— Je l'ai pourtant bel et bien payé, et à prix d'or, tu peux me croire !

Quintus de Rhamnonte, qui s'était tu jusque-là, intervint :

— Tais-toi ! Pour tenir de pareils propos, tu as effectivement une âme d'assassin. Gardes, saisissez-vous de lui !

Les deux factionnaires qui se tenaient à l'entrée de l'Aréopage se dirigèrent vers les gradins du public. Titus les arrêta.

— Un instant, j'ai encore une question à lui poser. Comment est mort Lycos ?

— Ce jeune imbécile était caché près de la maison de l'archonte et il nous a suivis jusqu'au Tombeau de Socrate. Un de mes hommes l'a vu et l'a blessé. Hélas, il a réussi à s'enfuir...

Titus hocha la tête et laissa le passage aux soldats. Apollodore était maintenant isolé à son banc, ses voisins s'étant écartés de lui avec horreur. Lui n'avait toujours pas bougé. Il tira quelque chose de dessous sa tunique. Titus, qui s'était avancé en même temps que les gardes, découvrit une fiole en terre cuite. Le chef de l'Académie lui sourit.

— Elle contenait de la ciguë. J'avais pris la précaution de l'emporter en venant. Quand Philèbe est arrivé, j'ai su que j'étais perdu et je l'ai bue. Déjà, je ne sens plus mes jambes. Le poison va atteindre le cœur et ce sera fini...

Apollodore s'allongea sur le gradin de marbre. Les gardes s'étaient arrêtés, Titus aussi.

— Adieu, Titus Flaminius. Ce fut une sorte de compétition entre nous et je me suis beaucoup amusé. Tu as gagné, je te félicite et je te promets un brillant avenir...

Cette fois, les gardes s'emparèrent du criminel, mais il avait fermé les yeux et ne bougeait plus. L'instant d'après, il fut secoué par une sorte de hoquet. Il était mort... De nouveau, le tumulte s'empara de l'assistance et, de nouveau, l'archonte fit entendre sa voix, ramenant le calme :

— La mort d'Apollodore met fin à l'action judiciaire. Qu'on emporte son corps hors de cette enceinte !

Les soldats s'emparèrent du cadavre et quittèrent l'Aréopage. Il leur fut demandé de déposer le défunt devant le temple des Euménides et de rester à ses côtés, au cas, bien improbable, où le décès aurait été simulé... Après un moment de flottement, Quintus de Rhamnonte en revint aux débats proprement dits, que tout le monde avait un peu oubliés avec la cascade d'événements qui s'étaient succédé. Il s'adressa à Titus :

— Je te parle en tant que représentant de l'accusation. Il apparaît qu'effectivement ton adversaire n'est coupable ni du meurtre ni de la tentative de meurtre dont il est accusé. Il n'empêche qu'il a commis plusieurs attentats contre toi. Il t'appartient de dire quelle peine tu réclames contre lui.

Titus répondit sans hésiter :

— Il n'a tué ni blessé personne. Ce n'est qu'un pauvre bougre qui s'est trouvé engagé malgré lui dans une sombre affaire. Je demande pour lui la clémence d'Athéna...

L'Aréopage se concerta un moment et son président annonça le résultat de sa délibération :

— Le tribunal fait droit à ta requête, l'accusé est libre...

Normalement, tout était terminé, mais personne ne bougea, car, sur un signe de l'archonte, les aréopagites s'étaient remis à se concerter. Quel était donc l'objet de cette nouvelle délibération ?... En tout cas, elle ne dura guère. Quintus de Rhamnonte se leva, imité par tous ses collègues.

— Titus Flaminius, je t'annonce que l'Aréopage a décidé à l'unanimité de t'attribuer la nationalité athénienne. Tu avais refusé cette distinction en tant que descendant de ton ancêtre, cette fois, c'est à toi personnellement qu'elle est accordée. Grâce à toi, la ville a été sauvée d'une grave menace et elle t'en sera à jamais reconnaissante. Viens recevoir ici l'accolade de tes concitoyens !...

Sous les acclamations de l'assistance, Titus gravit les marches qui menaient à la tribune de marbre. Rarement, dans sa vie, il avait été aussi ému. C'était un honneur immense. Il faisait maintenant partie de ce peuple qui éclairait l'univers par ses arts et sa pensée. Il était le compatriote de Platon, de Socrate, d'Eschyle, de Phidias, de Philèbe !...

Le nouvel Athénien reçut le salut des hauts dignitaires de la ville, ainsi que de ses amis et connaissances, qui avaient quitté les gradins pour le féliciter. Parmi eux, Iris et Ariane. Si la première, selon son habitude, lui sauta au cou et l'embrassa sans façons, la seconde se contenta de lui adresser un sourire ému... Quintus de Rhamnonte arriva à cet instant auprès de ses filles. Lui aussi avait l'air ému.

— Je suis heureux que nous soyons maintenant concitoyens, Titus. Mais il ne tient qu'à toi qu'un lien plus étroit nous unisse...

Titus s'attendait à entendre, à un moment ou un autre, cette proposition. La situation était délicate. Il essaya de faire preuve du plus grand tact possible :

— Je te remercie de cet honneur, Quintus, bien

plus grand encore que la nationalité athénienne, mais je le décline. Je dois rentrer à Rome et, de toute manière, je ne suis pas encore prêt pour le mariage. J'ai une vie trop aventureuse, je ne pourrais pas rendre ta fille heureuse.

Il se tourna vers Ariane. Elle était toute pâle et faisait un visible effort pour retenir ses larmes.

— Ton fil est d'or, Ariane, mais c'est quand même un lien et j'ai besoin de liberté... Je suis sûr qu'avec la beauté, l'intelligence et la sagesse qui sont les tiennes, tu auras le meilleur des maris. Je vous souhaite tout le bonheur du monde.

Ariane se força à sourire.

— À toi aussi, je le souhaite, ainsi qu'à celle qui viendra quand tu seras prêt... Quand pars-tu ?

— Demain matin, après les funérailles de Lycos. Mon bateau est déjà en rade d'Éleusis...

— Alors, emmène-moi !

C'était Iris qui venait d'intervenir. Sa sœur était parvenue à ne pas pleurer, mais elle, avait éclaté en sanglots.

— Emmène-moi ! Je ne veux pas vivre en Grèce ! Ici, la femme n'est rien du tout, l'amour est réservé aux garçons. Je veux être une Romaine, je veux pouvoir changer de mari, avoir des amants !...

Titus tenta de la calmer, mais rien n'y fit. Il fallut que son père lui fasse quitter de force l'Aréopage.

18

Adieu, parents à Rome

[illegible]

[illegible]

18

« Adieu, prends à droite ! »

Les derniers moments du séjour de Titus en Grèce étaient venus. Le bûcher funèbre de Lycos avait été dressé sur la plage d'Éleusis, au même endroit que celui de Chloé. C'était un matin radieux de fin d'été. Il faisait aussi doux qu'il faisait froid ce jour-là. L'éclat doré du sable avait remplacé le manteau neigeux ; les teintes encore roses du ciel, les nuages gris plombés ; le chant des oiseaux, le sifflement aigre du vent. Au loin, dans le port, à l'endroit même où l'hiérophante avait jeté son nom, on pouvait apercevoir la trière, navire à trois rangées de rameurs, qui allait emporter les Romains.

Le climat avait changé, mais le cérémonial des funérailles était le même et autant d'émotion entourait ce jeune mort que, huit mois auparavant, la disparue de son âge. Le clergé d'Éleusis s'était déplacé au grand complet. Les petits initiés de l'autel, qui venaient de conduire le corps depuis l'auberge et de le déposer sur l'entassement de branches de pin, formaient la haie autour de lui. Leur groupe était toujours aussi touchant, avec leurs cheveux coiffés en boucles et recouverts d'une couronne de rameaux d'olivier, leur jupette serrée à la ceinture et s'arrêtant au-dessus du genou, l'un de leurs pieds nu et l'autre chaussé d'une sandale.

Derrière eux, douze femmes vêtues de noir, en tenue de grand deuil avec un voile leur couvrant en partie le visage et leur descendant jusqu'aux pieds, faisaient retentir d'une manière lancinante le thrène, la mélopée funèbre qui remontait à la nuit des temps. On ne pouvait l'entendre sans frissonner.

Les prêtres avaient remis leurs habits de cérémonie, l'hiérophante sa robe dorée, le dadouque sa robe argentée. Plus loin, se tenait le reste de l'assistance : Brutus et Straton, qui allaient bientôt partir en compagnie de Titus, et Phyllis, qui pleurait doucement. À ses côtés, Philèbe était grave et tendu. On devinait qu'il portait un autre deuil, celui de cette jeune fille de dix-huit ans qui avait traversé sa vie d'une manière si brève et si tragique.

Titus était seul devant le bûcher. Une grande aventure s'achevait, mais il n'y pensait pas. Il avait oublié la glorieuse conclusion de son enquête, toutes ses pensées allaient à cet adolescent qui n'en avait pas vu la fin, parce qu'il avait choisi de se sacrifier pour lui...

Le moment suprême était arrivé. Myrto, la prêtresse de Pluton, vint prendre place à ses côtés, tirant une chèvre noire au bout d'une corde. Elle était accompagnée du sacrificateur armé d'un long couteau. Celui-ci égorgea rapidement l'animal et se retira. Myrto déposa la victime sur le bûcher, près du corps. Un petit initié de l'autel vint alors avec une torche allumée et la tendit à Titus. Ce dernier pensait que l'un des prêtres allait mettre le feu, mais ceux-ci avaient sans doute jugé que cet office lui revenait.

Il approcha la flamme du bûcher. Le bois, asséché par la canicule qui régnait depuis des jours, s'enflamma violemment, projetant des étincelles dans toutes les directions. Une grande fumée blanche et grise s'éleva. Titus entendit la prêtresse de Pluton prononcer des paroles mystérieuses que cette fois, il les comprenait :

— Adieu, prends à droite !

Il compléta par la formule qu'il avait entendue aux Grands Mystères :

— Vers les prairies et les bois sacrés de Perséphone...

Tandis que la prêtresse continuait ses prières à voix basse, il ferma les yeux. Il se retrouva par la pensée dans les contrées d'en bas, en compagnie de ceux qui avaient perdu la vie dans cette aventure, et il lui sembla qu'ils venaient tous vers lui : Chloé, avec son rire cristallin, qui était la jeunesse et la vie mêmes, Publius

Volumnius, le regard illuminé par sa passion de l'art, la daeiritis, souriante malgré sa misère, Lycos, gracieux et agile comme un faon.

Ensemble, ils sortaient du bois lugubre des assassinés non vengés. À présent, avec les gestes lents et un peu irréels qu'ont les morts, ils le saluaient. Ils lui disaient merci, merci d'avoir retrouvé leur meurtrier, merci de les avoir vengés. Il les salua à son tour. Il leur souhaita, non pas d'être heureux – on ne peut pas l'être chez les ombres –, mais de connaître la paix dans les vertes prairies de Perséphone, et il leur promit de leur rendre visite, quand l'heure fixée par la Parque serait venue pour lui...

Les morts prirent congé de lui sur un dernier signe de la main, mais il retint l'un d'eux, celui dont l'enveloppe terrestre était en train de s'envoler dans l'air pur d'Éleusis. Étonné, Lycos resta près de lui. Il avait l'air timide qui était le sien quand il lui avait fait son aveu devant le temple d'Éros... Titus lui parla avec la voix de l'âme. Il lui demanda pardon de ne pas avoir répondu à son amour, mais il ne le pouvait pas. Il ne lui avait donné que ce qu'il avait pu : le premier baiser qu'il avait accordé à un garçon et le dernier sans doute...

Lycos ne répondit pas et s'en alla à son tour. Il n'avait pas l'air de lui en vouloir, il souriait toujours et Titus en fut infiniment heureux... Il rouvrit les yeux. Les flammes se déchaînaient. Il ne fixa qu'elles, évitant la vision du corps qui se transformait à toute allure en squelette, et continua ses graves réflexions.

Les flammes, attisées par la brise marine qui s'était levée, eurent bientôt tout réduit en cendres. Il quitta sa place. C'était l'heure des adieux et les premiers dont il devait prendre congé étaient les prêtres d'Éleusis... Il se dirigeait vers leur groupe, quand une jeune femme, qu'il n'avait pas vue jusque-là et qui avait assisté de loin aux obsèques, l'aborda. Il reconnut la nouvelle daeiritis.

— Je ne voulais pas partir sans te souhaiter bon voyage, Titus Flaminius. Tout à l'heure, j'ai fait un sacrifice à Daeira. Elle te promet une mer et des vents favorables.

Titus la remercia et l'assura que, désormais, il n'oublierait pas Daeira dans ses prières. La prêtresse poursuivit :

— Je n'étais pas à l'Aréopage hier, mais j'ai appris ce qui s'était passé. Je te remercie à mon tour, au nom de celle qui m'a précédée.

Elle lui tendit le châle de laine qu'elle avait autour du cou.

— Prends-le. Il te protégera des embruns pendant le voyage.

— Il est à toi. Je ne veux pas t'en priver.

— Prends-le. Il te rappellera que tu sais t'acquitter de tes promesses sacrées. Adieu, homme d'honneur !

La daeiritis le quitta sur ces mots... Le clergé d'Éleusis, qui était resté à l'écart tant qu'il était en sa compagnie, vint dans sa direction. Le dadouque ne lui adressa pas la parole, mais eut un signe de tête vers lui et lui fit un sourire. Titus, en retour, s'inclina respectueusement. La prêtresse de Déméter lui dit quelques paroles aimables, mais c'était surtout avec l'hiérophante que Titus désirait s'entretenir. Il voulait prendre congé de lui, bien sûr, mais il avait aussi une question à lui poser. L'affaire qui venait de se terminer était désormais totalement résolue, à l'exception d'un seul point : les apparitions aux Mystères de l'homme au masque de Pluton. Qui pouvait-il être ? Étant donné que cela s'était passé pendant les cérémonies, le chef du clergé d'Éleusis aurait peut-être une réponse...

Titus fit part de sa requête à l'hiérophante. Il le vit sourire.

— Tu as raison de t'adresser à moi. Non seulement je sais de quoi il s'agit, mais c'est moi qui en suis responsable. Il fallait que tu comprennes qu'achever ton enquête était plus important que poursuivre ton initiation. J'ai donc demandé à l'acteur qui jouait Pluton dans le drame de Déméter de tenir ce rôle. Tu l'as parfaitement compris, même si le jeune Lycos a voulu te remplacer et a payé de sa vie son initiative généreuse.

Titus ne répondit rien, se contentant d'écouter respectueusement ce discours. Le prêtre continua :

— Ta véritable initiation, tu l'as subie lorsque tu as risqué ta vie pour cette vérité que tu cherchais. Mais, à partir de ce moment, il fallait aller jusqu'au bout. Tu l'as fait et tu t'es rendu digne des mânes de ton ancêtre. Adieu, Flaminius...

— Je n'oublierai jamais tes paroles. Adieu, Hiérophante.

Le religieux s'éloigna de son pas majestueux. Mais Titus n'en avait pas terminé avec le clergé d'Éleusis. La robe noire de la prêtresse de Pluton remplaça la robe brodée d'or.

— Je t'adresse mon salut, Titus Flaminius. Si j'ai tenu à le faire la dernière, c'est que le dieu que je sers a toujours le mot de la fin. Cela non plus, ne l'oublie pas !

— Moi aussi, je te salue, Myrto, je te salue et te remercie. Pourtant, tu te trompes. La mort n'aura pas le dernier mot. Pas cette fois-ci, en tout cas...

Avec un dernier regard aux cendres, que les initiés de l'autel s'employaient à répandre dans la mer après en avoir rempli des vases rituels, Titus quitta le lieu des funérailles pour l'ultime tâche qu'il avait à accomplir en Grèce et qui, ainsi qu'il l'avait dit à la prêtresse d'Hadès, était un hommage qu'il voulait rendre à la vie.

Il prit la route de l'auberge. Philèbe l'attendait à mi-chemin.

— Mes esclaves ont fait le nécessaire pendant la cérémonie.

— Je te remercie du fond du cœur. Viens-tu avec moi ?

— Non. Il me serait trop pénible de la revoir.

Ils se firent sobrement leurs adieux. Après les drames qu'ils avaient vécus, il n'y avait rien à ajouter et Titus continua seul son chemin... Dans l'auberge, un spectacle extraordinaire l'attendait. La statue inachevée d'Ismène avait été déposée au centre de la salle à manger. Phyllis était là, à la contempler, incrédule, ainsi que quelques clients, tout aussi ébahis qu'elle.

Il faut dire qu'il y avait de quoi rester sans voix ! Le visage, d'une pureté admirable, semblait flotter au-dessus du corps de marbre inachevé, qui le faisait ressembler à une apparition. Il sembla à Titus que jamais la ressemblance avec Chloé n'avait été aussi grande. Elle était représentée légèrement souriante et les lèvres entrouvertes, comme si elle s'apprêtait à dire quelque chose...

Dans le décor de cette auberge aux murs couverts de fumée et de graisse, au sol de terre battue, aux mauvaises tables branlantes, cette statue faite pour trôner au milieu des colonnades et des dallages d'un temple n'en était que plus admirable. Elle concentrait sur elle toute l'attention, tous les regards. Son incongruité décuplait sa splendeur. Elle semblait avoir été déposée là par un dieu, depuis le ciel... Phyllis se tourna vers Titus, la gorge nouée par l'émotion. Elle parvint à balbutier :

— Pourquoi ?... Pour moi ?

— Philèbe a consenti à me donner cette statue. Elle te revient. Elle n'est pas de ta fille, mais elle lui ressemble plus qu'à celle qui a été son modèle. Cette jeune fille, Philèbe l'aimait et je crois que cela se voit...

L'aubergiste hocha la tête, toujours incapable de parler. Titus poursuivit :

— Je n'ai pas pu te rendre ta fille vivante. Chloé n'était pas une déesse, elle ne pouvait rentrer du voyage sans retour. Mais, grâce au génie de Philèbe, elle est revenue à la vie à la manière imparfaite des mortelles, par l'art.

Titus s'approcha et posa un doigt sur le visage de marbre.

— Regarde bien ses lèvres. Au début, il ne se passera rien, mais si tu les fixes assez longtemps, tu les verras bouger imperceptiblement, comme l'aile de l'aigle qui plane.

Phyllis s'exécuta... Il y eut un long silence et elle s'écria soudain :

— Elle vit !

TABLE

« Pour l'éditeur, le principe est d'utiliser des papiers composés de fibres naturelles, renouvelables, recyclables et fabriquées à partir de bois issus de forêts qui adoptent un système d'aménagement durable. En outre, l'éditeur attend de ses fournisseurs de papier qu'ils s'inscrivent dans une démarche de certification environnementale reconnue. »

Composition PCA – 44400 Rezé
Achevé d'imprimer en Espagne par LIBERDÚPLEX
Sant Llorenç d'Hortons (08791)
32.10.2477.1/02 - ISBN : 978-2-01-322477-2
Loi n° 49-956 du 16 juillet 1949 sur les publications destinées à la jeunesse
Dépôt légal: décembre 2007